Fantasy

Herausgegeben von Wolfgang Jeschke

Von Tom Holt erschienen in der Reihe
HEYNE SCIENCE FICTION & FANTASY:

Wer hat Angst vor Beowulf? · 06/5059
Der fliegende Holländer · 06/5079 (in Vorb.)
Wir haben Sie irgendwie größer erwartet · 06/5107 (in Vorb.)

Weitere Bände in Vorbereitung

TOM HOLT

Wer hat Angst vor Beowulf?

Roman

Aus dem Englischen übersetzt
von
KALLA WEFEL

Deutsche Erstausgabe

WILHELM HEYNE VERLAG
MÜNCHEN

HEYNE SCIENCE FICTION & FANTASY
Band 06/5059

Titel der englischen Originalausgabe
WHO'S AFRAID OF BEOWULF?
Deutsche Übersetzung von Kalla Wefel
Umschlagbild: Andreas Reiner

2. Auflage

Redaktion: Friedel Wahren

Die Originalausgabe erschien bei Macmillan London Limited

Printed in Germany 1994
Umschlaggestaltung: Atelier Ingrid Schütz, München
Technische Betreuung: Manfred Spinola
Satz: Schaber Satz- und Datentechnik, Wels
Druck und Bindung: Elsnerdruck, Berlin

ISBN 3-453-06586-7

1. Kapitel

Zwischen ›Willkommen in der‹ und ›Grafschaft Caithness‹ hatte jemand ›gottverlassenen‹ auf das Hinweisschild gekritzelt. Als der Vermessungsingenieur diese Korrektur entdeckte, grinste er nur müde.

»Das waren bestimmt Touristen«, stellte die Archäologin in mißbilligendem Ton fest. Sie hatte sich längst entschieden, daß die Highlander, die Bewohner des schottischen Hochlands, bodenständige und aufrichtige Menschen waren; also konnte jede Gehässigkeit gegen sie nur von verständnislosen Außenstehenden herrühren.

»Ich hoffe, nicht«, antwortete der Ingenieur mit einem Gähnen. Dann zündete er sich eine Zigarette an und legte einen anderen Gang ein. »Für mich ist das vielmehr ein Beweis, daß es in dieser Gegend immerhin einen Einheimischen gibt, der lesen und schreiben kann ...« Er hielt inne, erwartete ein Lachen oder ein ›Ich weiß schon, was Sie meinen‹ als Antwort, aber vergebens. »Obwohl es hier eigentlich keinen Grund dafür gibt. Schließlich muß man nicht lesen können, wenn man seinen Lebensunterhalt durch Raubmord an Durchreisenden bestreitet, was in dieser Gegend übrigens schon immer die Haupteinnahmequelle gewesen ist.«

Die Archäologin schaute beiseite — er legte schon wieder los. Ein unangenehmer Mensch, wie sie fand.

»Das erklärt auch die in diesem Landstrich tief verwurzelte Armut«, fuhr der Ingenieur erbarmungslos fort, »denn bis vor kurzem haben sich immer nur einige wenige Vollidioten hierhergetraut ... Das heißt natürlich, bis zu dem Zeitpunkt, seit ganze Busladungen von Touristen herangekarrt werden. Bildungsurlaub für Schlappschwänze. Heutzutage denken die Einheimischen übrigens gar nicht mehr daran, Durchreisende umzubringen — sie verkaufen denen einfach Schlüsseletuis mit Schottenmuster. Und mittlerweile lesen alle die *Financial Times*, um sich über die Währungsschwankungen auf dem laufenden zu halten.«

Die Archäologin hatte von den Schmähreden ihres Begleiters schon längst die Nase voll, zumal diese bereits begonnen hatten, noch bevor sie mit dem Wagen von Lairg aus gestartet waren. Demonstrativ fächelte sie mit den Händen den Zigarettenrauch zu ihm zurück und unterstrich ihre Meinung, daß alles ganz prächtig sei. »Nach meinem Dafürhalten hat es sich in gewisser Weise auch zum Positiven gewendet und ...«

Der Ingenieur gab ein eigenartiges Geräusch von sich und sagte dann: »Hören Sie, ich bin in diesem herrlich beschissenen Caithness geboren und hier sogar aufgewachsen. Und alles, was diese Grafschaft während der letzten tausend Jahre hervorgebracht hat, sind hungernde Menschen.« Zwar hatte er das nur in einem Manifest der schottischen Nationalisten gelesen, es hörte sich aber ganz gescheit an. »Zum Beispiel haben die Bewohner von Rolfsness vor fünf Jahren die staatlichen Wasserwerke offiziell darum gebeten, ihren erbärmlichen Landstrich in ein Staubecken zu verwandeln, damit sie entschädigt werden und nach Glasgow ziehen können. Aber selbst dafür ist diese Gegend noch zu öde und einsam. Die Armee wollte sie nicht einmal als Schießplatz nutzen, und die E-Werke sind bis heute kläglich bei dem Versuch gescheitert, Rolfsness überhaupt zu finden.«

Trotz der nur geringen Resonanz kam er allmählich

gut in Fahrt, doch gelang es der Archäologin, ihn noch rechtzeitig zu bremsen.

»Ach, da fällt mir ein«, sagte sie, wobei sie sich von dem atemberaubend schönen Anblick der wolkenverhangenen Berge losreißen mußte, »daß ich Sie, zumal Sie hier geboren sind, unbedingt noch fragen wollte, ob es über Rolfsness irgendwelche alte Sagen oder traditionelle Überlieferungen gibt.«

»Alte Sagen? Traditionelle Überlieferungen ...?« Der Ingenieur runzelte die Stirn, als dächte er angestrengt nach. »Nun, bei den Schäfern und Kleinpächtern gibt es so einen althergebrachten Aberglauben, daß ... Ach, Sie wissen ja, wie solche Leute sind.«

»Erzählen Sie weiter!« bedrängte ihn die Archäologin und geriet fast außer sich vor Entzücken.

»Nun, es heißt, daß an jedem Jahrestag der Schlacht von Culloden ... Haben Sie von dieser Schlacht schon mal was gehört?«

»Ja, ja, natürlich ...«

»Es heißt, daß jedes Jahr — etwa gegen Mittag — der Bus von Wick nach Melvich hier für exakt drei Minuten anhält, genau dort, wo früher einmal der alte Galgen gestanden hat. Unglaublich, nicht wahr? Aber bislang hat noch niemand beweisen können, den Bus jemals mit eigenen Augen gesehen zu haben ...«

Totenstille. Der Ingenieur schüttelte betrübt den Kopf. Amerikanerinnen, grübelte er nach, haben eben keinen Sinn für Humor.

»Abgesehen davon, daß sich einst der schöne Prinz Charlie vor den Männern des Schlächters Cumberland in dem Schuppen versteckt hat, der heute als Wartehäuschen dient, und hier auch Montrose an die Covenanten verraten worden sein soll, ist das eine ansonsten völlig belanglose Gegend. Hieße es allerdings, Montrose sei hier *nicht* an die Covenanten verraten worden, wäre das allerdings schon ziemlich ungewöhnlich.«

»So, so.« Die Archäologin rümpfte die Nase; sie hätte

es besser wissen sollen, als ausgerechnet ihn zu fragen. »Also wissen Sie nichts über Riesen, Feen oder schottisches Brauchtum?«

»In dieser Gegend«, fuhr der Ingenieur grimmig fort, »bedeutet schottisches Brauchtum, daß sich japanische Geschäftsleute nach geeigneten Standorten für Computerfirmen umsehen, ohne dabei natürlich jemals wirklich eine zu bauen. Haben Sie schon mal japanischen Whisky probiert? Sämtliche Hotels hier bieten ihn jetzt an. Was mich angeht, ziehe ich ihn der einheimischen Plörre durchaus vor.«

Die Archäologin gab verzweifelt auf, und sie setzten die Fahrt für eine Weile schweigend fort. Als sie schließlich neben einem steil aufragenden Berg in eine scharfe Kurve einbogen, bat sie den Ingenieur plötzlich anzuhalten.

»Was ist denn los?« fragte der Ingenieur und blickte besorgt in den Rückspiegel, doch die Archäologin gab keine Antwort. Für solch einen unsensiblen Menschen hatte sie einfach keine Worte übrig, erst recht nicht in einem Moment, in dem sie zum erstenmal einen Blick auf das Meer werfen konnte, dessen Brandung die flache Spitze des britischen Festlands aushöhlte. Im Hintergrund waren die Umrisse der Orkneyinseln zu sehen, die — wie es sich für ein Traumkönigreich geziemte — nur verschwommen und grau zu erkennen waren. Einer inneren Regung folgend, öffnete sie die Tür des Wagens und kletterte auf die Spitze einer felsigen Erhebung.

Hier war sie nun, die Grafschaft ihrer Träume, ihr wahres Zuhause. Sie fühlte sich so, wie sich einst Orest gefühlt haben mußte, als er nach seiner heimlichen Rückkehr aus dem Exil zum erstenmal einen Blick auf Argos warf, jenes Land, über das zu herrschen er geboren worden war. Dies war das Meer ihrer Cambridge-Träume, das waren die Inseln, die sie sich schon damals im Geiste ausgemalt hatte, als sie noch auf Long Island in ihrem Heimatstädtchen Setauket auf der Veranda gesessen hatte, ihr wie ein Schatz gehütetes Buch *Die Sagen der Männer von Orkney* stets aufgeschlagen auf den Knien. Wie der Aufbruch in ein gelobtes Land war es ihr vorgekommen, als sie später den mühsamen Weg der wissenschaftlichen Forschung beschritt, ihre Harfe an den Ufern der Cam ablegte und sich mehr als siebenmal auf den langen Marsch durch sämtliche Buchläden von Saint Andrews begab. Während sie gebannt auf die See hinausblickte, einst ›Walstraße‹ oder ›Weltenschlange‹ genannt, glaubte sie, die blauen Rahsegel der Wikinger von Orkney zu erkennen, und die drachenkopfverzierten Langboote von ›Ragnar dem Faulpelz‹ und ›Erik der Blutaxt‹ schienen auf der großen grauen Meeresstraße dahinzugleiten, um bei Tongue ihre räuberischen Schlachten gegen Bothvar Bjarki oder Arvarodd zu schlagen.

»An einem klaren Tag«, bemerkte der Vermessungsingenieur hinter ihr, »kann man von hier aus sogar gerade noch die Landzunge Old Man of Hoy sehen. Warum das alle für so interessant halten, liegt allerdings jenseits meines Vorstellungsvermögens.«

»Ich finde es einfach wunderschön«, hauchte die Archäologin.

»Ich finde es einfach saukalt. Können wir jetzt endlich weiterfahren?«

Kurz darauf stiegen beide wieder in den Lieferwagen.

»Jetzt erzählen Sie mir noch einmal, was Sie eigentlich entdeckt haben«, bat die Archäologin voll Tatendrang.

»Nun«, antwortete der Ingenieur, wobei er sich zurücklehnte und eine Hand auf das Lenkrad legte, »wir nahmen gerade einige Ablesungen vor, und der Landrover, den ich vorausgeschickt hatte, brach direkt in diesen kleinen Grabhügel ein. Bis zu den Achsen ist er eingesackt, dieses alte Scheißding, und wir mußten ihn mit dem Transit wieder rausziehen. Jedenfalls haben wir es irgendwie geschafft, ihn da rauszukriegen, und als wir kurz darauf in das Loch schauten, das er zurückgelassen hatte, war unter der Erde diese Grabkammer zu erkennen, die überall mit Schachtverstrebungen abgestützt war. Zuerst hab ich gedacht, daß es sich um einen Schützengraben oder irgendein anderes Überbleibsel aus dem Krieg handelte, aber die Männer haben alle gesagt: ›Nein, wir wetten zehn zu eins, daß es ein Wikingergrab ist!‹«

»Ach, *die* haben das gesagt?«

»Immerhin arbeiten diese Männer den Sommer über fürs Fremdenverkehrsamt. Also haben wir das Loch mit einer Plane abgedeckt und dann Ihrer Bagage Bescheid gegeben.«

»Wollten Sie denn nicht selbst nachsehen?«

Der Ingenieur lachte. »Sie machen Scherze. Schließlich hätte die Decke einstürzen oder sonst was passieren können. Außerdem ist es doch so, daß man nichts berühren darf, bevor die Spezialisten eingetroffen sind, stimmt's? Oder verwechsle ich das jetzt mit Mordfällen?«

Die Archäologin lächelte. »Sie haben sich völlig richtig verhalten.«

»Die Männer werden stundenweise bezahlt«, fuhr der Ingenieur fort, »und dafür, daß ich in dieser Wildnis arbeite, erhalte ich sogar eine Sonderzulage. Falls sich nun herausstellen sollte, daß es sich dabei tatsächlich um irgendein altertümliches Grabmal handelt, wird das Projekt zwar eingestellt, aber wir können alle mit einem satten Ausfallsgeld in der Tasche nach Hause fahren. Sehen Sie, da drüben ist es.«

Er verließ mit dem Wagen die befestigte Straße und fuhr über den holprigen Boden querfeldein bis zu der betreffenden Stelle. Die Archäologin sah sich einem langen blattförmigen Grabhügel gegenüber, ungefähr fünfzig bis sechzig Meter lang und genau nach Norden ausgerichtet. Trotz ihrer Wollmütze stellten sich ihr die Haare darunter zu Berge, und sie lief unversehens los, wobei ihre Moonboots auf dem wasserdurchtränkten Torf gluckten. Allein die Größe des Hügels ließ ihr Herz höher schlagen. Falls wirklich ein Schiff da unten lag — und sei es auch nur ein Rest davon —, würde es die *Mary Rose* zu einem Tretboot degradieren.

Die Männer des Vermessungsteams starrten sie über ihre Bierdosen hinweg an, aber sie nahm keine Notiz davon. Während sie mit einigen widerspenstigen Seilen kämpfte, mit denen die Plane befestigt worden war, stand ein alter Mann hastig auf. Er trug einen hautengen Regenmantel, in dem sein ganzer Körper wie in einer Wurstpelle steckte, und winkte ihr mit den Armen zu. Zu ihrer Freude bemerkte die Archäologin, daß er ein Highlander war, der ihr in gebrochenem Englisch zu sagen versuchte, sie dürfe den Grabhügel auf keinen Fall öffnen. Sie strahlte ihn an (bestimmt steckte noch ein Rest der Angst seiner Vorfahren in ihm, die Schlafenden unter dem Hügel aufzuwecken) und fragte: »Wie bitte?« Ihre Freude wurde allerdings etwas geschmälert, als der Ingenieur erklärte, der alte Hohlkopf habe ihre lediglich sagen wollen, daß er den halben Vormittag damit verbracht habe, die Plane mitten in einem Regensturm festzunageln, und falls sie nun darauf bestehe, diese abzunehmen, könne sie das Ding später gefälligst selbst wieder festmachen.

Die Plane wurde zurückgeschlagen, und die Archäologin nahm ihren ganzen Mut zusammen, um hineinzusehen und ihr Schicksal zu suchen. Sie hatte schon immer das Gefühl gehabt, eines Tags eine große Entdekkung zu machen, etwas, das ihr einen Platz neben Carnavon, Carter, Evans und Schliemann in der Ahnengalerie unsterblicher Altertumsforscher sichern werde. Bei den seltenen Gelegenheiten, bei denen die Archäologie die Herrschaft über ihre Phantasie verloren hatte — zum Beispiel nach einem scheinbar endlosen Nachmittag, den sie bis zu den Knien im Schlamm in irgendeinem jämmerlichen Hüttenkreis des Dartmoors verbracht hatte —, war ihr einziger Trost gewesen, eine unsterbliche Zeile zu ersinnen, eine Zeile, an die man sich neben dem Satz ›Ich schaute in das Antlitz Agamemnons‹ stets erinnern würde. Obwohl es ihr im Laufe ihrer Karriere noch nie gelungen war, etwas Prestigeträchtigeres als eine Gürtelschnalle aus der Tudorzeit zu finden — abgesehen von genügend Scherben, um sämtliche Blumentopfböden der Welt zu rekonstruieren —, war sie sich sicher, daß sie, Hildy Frederiksen, eines Tags dieser Ahnengalerie angehören werde. Jener auserwählten Gruppe unsterblicher Archäologen also, die das Glück gehabt hatten, die ersten Männer und Frauen der Neuzeit zu sein, die einen Blick auf die Erbstücke der menschlichen Rasse hatten werfen dürfen. Sie kniete nieder und überprüfte mit zitternden Fingern den Inhalt ihrer Ausrüstungstasche: Fotoapparat (mit eingelegtem Film), Notizblock, Bleistift, kleiner Pinsel, Taschenlampe (gratis, für zehn ESSO-Gutscheine) und kleine Plastikbeutel für Proben.

Was sie schließlich tatsächlich sagte, als der Lichtstrahl ihrer Taschenlampe über den Inhalt des Grabhügels strich, waren die Worte: »Du meine Güte!« Aber unter diesem Umständen konnte ihr das niemand verübeln. Denn was sie da sah, war der Bug eines Schiffs — ein langes Klinkerboot, von einmaliger und unverkennbarer Bauweise. Die Planken waren kohlschwarz und glitzerten vor Feuchtigkeit, aber das Ding schien tatsächlich unbeschädigt zu sein. Während ihr das Blut in den Ohren sauste, dankte sie Gott für die konservierenden Kräfte der Gallussäure des Torfmoors, holte tief Luft und stürzte sich wie ein kleiner dressierter Terrier in das Loch.

Die Grabkammer *war* unversehrt; und zwar derart unversehrt, daß Hildy Frederiksen die Möglichkeit eines Einsturzes überhaupt nicht in den Sinn kam. Die Seiten waren durch massive Balken abgestützt — vermutlich Eichenholz —, die sich hoch über ihr zusammenwölbten, wobei die Grabkammer bis in eine beträchtliche Tiefe gegraben worden war. Der Boden unter ihren Füßen war hart, als wäre er zu einem Dielenboden flachgetrampelt worden. Das Schiff selbst ruhte bequem auf einem stabilen Holzgerüst, als nähme es bereits seinen rechtmäßigen Platz in einer eigens für diesen Zweck erbauten Galerie im Schiffahrtsmuseum von Greenwich ein. Es war unbeschreiblich schön, mit einer gestalterischen Perfektion, wie sie nur bei Dingen vorkommt, die unter rein formalen Gesichtspunkten geschaffen worden sind — schlank, anmutig und ungeheuer bedrohlich, fast wie ein menschenfressender Schwan. Jedes einzelne Merkmal, das man bei einem archetypischen Wikingerschiff vorzufinden hoffen konnte, war vorhanden. Dies allein war schon bemerkenswert, zumal keins der bisher entdeckten Schiffe auch nur im geringsten den authentischen Rekonstruktionen im *Journal skandinavischer Studien* glich — von den bemalten Schilden neben jeder der dreißig Ruderöffnungen an beiden Seiten des Boots bis zu dem großen Drachenkopf am Bug, tief geschnitzt und mit einem vertrauten Muster aus bedrohlichen Tieren und ineinander verschlungenen Schlangen versehen. Obwohl es streng gegen die Regeln war, konnte sie es doch nicht lassen, die Hand auszustrecken — was entfernt an Adam erinnerte, der nach dem verbotenen Apfel greift — und mit der Spitze des linken Zeigefingers über die Linien dieses surrealistisch anmutenden Musters zu fahren.

Wie ein Kind, das aufgewacht ist und sich unerklärlicherweise in einem Süßigkeitenladen wiederfindet, ging sie langsam um das große Schiff herum und notierte die verschiedenen Merkmale wie bei einer Inventur. Plötzlich wurde das Licht ihrer Taschenlampe von etwas golden Glänzendem zurückgeworfen: eingelegten Runen, die vom Bug nach hinten verliefen und hell wie Neonlicht schienen. Wie ein Kind, das sein Alphabet lernt, entzifferte sie die Runen Buchstabe für Buchstabe —

Naglfar, das Schiff der Krallen, die Fähre der Toten. Dieses Langboot war von solch vollendeter Vollkommenheit, daß sie einen Augenblick lang nicht mehr hinsehen mochte, weil sie fürchtete, das Licht der Taschenlampe könnte auf einen am Heck befestigten Außenbordmotor oder auf einen quer am Mast befestigten Werbeslogan für Carlsberg-Bier fallen.

Sie berührte es noch einmal, und die sich klebrig-feucht anfühlende Gallussäure gab ihr die Sicherheit zurück. *Macht aus dem Circus Maximus von mir aus einen Parkplatz,* sagte sie sich, *wickelt Fisch in die ältesten Papyrusrollen ein, wenn ihr nur dieses Schiff erhaltet!* Wie in einem Traum setzte sie den Fuß auf die erste Sprosse einer reichverzierten Leiter, die an der Schiffswand lehnte.

Am oberen Ende der Leiter schloß eine kleine Plattform an, deren Stufen in den Laderaum hinabführten. Für einen Augenblick stand sie wie gelähmt da, denn der Schiffsbauch war bis oben hin mit den ungewöhnlichsten Dingen angefüllt, und es sah so aus, als veranstalte die Geschichte einen Flohmarkt. Gold und Silber, Stoffe, Rüstungen und Waffen waren wild durcheinandergeworfen, als hätte man es mit den Folgen eines Erdbebens in einem Museum zu tun. Hildy rieb sich die Augen und blickte sich nach allen Seiten um. Unter dem gekappten Mast konnte sie zwölf komplette Rüstungen erkennen, die in gleichermaßen perfekt erhaltenen Pelzumhängen eingehüllt waren. Nein, sie irrte sich. Das waren menschliche Körper!

Dann ging die Taschenlampe aus.

Die menschliche Seele ist ein unberechenbares Ding. Ungefähr eine Sekunde zuvor hatte Hildy ›Ich-schaute-in-das-Antlitz-von-?‹-Frederiksen noch der Vorsehung gedankt, daß ihr allein das Privileg gewährt worden war, der erste lebende Mensch in zwölfhundert Jahren zu sein, der seinen Fuß auf die Planken des Wikingerschiffs Naglfar setzen durfte. Nun jedoch, als sie regungslos in der vollkommenen Stille und absoluten Finsternis stand, kam ihr in den Sinn, daß es eigentlich ganz nett und angenehm gewesen wäre, jemanden bei sich zu haben, der diesen Moment mit ihr hätte teilen können, und zwar vorzugsweise jemanden mit einer zuverlässig funktionierenden Taschenlampe. Sie ermahnte sich in aller Strenge, daß Archäologie eine Wissenschaft ist, daß Wissenschaftler logisch denkende und vernünftige Wesen seien und sie deshalb — zumal sie selbst eine Wissenschaftlerin war — nicht im geringsten Angst vor der Dunkelheit habe. In einem solchen Augenblick Angst zu haben, schien allerdings die logischste Regung der Welt zu sein, schließlich waren dem Menschen als erstes Angstschaltkreise in das Gehirn eingebaut worden. Die Stille war so tödlich, daß sie für einen Augenblick die eigenen Atemgeräusche für das Schnarchen der zwölf toten Wikinger hielt, die ein paar Meter von ihr entfernt unter dem Mast lagen. Sie versuchte sich zu bewegen, aber es gelang ihr nicht. Ihre Muskeln erhielten zwar den entsprechenden Befehl vom Gehirn, doch antworteten sie nur, so etwas Albernes noch nie zuvor in ihrem Leben gehört zu haben. Sie dachte darüber nach, daß Einbrecher eigentlich ständig dieses Gefühl haben mußten, aber auch dieser Gedanke war ihr nur ein schwacher Trost.

So plötzlich, wie sie erloschen war, leuchtete die Taschenlampe wieder auf — die Funktionsweise von Tankstellen-Taschenlampen entzieht sich jeglichem Verständnis —, und Hildy beschloß, daß, obwohl es in der Grabkammer wirklich ganz angenehm war, es draußen wahrscheinlich noch angenehmer wäre. Als sie sich zur Leiter umwandte, spürte sie etwas unter dem linken Fuß, und, ohne nachzudenken, bückte sie sich und hob es auf. Es fühlte sich in ihrer Hand kalt an, und es war schwer wie eine Pistole. Sie blieb kurz stehen und sah es sich an. In ihrer Hand lag eine goldene Spange, in Form eines fliegenden Drachen mit Einlagen aus Emaille und Granat. Halbwegs erwartete Hildy, er würde sich wie ein verletzter Vogel, den man im Garten aufgehoben hatte, plötzlich bewegen. Der Lichtstrahl der Taschenlampe tanzte auf den ineinander verschlungenen Mustern und Spiralen, und sie fühlte sich wie benommen. Sie wußte ganz genau, daß sie dieses Ding niemals hätte berühren, geschweige denn in ihre Tasche stecken dürfen, und genauso wußte sie, daß keine Macht der Welt sie daran hindern konnte. Dann bildete sie sich ein, noch ein anderes Geräusch in der Grabkammer zu hören. Wie ein Kaninchen, dem ein Frettchen von der Größe einer U-Bahn auf den Fersen ist, hastete sie, die Spange in der Tasche, die Leiter hinunter und aus dem Hügel hinaus.

Als ihre Mütze wieder im Tageslicht auftauchte, steckte der Vermessungsingenieur seine Autozeitschrift in die Tasche zurück und fragte nur: »Alles in Ordnung mit Ihnen?«

»Natürlich ist mit mir alles in Ordnung«, stammelte Hildy. Allerdings zitterte sie am ganzen Körper, und Schweiß hatte ihren Pony in kleine schwarze Stacheln verwandelt, die den Hörnern eines Hirschkäfers ähnelten. »Was sollte denn mit mir sein?«

»Immerhin sind Sie ganz schön lange da unten gewesen«, antwortete der Ingenieur; ihm war gerade eingefallen, daß in altertümlichen Grabhügeln manchmal wesentlich transportablere Dinge als Schiffe gefunden wurden.

»Das Ganze ist jedenfalls sehr interessant«, befand Hildy. »Wäre nett zu wissen, ob es echt ist.«

Der Ingenieur stierte auf einen Gegenstand, der aus einer Tasche ihrer dreiviertellangen Jacke hervorlugte. Hildy verdeckte ihn sofort mit der Hand und verzog die Lippen zu einem kränklichen Lächeln.

»Also gibt es da unten keine … nun ja, Kunstwerke oder so was Ähnliches?« hakte der Ingenieur nach, wobei er sich nach Hildys Dafürhalten eine Spur zu gleichgültig anhörte, und sie umklammerte die Spange noch fester.

»Kann sein«, murmelte sie verlegen. »Ehrlich gesagt, war ich nicht mutig genug, überall nachzuschauen, zumal das Höhlendach ganz danach aussieht, als könnte es jeden Moment einstürzen. Deshalb bin ich auch wieder rausgekommen.«

»Das Höhlendach?«

»Ganz schön gefährlich, wenn Sie mich fragen. Ich glaube, ich hab sogar gehört, wie es sich bewegt hat.«

Der Ingenieur zog ein langes Gesicht, was allerdings nur wenig überzeugend wirkte. »Vielleicht sollten wir versuchen, es abzustützen«, schlug er vor. »Ich könnte reingehen und nachsehen. Sie bräuchten natürlich nicht mitzukommen.«

Hildy nickte energisch. »Nur zu!« ermunterte sie den Ingenieur. »Ach, was ich Sie noch fragen wollte: Wo ist hier eigentlich das nächste Telefon? Ich meine, falls wir irgendwelche Hilfe oder einen Unfallwagen rufen müssen ...«

Wie sie erwartet hatte, gefiel dem Ingenieur diese Frage überhaupt nicht. »Andererseits«, reagierte er etwas verhalten, »ist das wahrscheinlich eher ein Job für Fachleute.«

»Das ist wohl wahr.«

»Am besten lassen wir die Finger davon.«

Hildy nickte nur.

Es begann zu regnen, und die Männer vom Vermessungstrupp packten lautstark ihre Siebensachen zusammen.

»Da wir im Augenblick sowieso nichts weiter unternehmen können, ist es wohl am besten, wenn ich die Jungs nach Hause schicke und Sie zurück nach Lairg fahre«, schlug der Ingenieur Hildy vor, und den Männern vom Vermessungstrupp rief er zu: »Kümmert euch darum, daß das Loch wieder abgedeckt wird!«

Der alte Mann im Regenmantel erhob Einspruch,

aber die anderen beachteten ihn einfach nicht und machten sich daran, die Plane wieder zu befestigen.

»Wir sollten lieber warten, bis alle weg sind«, flüsterte der Ingenieur Hildy zu. »Andernfalls ... Nun ja, sonst könnten die anderen in Versuchung geraten nachzusehen, ob es da unten nicht doch noch irgend etwas Wertvolles gibt ...«

»Da ist bestimmt nichts«, bekräftigte Hildy.

Weder sie noch der Vermessungsingenieur wußten auf dem Rückweg nach Lairg viel zu sagen. Hildy erinnerte sich an eine Passage aus dem altenglischen Heldenepos *Beowulf,* die sie während ihres ersten Jahrs an der New York State Academy als Übersetzung hatte vorbereiten müssen. Es war die Geschichte des entlaufenen Sklaven, der in der steinernen Schatzkammer einer Erdhöhle einen kostbaren Kelch findet, ihn stiehlt und dabei einen schlafenden feuerspeienden Drachen weckt. Sie konnte sich sehr deutlich daran erinnern, fast Wort für Wort, und diese Episode hatte fraglos ein äußerst tragisches Ende gefunden.

Ohne viel Federlesens setzte sie der Vermessungsingenieur in Lairg ab und fuhr dann verhältnismäßig schnell davon, was Hildy irgendwie verdächtig vorkam. Also rief sie die Polizei in Melvich an und erklärte langsam und deutlich, worum es ging. Als sie den Polizisten am anderen Ende der Leitung erst einmal davon überzeugt hatte, daß sie weder verrückt noch betrunken war, schien er nach einigen Rückfragen mit seinen Kollegen sogar ausgesprochen begeistert davon zu sein, womöglich einen vergrabenen Schatz bewachen zu dürfen. Jedenfalls versprach er ihr, den Streifenwagen umgehend dorthinzuschicken, sobald dieser von der Suche nach Annie Erskines Katze zurück sei. Hildy fühlte sich erleichtert und begab sich in die Hotelbar, wo sie sich einen doppelten Orangensaft mit Eis bestellte. Während sie daran nippte, holte sie die Spange hervor und blickte sich nach allen Seiten vorsichtig um, weil sie fürchtete, sie könnte von jemandem beobachtet werden. Aber der Barkeeper hatte sich bereits wieder zu seiner australischen Seifenoper in den Fernsehraum zurückgezogen, und Hildy war allein.

Bei der Spange handelte es sich um ein höchst erlesenes Exemplar ihrer Art, vielleicht um die schönste, die Hildy je gesehen hatte. Die Formgebung war so schlicht, wie die Verzierung reichhaltig war, und sie erinnerte Hildy an etwas, das sie kürzlich in einem völlig anderen Zusammenhang gesehen hatte. Ganz allmählich wurde ihr die Großartigkeit ihrer Entdeckung wieder bewußt, und auch die damit zusammenhängende Aufregung kehrte zurück. Kaum hatte sie ihr Glas geleert, verließ sie die Bar, meldete ein R-Gespräch mit dem archäologischen Institut an und verlangte, den Direktor *persönlich* zu sprechen.

»George?« begann sie mit ruhiger Stimme (er war für jeden, der nicht wenigstens den Rang eines langjährigen Dozenten bekleidete, schon immer nur ›Professor Wood‹ gewesen, obwohl er im Laufe seiner Karriere nie mehr als ein Ruderboot entdeckt hatte). »Hier spricht Hildy Frederiksen. Wie ...? Ja, genau ... und ich rufe aus Lairg an. L-A-I-R-G.« Sie bemerkte, daß er wieder einmal völlig geistesabwesend war, ein Gehabe, das er oft an den Tag legte, besonders nach dem Mittagessen. »Ich komme gerade von einer ersten Überprüfung dieses Grabhügels in Rolfsness zurück. George, Sie werden es nicht glauben, aber ...«

Während sie sprach, kroch ihre Hand wie von selbst in die Jackentasche und schloß sich um den fliegenden Drachen. Irgend etwas schien ihr zu sagen, daß sie dieses außergewöhnlich schöne und gefährliche Ding auf keinen Fall bei sich behalten durfte. Gleichzeitig wußte sie aber, daß sie genau das Gegenteil tun würde — egal, ob der Drache nun Feuer spie oder nicht.

Im Innern des Grabhügels herrschten wieder absolute Dunkelheit und Stille. Seit vor zwölfhundert Jahren das letzte Rasenstück auf das Spalier der Eichenbalken gelegt worden war und die Reiter zu den wartenden Schiffen zurückgeritten waren, hatte sich in der Grabkammer nichts mehr bewegt, nicht einmal ein Maulwurf oder ein Wurm. Aber nun fehlte dort etwas, das dort hätte sein sollen, und so, wie ein kleiner Stein, der aus einem Brückenbogen herausgenommen wird, die gesamte Konstruktion brüchig macht, war auch die Ruhe der Grabkammer gestört. Etwas bewegte sich in der Dunkelheit, und es bewegte sich noch einmal, und zwar mit jener Ruhelosigkeit, die kurz vor dem Erwachen auftritt.

»Das darf doch wohl nicht wahr sein!« schimpfte eine Stimme schwach und schläfrig in der Dunkelheit. »Einige von uns versuchen hier zu schlafen.«

Die Stille war unwiederbringlich zerbrochen wie eine Glasscheibe.

»Was ist los?« fragte eine andere Stimme.

»Ich sagte, hier versuchen Leute zu schlafen«, wiederholte die erste Stimme. »Also, halt's Maul! Verstanden?«

»Halt du doch das Maul«, entgegnete die zweite Stimme unwirsch. »Schließlich bist du hier derjenige, der den ganzen Lärm veranstaltet.«

»Würde es euch beiden etwas ausmachen, wenigstens ein wenig Rücksicht zu nehmen?« Eine dritte Stimme meldete sich zu Wort, so tief und kraftvoll, daß die Balkenkonstruktion von ihrem Klang zu vibrieren schien. »Ich will, daß hier ab sofort wieder Grabesstille herrscht, und das im wahrsten Sinne des Wortes. Ach, schön wär's ...«

»Entschuldigung«, sagten die ersten beiden Stimmen. Die Stille versuchte zurückzukehren, so wie die sich zunächst zurückziehende Flut versucht, den Strand später wieder hinaufzukriechen.

»Hab ich euch's gesagt oder nicht?« meldete sich die

dritte Stimme nach einer Weile zu Wort. »Ich hab euch gleich davor gewarnt, diesen Käse zu essen. Aber habt ihr auf mich gehört? Wenn ihr schon nicht schlafen könnt, dann seid wenigstens leise.«

Man hörte das Geräusch von Bewegung, Metall kratzte auf Metall, und es klang so, als würden sich Männer in Rüstungen im Schlaf umdrehen und stöhnen.

»Ach, das hat doch alles keinen Sinn«, grummelte die dritte Stimme. »Jetzt habt ihr's geschafft!«

Irgendwo in der Dunkelheit war ein quiekendes hohes Geräusch zu vernehmen, als hinge eine Fledermaus hoch oben im Gebälk einer Scheune. Es hätte durchaus eine menschliche Stimme sein können, wenn ein Mensch jemals so unglaublich alt werden könnte. Nachdem das Geräusch wie im Sand versickerndes Wasser verstummt war, herrschte wieder absolutes Schweigen; es war aber ein betretenes, angespanntes Schweigen, denn der Grabhügel war unwiderruflich erwacht.

»Der Zauberer sagt, wir sollen es mit Schafezählen versuchen«, schlug die zweite Stimme vor.

»Das hab ich selbst gehört«, warf die dritte Stimme ein, »Schafe zählen ... das grenzt doch an Sodomie. Seit ich hier unten bin, hab ich genügend Schafe gezählt, um mit deren Fellen das gesamte fränkische Reich einkleiden zu können. Ach, zum Teufel damit! Mach doch mal einer ein Fenster auf.«

Man hörte ein knarrendes Geräusch und dann das Knacken von langentspanntem Holz.

»Scheiße!« zischte die erste Stimme. »Irgendein Witzbold hat die Leiter weggenommen.«

Der alte Mann grinste, wobei seine gelben Zähne zum Vorschein kamen, und zerschnitt das letzte Seil der Plane. Zwei seiner Männer zogen sie beiseite, während die anderen Mitarbeiter des Vermessungsteams, die in Erwartung unverhofften Reichtums allesamt zurückgekehrt waren, mit Müllsäcken daneben standen. In ungefähr fünfzehn Minuten würden sie alle vermögend sein. »Kannst du irgendwas sehen, Dougal?« fragte jemand. Der alte Mann grunzte nur und kroch in das Loch hinein. Einen Augenblick später schnellte er rückwärts wieder heraus und rannte wie ein aufgescheuchter Hase davon. Das Vermessungsteam sah ihm mit Erstaunen hinterher; dann drehten sich die Männer wieder um und starrten in das offene Loch. Ein behelmter Kopf war aus der Dunkelheit hervorgetaucht, vor dessen Augen ein Panzerhandschuh gehalten wurde, um sich vor dem Licht zu schützen.

»Also, raus mit der Sprache!« schepperte es gereizt aus dem Helm heraus. »Wer von euch Witzbolden hat unsere Leiter weggenommen?«

Hildy wartete und wartete, aber niemand kam. Sie versuchte, die Zeit mit dem erneuten Lesen ihrer Lieblingssagen totzuschlagen, aber selbst deren längst liebgewonnenen Helden gelang es heute nicht, ihre Aufmerksamkeit aufrechtzuerhalten. Denn während sie las, wurden vor ihrem geistigen Auge alle jene träumerischen Vorstellungen und Fiktionen, die sich bei ihr in dem fernen und gar nicht heldenhaften Städtchen Setauket entwickelt hatten, durch neue und sehr viel genauere Visionen verdrängt und ersetzt. Zum Beispiel hatte sie sich immer die einsame Halle im bergigen Moorland, in der Gunnar van Hlidarend, Inbegriff des Helden in der Sagendichtung, letzten Widerstand leistete, als den leerstehenden Schuppen auf dem unbewohnten Gelände in der Nähe der Bahngleise vorgestellt. Folglich konnte Mord Valgardsson ohne weiteres sein Mördergesindel aus dem Drugstore in der Constitution Street heraus anführen, wo sie vermutlich den Vorsatz ihrer schändlichen Tat bei einem gemischten Eis mit Sahne bekräftigten. Sigmund und Sinfjotli waren an den Stamm des gefällten Apfelbaums im Hinterhof ihres Elternhauses gekettet, und dorthin kam auch in jener bedrückenden Nacht der Wolf, der in Wirklichkeit der König in tierischer Gestalt war, und biß Sigmund die Hand ab. Auf diese Weise hatte Hildy die Verbindung zwischen dem Erwachsensein und ihrer Kindheit stets aufrechterhalten; aber durch den Anblick des Schiffs und des Goldhaufens war diese Verbindung jetzt zerschlagen worden. Sie hatte mit eigenen Augen einen leibhaftigen toten Wikinger gesehen, der sich niemals irgendwo in der Nähe von Setauket aufgehalten hatte und schon deshalb weit aufregender und sehr viel gefährlicher war. Long-Island-Wikinger waren anders; sie hatten immer an der Haustür haltgemacht und es nie gewagt hereinzukommen. Die Caithness-Sorte schien da drastischer vorzugehen. Diese waren überall um sie herum, selbst unter dem Bett — nämlich in Form der Spange, die sie in ihrem Koffer aufbewahrte.

Hildy kämpfte beherzt gegen den unwiderstehlichen Drang an, das Schmuckstück unter all den Kleidern und Sweatshirts hervorzukramen und ins Licht zu halten, aber auch sie war nur aus Fleisch und Blut. Die Spange leuchtete in ihren Händen; allerdings schien sie sich nicht mit dem Schlagen ihres pochenden Herzens zu bewegen, sondern in einem eigenen Rhythmus, ganz so, als verfüge sie über eine eigene Macht. Hildy unternahm einen Versuch, sie unter rein fachlichen Aspekten zu betrachten, um zu sehen, ob dadurch der an der Spange haftende Zauber verflöge — zweifellos schwedische Einflüsse; die Granateinlagen stammten vermutlich aus Indien, waren jedoch in Dänemark geschliffen worden; dennoch war ein Großteil des Werkstücks im klassischen norwegischen Stil hergestellt, und die Runen gehörten zur Orkney-Variante des frühurnordischen Runenalphabets ›Futhark‹. Sie hielt inne und runzelte die Stirn. Die Runen hatte sie schon zuvor bemerkt, doch das grelle Licht der Leselampe schien wie Wasser nach dem Öffnen einer Schleuse in einen Kanal in sie hineinzufließen, so daß die Zeichen zwar nur winzig, aber deutlich auf der Hauptkrümmung der Spirale im Zentrum der Verzierung hervortraten.

Runen. Aus einem unerfindlichen Grund hatte ihr Herz zu schlagen aufgehört. Vielleicht lag irgendein Zauber in diesen außergewöhnlichen Zeichen, die in einer Zeit erfunden worden waren, als jede Schrift an sich schon magisch war; ein geheimer Hinweis auf verschwiegenem Metall, das sich ohne Sprache mit den Augen eines weisen Lehrmeisters in Verbindung setzen konnte. Runen können nichts dafür, daß sie magisch sind, selbst wenn es sich bei dem Inhalt ihrer Verkündigung um etwas ganz Alltägliches handelt: Eine in den Türsturz geschnitzte Rune soll die schlaflosen Geister davon abhalten, auf dem Dach herumzuspuken, oder aber einen Fluch auf das Haus legen, damit die Milch gerinnt und alle Feuer mit einem Male erlöschen. Man schrieb Runen auch Zauberkraft zu. Um die Runen zu erlernen, hatte sich der Gott Odin auf seinem eigenen Altar ein Menschenopfer dargebracht, und seither besaßen sie die Macht, Befehle zu erteilen. Nach Hildys fester Überzeugung war es auch der Befehl dieser Runen gewesen, der sie — via New York State Academy und Cambridge — den ganzen Weg von Setauket quer über den großen Teich bis hierher getrieben hatte, um zur fragwürdigen Heldin irgendeines letzten Streifzugs durch die Vergangenheit zu werden.

Der fremdartige Zauber, der von diesem Schmuckstück ausging, verblaßte oder verwelkte nicht gänzlich, während es in ihren Händen lag — die Runen waren immer noch Runen, und die Spange wirkte immer noch märchenhaft. Eine Wikingerspange in einem Museum oder unter den Leuchtstoffröhren des Labors im archäologischen Institut war auf ärgerliche Weise zahm wie ein gefangener Löwe, der das Brüllen verlernt hatte. Draußen auf dem Hügel, wo es kalt war, brüllte der wilde Löwe, hinreißend und gefährlich, während er in der unangemessenen Umgebung eines Hotelzimmers wie ein …

nun, eben wie ein wilder Löwe in einem Hotelzimmer war, in dem man Haus- oder sonstige Tiere unter keinen Umständen erlaubte.

Vernünftig betrachtet, hieß das nichts anderes, als daß sie sich schuldig fühlte, die Spange gestohlen zu haben. Und genau das hatte sie getan — eine Tat, die sich nicht einmal der unanständigste Archäologe der Welt zutrauen würde. *Warum also,* fragte sie ihren Koffer, *habe ich das bloß getan?*

»Ich muß sie wieder an ihren Platz bringen«, sagte sie laut.

Das einzige Auto, das man in Lairg mieten konnte, war ein relativ großer Kleinbus, der allem Anschein nach aus derselben Zeit wie das Langboot Naglfar stammte und ungefähr ebenso praktisch war, wenn es um die Bewältigung schottischer Landstraßen ging. Ihre Lage erlaubte es Hildy aber nicht, wählerisch zu sein. Mit einer Generalstabskarte auf dem Beifahrersitz brach sie nach Rolfsness auf, um die Spange in den Grabhügel zurückzubringen, bevor das Team von St. Andrews dort eintreffen würde. Während sich die absichtlich mit Schikanen versehene Straße zwischen den grauen Hügeln entlangschlängelte, merkte sie, daß ihr Vorsatz wie altertümliches Pergament zerbröselte. Das ungezähmte Tier befahl ihr, es in seinen natürlichen Lebensraum zurückzubringen und nicht dorthin, wo es Herren mittleren Alters, die längst Karriere gemacht hatten, finden und begutachten würden, um es für irgendwelche Thesen oder wissenschaftliche Abhandlungen auszuschlachten.

Sie stoppte den Kleinbus und sah sich die Spange noch einmal an. Der Ausdruck des Drachen hatte sich nicht verändert. Nach wie vor waren seine Granataugen rot und glühend wie Eisen auf dem Amboß. In Übereinstimmung mit den Erfordernissen der Symmetrie und Formgebung waren die Lippen noch immer zu diesem arrogant-spöttischen Halblächeln gekrümmt. Plötzlich wurde Hildy bewußt, daß im Zusammenhang mit dem Besitz dieses außergewöhnlichen Stücks Blut vergossen worden war, und sie war überzeugt, daß seinetwegen ohne weiteres wieder Blut fließen könnte.

Lautes Hupen und deutlich vernehmbare Flüche hinter ihr, nicht in Altnorwegisch, sondern in modernem Schottisch, weckten sie aus ihrer selbsthervorgerufenen Hypnose. Krachend legte sie den ersten Gang ein und fuhr mit dem Kleinbus auf den Seitenstreifen, um den Lastwagen der Müllabfuhr vorbeizulassen. Sie kam sich jetzt ausgesprochen lächerlich vor; die Stimme in den Runen verstummte und ließ sie mit ihrer Verlegenheit allein. Drachenspangen zuzuhören, sagte eine andere Stimme in ihrem Kopf, die ihr noch viel vertrauter war, ist nur einen Schritt davon entfernt, mit Drachenspangen zu sprechen — und dafür bringt man dich schließlich an einen Ort, wo die Leute sehr nett und verständnisvoll zu dir sind und wo die Drachen eventuell sogar antworten. Sie stopfte die Spange zurück in ihre Tasche und löste die Handbremse.

Als sie Rolfsness erreichte, war es schon fast dunkel, aber die neue, vernünftige Hildy Frederiksen trotzte der Dämmerung, so wie sie sich allen anderen Auswirkungen von Zauberei zur Wehr setzte. Nachdem sie den Bus unter einer einzelnen Eberesche geparkt hatte, trabte sie eilig zu dem Grabhügel hinüber. Über dem Loch befand sich keine Plane, und von der Polizei war keine Spur zu sehen. Sofort kehrte ihr archäologischer Instinkt zurück, und das um so mehr, da er jetzt geradezu herausgefordert wurde. Sie bekam panische Angst, daß der Grabhügel geplündert worden sein könnte, während ihre Aufmerksamkeit etwas anderem gegolten hatte, und sie machte sich erste Selbstvorwürfe. Warum hatte sie vor allem den Grabhügel wie ein Lamm unter Wölfen als erste verlassen? Zumal er dadurch bei einer Rückkehr der Männer dieses widerwärtigen Bauunternehmers die ganze Zeit unbewacht geblieben war. Sie tastete ungeschickt nach ihrer Taschenlampe und ließ sie fallen. Das Verschlußteil löste sich, und sämtliche Batterien purzelten der Reihe nach in das kurze drahtige Gras. Als sie die Taschenlampe wieder zusammenzubauen versuchte, wollten ihre Finger nicht gehorchen — heute schien wirklich alles schiefzugehen, was sie anfaßte. Als das erbärmliche Ding endlich repariert war, rückte sie wie eine Löwenbändigerin im ersten Lehrjahr näher an das Loch in der Seite des Grabhügels heran. Dabei hatte sie jetzt weniger Angst davor, was sie möglicherweise zu sehen bekäme, als vielmehr davor, was sie möglicherweise nicht zu sehen bekäme. Mit einem tiefen Atemzug, der nicht nur ihre Lungen, sondern auch ihre Taschen und das gesamte Futter ihrer Jacke zu füllen schien, steckte sie einen Zeh in die Lochöffnung, als prüfe sie die Wassertemperatur eines heißen Bads. Drinnen schien sich etwas zu bewegen.

»Was ist denn los?« verlangte eine Stimme unterhalb der Erde zu wissen.

Also hatte sie die Plünderer auf frischer Tat ertappt! Plötzlich war ihr vertrauter kleiner Körper von unnachgiebigem und übermäßigem Mut erfüllt, denn hier lag ihre Chance, sich in archäologischer Hinsicht reinzuwaschen, wenn sie im Kampf mit Grabräubern und Antiquitätenhändlern ohne Gewerbeschein sterben würde.

»Okay«, stieß sie zwischen zusammengebissenen Zähnen hervor, »kommt jetzt lieber raus da unten! Die gesamte Gegend ist umstellt.«

Es gab ein schepperndes Geräusch, als bewege sich etwas sehr Schweres, und jemand fluchte: »Warum paßt du nicht auf, wo du mit deinen großen Füßen hintrittst?« Dann fiel ein Strahl der untergehenden Sonne plötzlich auf rotglühendes Gold und blauen Stahl, und ein Mann, dessen Silhouette sich gegen den Himmel abzeichnete, stand am Rand des Grabhügels.

Er war etwas über einen Meter achtzig groß und mit

einer vergoldeten Kettenpanzerrüstung bekleidet. Sein Gesicht war halb von einer Maske mit Tierornamenten verdeckt, die gleichzeitig das Visier seines glänzenden Helms bildete, während um seine bärengleichen Schultern ein dicker grauer Fellmantel geschlungen war, der am Hals mit einer Spange in Form von zwei sich umklammernden Tieren zusammengehalten wurde. In seiner rechten Hand hielt er ein anderthalb Hände breites Schwert, auf dessen Knauf Granatsteine wie die Lichter ferner Wachfeuer glänzten.

»Wer, zum Teufel, sind Sie?« polterte der Mann vom Grabhügel herunter.

Hildy antwortete nicht, weil sie sich schlichtweg nicht mehr daran erinnern konnte, wer sie eigentlich war. Der Mann klatschte in die kettengepanzerten Hände, woraufhin nacheinander zwölf Männer aus dem Grabhügel auftauchten. Neun von ihnen waren ähnlich ausgerüstet und maskiert, und an den Armen trugen sie papierdrachenförmige Schilde, die in der untergehenden Sonne zu brennen schienen. Von den anderen dreien war einer von gedrungener Gestalt. Er trug ein langes weißes Gewand, das die Umrisse seines Körpers verschleierte wie eine tiefhängende Wolke einen Hang, und sein Gesicht war von einer Kapuze aus Katzenfell bedeckt. Er stützte sich auf einen Stab, der aus einem einzigen Walroßstoßzahn in der Form einer Schlange geschnitzt war. Der zweite der drei Männer war von riesiger Statur, größer als jedes menschliche Wesen, das Hildy jemals zuvor gesehen hatte, und er war mit einem langhaarigen Bärenfell bekleidet. Auf der Schulter trug er eine große Hellebarde, deren Schneide so lang wie ihr baumgleicher Schaft war. Der dritte war zwar kleiner als der Rest der bewaffneten Männer, aber immer noch groß. Er war schlank und bewegte sich gewandt wie ein Tänzer. Statt einer Rüstung trug er nur ein purpurfarbenes Wams und dunkelblaue Kniebundhosen. Unter dem linken Arm hatte er sich eine vergoldete Harfe geklemmt, während er über der rechten Schulter einen Langbogen aus Eschenholz und einen Köcher voller Pfeile mit grünen Flugfedern trug.

Die Männer sahen sich nach allen Seiten um, wobei sie die Augen sogar gegen die rötliche Wärme der untergehenden Sonne abschirmen mußten, als sei der kleinste Lichtstrahl für sie schon unerträglich. Einer der bewaffneten Männer, der einen Speer mit einem am Schaft befestigten Stoffbanner trug, drehte sich zu den anderen um und schob sein Visier zurück. Darunter kam ein Gesicht zum Vorschein, das gleichzeitig jung und alt war und unter finsteren Brauen sanfte braune Augen hatte.

»Nun, da sind wir ja alle wieder beisammen«, sagte er. »Also, was glaubt ihr, wie lange wir da unten gewesen sind?«

»Keine Ahnung«, antwortete als erster der Mann neben ihm, der in einem gewebten Schwertgurt ein silbernes Horn bei sich trug. »Frag doch den Zauberer. Der wird's wissen.«

Der Bannerträger wiederholte seine Frage, an den kleinen gebückten Mann gerichtet, langsam und laut, der durch die Katzenfelle hindurch ein Geräusch wie eine verrostete Türangel von sich gab.

»Er sagt, so etwa zwölfhundert Jahre«, berichtete der Bannerträger, und niemand schien davon im geringsten überrascht zu sein (ausgenommen natürlich Hildy, und sie war nicht einmal so überrascht, wie sie es erwartet hätte). Der Hornträger ließ den Blick langsam über die umliegenden Hügel schweifen, was in dem schwachen Glühen des Sonnenuntergangs unbeschreiblich majestätisch wirkte.

»Zwölfhundert Jahre also«, murmelte er nachdenklich. »Nun, wenn das wahr ist, dann hat sich hier aber nichts verändert. Nicht ein bißchen.« Er blickte noch einmal umher und fügte hinzu: »Wirklich schade. Eine erbärmliche Gegend, dieses Caithness.«

Hildy erinnerte sich plötzlich daran, daß sie früher oder später wieder atmen mußte, weil sie sonst sterben würde — und bevor sie nicht herausgefunden hatte, ob die unglaubliche und dennoch einzig mögliche Erklärung für dieses Spektakel tatsächlich zutraf, wäre ihr vorzeitiges Dahinscheiden um so bedauerlicher gewesen.

»Entschuldigen Sie bitte«, stammelte sie mit dünner Stimme, »aber sind Sie alle echt?« Die Worte schienen ihr aus dem Mund zu plumpsen wie erschöpfte Lachse, die endgültig vor einem Wasserfall kapitulierten.

»Gute Frage«, entgegnete der Anführer der Männer. »Und was ist mit Ihnen?«

Hildy wollte schon sagen, sie sei sich selbst nicht ganz sicher, als ihr wurde plötzlich klar wurde, daß der Mann seine Frage spöttisch gemeint hatte, was sie fast noch weniger als alles andere erwartet hatte. »Ich bin Hildy Frederiksen«, erklärte sie schließlich, wobei ihr durchaus bewußt war, daß diese relativ unbedeutende Tatsache bei all der Größe und Rätselhaftigkeit um sie herum wahrscheinlich nur eine geringe Bedeutung haben konnte. Trotzdem wollte sie es für sich aktenkundig machen, bevor es aus ihrem Gedächtnis gelöscht wurde.

»Interessant«, sagte der Anführer mit zwar immer noch spöttischem Unterton, doch klang in seiner Stimme nun ein Hauch von Sympathie mit. »Sie hätten mir das aber nicht erzählen dürfen, stimmt's? Schließlich dürfen Fremde, die sich nachts im Moorland begegnen, ihren Namen oder den Namen ihres Vaters erst dann verraten, wenn sie ihre Herzen durch gerissene Fragen gegenseitig auf die Probe gestellt haben.« Die finstere Miene hinter der starren Maske des Visiers schien sich jetzt ein wenig zu entspannen. »Fragen Sie mich bloß nicht, warum das so ist. So sind nun mal die Regeln.«

Hildy sagte aber nichts. Die übrigen Männer aus dem Grabhügel starrten sie an, und zum erstenmal hatte sie Angst.

»Saublöde Regeln, wenn Sie mich fragen«, fuhr der

Anführer fort, als könnte er ihre Angst spüren. »Ach, diese ganzen Stunden, die ich damit verschwendet hab, geistreiche Fragen zu stellen, obwohl ich etwas anderes hätte tun können ... Heißt dieser Ort eigentlich immer noch Rolfsness?«

Hildy nickte.

»Dann erlauben Sie mir, mich vorzustellen. Ich bin Rolf. Mein Name ist König Hrolf Ketilsson, genannt der Erdenstern, Sohn des Ketil Trout, dem Sohn des Eyjolf Kjartans Fluch, dem Sohn des Schlächters Hrapp von Hedeby, dem Sohn des Gottes Odin. Ich hab in der Erdhöhle geschlafen seit — wie lange hab ich noch mal in der Erdhöhle geschlafen, Jungs?«

»Zwölfhundert Jahre«, klärte ihn der Hornträger auf.

»Danke. Seit zwölfhundert Jahren habe ich also auf den Tag gewartet, an dem ich zurückkehren muß, um mein Königreich Caithness vor der Gefahr zu bewahren, vor der größten Gefahr, von der mein Reich und seine Bewohner jemals bedroht wurden oder heute noch werden, entsprechend dem Gelöbnis, das ich vor der großen Schlacht von Melvich ablegte, in der ich die Heerschar von Geirrodsgarth besiegte und die Macht von Nithspél niederschlug. Das hier sind übrigens meine Gefolgsadligen und Leibwächter.«

Mit einer weit ausholenden Handbewegung nahm er seinen Helm ab und hielt ihn hoch über den Kopf. Eine prachtvolle kohlrabenschwarze Haarmähne und zwei überraschend blaue Augen kamen zum Vorschein. Hildy spürte, wie ihr die Knie nachgaben, als hätte jemand von hinten dagegengetreten. Sie kniete vor ihm nieder und neigte den Kopf zu Boden. Kaum traute sie sich, wieder hochzuschauen, als sie sah, wie der letzte Strahl der untergehenden Sonne triumphierend auf dem Heft des großen Königsschwerts glitzerte und ein mächtiger Steinadler scheinbar aus dem Nichts vom Himmel herabstieß und sich flügelschlagend auf der behandschuhten Faust des Königs niederließ.

2. Kapitel

Kann mir mal endlich jemand diesen dämlichen Vogel vom Hals schaffen?« schimpfte der König.

Die letzten Sonnenstrahlen verblaßten, während der Bannerträger aufgeregt mit den Händen gestikulierte, um den Adler zu verscheuchen. Der Vogel verlagerte zwar das Gewicht von einer Klaue auf die andere, machte aber keinerlei Anstalten zu verschwinden. Jetzt versuchte der Mann im Bärenfell ihn sanft mit dem Zeigefinger wegzustoßen, aber der Adler hackte einmal kräftig mit dem Schnabel danach, und der Krieger wich fluchend zurück. In einem plötzlichen Anfall von Kühnheit stand Hildy auf und klatschte in die Hände. Sofort schlug der majestätische Vogel mit den Flügeln, wobei er ein Geräusch verursachte, als bräche in einem vollbesetzten Theater tosender Applaus aus, und schwang sich in den Himmel empor. Dort zog er gemächlich drei Kreise und verschwand schließlich am Horizont.

»Das machen diese Viecher immer«, bemerkte der König und rieb sich kräftig das Handgelenk, um die Blutzirkulation wieder in Gang zu bringen. »Ich vermute, das liegt wohl daran, daß ich ein König bin.«

»Ich verhungere allmählich«, stöhnte der Hornträger laut, woraufhin ihn mehrere Stimmen zur Ruhe mahnten. »Ich hab aber wirklich Hunger! Schließlich hab ich seit zwölfhundert Jahren nichts mehr zwischen die Zähne gekriegt.«

Ein Stimmengewirr brach los, das sich schnell zu einem anhaltenden Crescendo steigerte. »Beachten Sie diese Kerle einfach nicht«, versuchte der König Hildy zu beruhigen. »Manchmal benehmen die sich wie ein Haufen alter Weiber.«

Während er seinen Helm im Gras ablegte, nahm er Hildys Arm, wobei sie zu ihrem eigenen Erstaunen weder zusammenzuckte noch zurückwich. Ein paar Schritte führte er sie so an seiner Seite und ließ sich schließlich bequem auf einem kleinen Felsblock nieder.

»Also gut«, begann er und musterte sie mit seinen hellen Augen. »Was ist denn in der Welt so alles passiert, während wir geschlafen haben?«

Hildy blickte zurück zu den Kriegern, die etwas äußerst Wichtiges zu erörtern schienen. Soweit sie mitbekommen konnte, hatte es hauptsächlich etwas damit zu tun, wessen Aufgabe es eigentlich damals gewesen sei, einen Lebensmittelvorrat anzulegen. Schließlich setzte sie sich neben den König.

»Das ist aber eine sehr lange Geschichte«, sagte sie.

»Das liegt wohl in der Natur der Sache, nicht wahr?« entgegnete der König lächelnd. Dieses Lächeln gab ihr ein Gefühl der Sicherheit, so als stünde sie unter dem Schutz einer gewaltigen, aber vertrauten Macht. Eine Zeitlang saß sie nur schweigend da und sammelte ihre Gedanken. Dann erzählte sie ihm alles.

Erst als sie mit ihrem kurzen historischen Abriß fertig war, blickte sie wieder auf. Die Männer stritten sich noch immer. Mittlerweile schienen sie die Verantwortung auf den Bannerträger oder den Hornträger beschränkt zu haben, die allerdings beide gleichzeitig und lauthals ihre Unschuld beteuerten.

»Im wesentlichen war's das«, schloß Hildy ihren Bericht.

»Das soll wirklich alles gewesen sein? Zwölfhundert

Jahre Geschichte? Sämtliche Errungenschaften der Menschheit? Menschen sterben, Vieh stirbt, nur glorreiche Taten leben für immer weiter?«

»Ja, das ist alles.«

Der König zuckte ratlos die Schultern, und zwölfhundert Jahre Geschichte schienen an seinen Armen hinabzugleiten und in der torfhaltigen Erde zu versickern. »Und Sie sind sich sicher, nichts ausgelassen zu haben?«

Hildy erschauderte leicht. »Doch, eine ganze Menge sogar«, entgegnete sie.

Der König nickte. »Ja, natürlich. Aber ich meine etwas wirklich Wichtiges.«

»Und was zum Beispiel?«

»Ich weiß es selbst nicht, woher auch? Oder vielleicht doch?« Er runzelte die Stirn. »Ach, zur Hölle damit! Wenn es greifbar wäre, hätten Sie es nicht auslassen können.« Seine Stirn glättete sich, und er blickte über die Schulter zu den zankenden Kriegern hinüber. »Bei den Wikingervölkern«, fuhr er wehmütig fort, »gilt der Musterheld als tapfer, treu, fröhlich und wortkarg. Drei von vieren dieser Eigenschaften sind aber auch nicht schlecht, wie ich meine. Wer sind Sie eigentlich, Hildy Frederikstochter?«

»Frederik*sen*«, korrigierte Hildy ihn automatisch, »Oh, das habe ich vergessen. Das mit dem angehängten *-sohn* und *-tochter* haben wir schon vor Jahrhunderten abgeschafft.«

»Das ist auch ganz richtig so. Aber erzählen Sie weiter.«

»Ich bin eine Archäologin«, fuhr Hildy fort, »und grabe die Vergangenheit wieder aus.«

Der König hob eine Augenbraue. »Sie meinen, Sie wärmen alte Streitigkeiten wieder auf und halten alten Groll am Leben? Doch bestimmt nicht, oder?«

»Nein, nein. Ich grabe altertümliche Dinge aus, die in der Erde vergraben sind. Dinge, die Menschen gehörten, die vor Hunderten von Jahren gelebt haben ...« Während sie das sagte, fühlte sie sich allmählich immer unwohler in ihrer Haut; sie hatte die Spange ganz vergessen!

»So etwas machen Sie wirklich?« fragte der König ungläubig. »Bei uns nannte man das Grabschändung.«

Hildy zappelte nervös hin und her, und dabei rutschte die Spange aus ihrer Tasche und fiel zu Boden.

»Ach, jetzt verstehe ich. Archäologin also. Das muß ich mir merken.«

Hildy hob die Spange auf und versuchte dabei vergeblich, dem Blick des Königs auszuweichen. »Ich wollte sie wieder an ihren Platz legen, ehrlich«, stammelte sie. »Deshalb bin ich zurückgekommen. Es tut mir wirklich leid.«

Der König seufzte und griff nach der Spange, die wie von selbst aus ihrer Hand herauszuhüpfen schien, als sei sie froh, Hildy endlich zu verlassen.

»Ich hab mich schon gefragt, wo die wohl geblieben ist«, reagierte der König betont kühl. »Ich hab 'ne Menge Probleme deswegen gehabt ... aber egal.«

»Was ist das für eine Spange?« fragte Hildy verlegen, doch der König lächelte nur ziemlich verächtlich und steckte sie sich an seinen Umhang. Hildy blickte beiseite. Sie fühlte sich furchtbar elend und kam sich wie ein Kind vor, das etwas sehr Schlimmes angestellt hatte und dem verziehen worden war.

»Erzählen Sie weiter«, forderte der König sie auf.

Hildy gehorchte. »Ich bin hierhergekommen, um den Grabhügel zu erforschen. Die Leute, die die Pipeline verlegen, sind ...«

»Ich nehme an, *Sie* wissen, was eine Pipeline ist, oder?« unterbrach sie der König.

»Das ist eine Art Röhre. Wirklich. Die verläuft unter dem Meer entlang und ...«

Der König runzelte erneut die Stirn. »Verzeihung, ich

hätte Sie nicht unterbrechen sollen. Ein paar Männer haben also eine Röhre gebaut und den Grabhügel aufgebrochen. War das ein Zufall, oder haben die das mit Absicht getan?«

»Oh, das war reiner Zufall. Dann haben sie uns Archäologen Bescheid gegeben, weil es sich bei dem Fund um eine altertümliche Grabstätte hätte handeln können. Und ich bin dann hierhergekommen und ...«

»Ja.« Der König lächelte wieder, diesmal ganz freundlich. »Und Sie sind sich wirklich ganz *sicher*, daß es nur Zufall war? Das ist ziemlich wichtig.«

»Absolut sicher.«

Der König lachte plötzlich los, laut und beinah nervös, als wäre ihm ein großer Stein vom Herzen gefallen. »Das ist gut«, sagte er schließlich. »Eine Pipeline ist also eine Art Röhre, richtig? Aber wofür?«

Folglich erzählte ihm Hildy alles über Öl, Erdgas und Elektrizität, sogar über Kernkraft und Three Mile Island. Als sie damit fertig war, hatten auch die Krieger ihren Streit beigelegt und kamen nun herüber, um ihr zuzuhören. Aber Hildy nahm davon keine Notiz — schließlich ruhte der Blick des Königs auf ihr, und sie war fast stolz darauf, diejenige zu sein, die erwählt worden war, ihm das alles zu erzählen, so wie ein Kind, das vor seinem geduldigen Onkel mit seinem teuren neuen Spielzeug prahlt. Als sie das Thema Energieversorgung abgeschlossen hatte, fuhr sie mit den technologischen Errungenschaften fort: Autos, Computer, Telefone und Fernsehen. Während sie redete, beschlich sie immer mehr das Gefühl, daß der König völlig abwegig reagierte, denn er wirkte von all dem nicht im geringsten überrascht. Tatsächlich schien er sogar alles, was sie ihm erzählte, zu verstehen — selbst alles über Faxgeräte und die Art und Weise, in der Textverarbeitungssysteme ganze Kapitel schlucken und sich weigern, diese wieder herauszugeben. Hildy brach mittendrin ab und starrte ihn verdutzt an.

»Ich wußte doch, daß Sie etwas ausgelassen hatten«, sagte der König.

»Aber woher hätten Sie das wissen können?« fragte Hildy. »Ich meine, das alles muß sich für Sie doch völlig merkwürdig anhören.«

Der König hob erneut eine Augenbraue. »Was soll an Zauberei so merkwürdig sein? Oder wissen Sie nichts über die Welt, in der wir gelebt haben?«

»Doch, doch. Ich weiß sogar eine ganze Menge«, beteuerte Hildy stolz. »Ich hab sämtliche Sagen und Eddas gelesen, einfach alles.«

Der König nickte. »Offenbar sind Sie eine sehr weise Frau«, sagte er mit gespieltem Respekt. »Eine Lehrmeisterin des Sagenguts sogar. Dann wissen Sie bestimmt auch alles über Zauberei, nicht wahr?«

»Aber was ich Ihnen erzählt hab, hat nichts mit Zauberei zu tun«, wehrte sich Hildy. »Das ist Wissenschaft.«

»Und Sie sind auch keine Grabräuberin, sondern eine Archäologin.« Der König lachte erneut, und Hildy errötete; und das war ihr seit zwanzig Jahren nicht mehr passiert. »Das ist offensichtlich nichts anderes als ganz gewöhnliche Zauberei, Hildy Frederikstochter, nur hört es sich wesentlich weltlicher an, und es scheint heute davon mehr zu geben als früher ...« Während er diese Worte sprach, schien ihm irgend etwas Sorgen zu bereiten, und er verstummte plötzlich.

»Bist du jetzt endlich fertig?« beschwerte sich eine Stimme hinter dem König. »Ein paar von uns hier drüben verhungern und erfrieren allmählich.«

Der König schloß die Augen und bat irgendeine namenlose Macht, ihm Kraft zu geben. Aus der Ferne hörte Hildy das Geräusch eines herannahenden Autos. Sofort schaute sie über die Schulter zur Straße hinüber, und man konnte bereits das Scheinwerferlicht erkennen. Die Krieger blickten sich ebenfalls nach hinten um. Die Lichter kamen näher, wurden jedoch langsamer, und Hildy war klar, daß der Wagen anhalten würde. Einer der Männer hatte bereits sein Schwert gezückt, und die anderen murmelten etwas davon, wer eigentlich an der Reihe sei, gegen den Drachen zu kämpfen, und wer es das letztemal getan habe. Zudem sei es nicht fair, immer denselben die Drecksarbeit erledigen zu lassen. Aber Hildy hatte plötzlich das Gefühl, daß der König und seine Männer um keinen Preis von jemandem gesehen werden durften. Ob es sich dabei um eine echte Vorahnung einer drohenden Gefahr oder lediglich um das Verlangen handelte, sämtliche Wikinger für sich zu behalten — zumindest noch ein wenig länger —, wußte sie allerdings selbst nicht so genau.

»Bitte!« flehte sie den König an. »Man darf Sie hier nicht sehen. Ich muß Sie hier wegbringen.«

Der König blickte ihr in die Augen und nickte. Die Männer verstummten und steckten ihre Schwerter wieder in die Scheiden.

»Hier entlang!« rief Hildy und nahm Kurs auf den Kleinbus. Der König und seine Krieger folgten ihr.

»Da geh ich nicht rein«, protestierte der Bannerträger. »Das Ding hat nicht mal Ruder.«

»Halt's Maul und steig ein!« raunzte ihn der König an, woraufhin der Bannerträger maulend einstieg und sich mißmutig auf einen Sitz fallen ließ. Seine Männer folgten ihm rasch und traten sich dabei gegenseitig auf die Füße.

»Setzen Sie sich hier neben mich«, flüsterte Hildy dem König zu. »Wir müssen uns beeilen.«

Sie löste die Handbremse, und ohne den Motor anzulassen oder die Scheinwerfer einzuschalten, ließ sie den Kleinbus über den holprigen Boden den Abhang hinunter zur Straße rollen. Der Polizeiwagen hatte mittlerweile angehalten, und man sah jetzt die Lichtkegel der Taschenlampen, als die Polizisten auf den Grabhügel kletterten. Hildy ließ den Bus weiter die Straße hinunterrollen, bis sie annahm, außer Hörweite zu sein. Dann erst startete sie den Motor und fuhr davon.

In dem verlassenen Grabhügel rührte sich nichts, und die Dunkelheit war vollkommen. Ein goldener Kelch, der durch einen vorbeistreifenden Fuß aus dem Gleichgewicht gekommen war, als die Wikinger aus dem Schiff gestiegen waren, fiel schließlich um und rutschte mit einem Plumpsen in den Laderaum. Jemand mit einem außergewöhnlichen Gehör hätte möglicherweise ein schwaches Geräusch vernommen, um es dann seiner Einbildung zuzuschreiben, die ihm einen Streich gespielt hatte. Es war ein Geräusch wie von zwei sehr leise flüsternden Stimmen.

»Verdoppelt macht das zweiunddreißig Punkte überm Strich, und sechs sind übrig, das macht achtunddreißig. Zwei für diese Rübe macht vierzig, und das heißt, daß ich noch mal würfeln darf, und diesmal geh ich nach Norden. Wenn ich also mehr als sechzehn schaff, kann ich passieren und einen neuen Block bilden.«

»Rutsch mir doch den Buckel runter«, murrte die andere Stimme.

Ein leicht klirrendes Geräusch war zu hören. »Sechs«, triumphierte die erste Stimme mit unverhohlenem Vergnügen. »Sechs nach oben. Oje ... Kladderadatsch! Eimerweise Blut und ab nach unten in den roten Rachen der Schlange.«

»Geschieht dir ganz recht.«

Dann herrschte Stille — wirkliche Stille, es sei denn, man hätte gehört, wie das Gras seine Wurzeln tiefer in die Erde trieb. Die Augen eines aufmerksamen Beobachters hätten allerdings tief in der Finsternis unter dem Kiel des Schiffs vier winzige milchweiße Lichtpunkte erspäht.

»Das ist ein Scheißspiel«, beklagte sich die erste Stimme. »Warum spielen wir nicht was anderes?«

»Das sagst du nur, weil du verlierst.«

»Wir haben dieses Spiel zwölfhundert Jahren lang gespielt«, fuhr die erste Stimme verdrossen fort, »und ich hab die Nase langsam voll.«

Wieder war das klirrende Geräusch zu hören.

»Vier«, sagte die zweite Stimme unbeeindruckt. »Doppelter Runenpunkt. Ich denke, ich werd mir noch ein Langhaus auf Uppsala gönnen.«

»Uppsala gehört mir, oder etwa nicht?«

»Du hast es mir für einen Drachen und dreihundert Punkte unterm Strich verkauft.«

»Ojemine.« Wieder herrschte völlige Stille. »Sag mal, was war das da eigentlich vorhin für eine Unruhe?«

»Was für eine Unruhe?« fragte die zweite Stimme. »Ich hab nichts bemerkt.«

»Na hör mal, da war doch ein Kommen und Gehen. Außerdem Stimmen, klirrendes Metall, fluchende Leute und sogar ein bißchen Licht.«

»Licht?« hakte die zweite Stimme grübelnd nach. »Das ist doch dieses Zeug, das aus dem Himmel kommt, oder?«

»Das oder Regen. War das jetzt dein Zug?«

»Kann man so sagen.«

»Also gut, dann nehme ich deine Burg und setz dich vermutlich gleich matt ... oje!«

»Nein, das tust du nicht. Du mußt nämlich eine Runde aussetzen.«

»Muß ich nicht.«

»Mußt du doch.«

Vollkommene Stille. Sogar die Würmer schienen damit aufgehört zu haben, in der torfhaltigen Erde herumzuschnüffeln.

»Sollen wir nun gehen und nachsehen?«

»Nach was?«

»Nach den Geräuschen. Ich bin sicher, daß sich da was bewegt hat.«

»Du bildest dir das alles nur ein.«

»Nein, tu ich nicht. Ich glaub, da ist jemand rausgegangen ... oder reingekommen. Jedenfalls war da was.«

»Hör mal, spielen wir jetzt endlich weiter oder was?«

»Ich werd mal nachsehen.« Zwei von den blassen

Lichtpunkten schienen sich um den Kiel des Schiffs herum zu bewegen, dann die Leiter hinauf, wieder ein Stück nach unten und schließlich im Grabhügel rings im Kreis. »Hier, komm her und schau dir das selbst an!« rief die erste Stimme aufgeregt. »Da ist ein Loch.«

»Was für 'ne Sorte Loch?«

»Irgendein Loch. Was weiß ich? Ein Loch, das nach draußen führt.«

Das zweite Lichterpaar kletterte hinauf und bewegte sich auf das erste Paar zu.

»Du hast recht, das ist ein Loch«, bestätigte die zweite Stimme.

»Und was machen wir jetzt damit?«

»Na, raus hier.«

Kurze Zeit später lagen außerhalb des Grabhügels zwei kleine Gestalten im Gras, die, geblendet vom trüben Sternenlicht, wie benommen waren.

»Wenn das hier Licht ist«, sagte die eine Gestalt zur anderen, »dann kannst du's behalten.«

Aber die andere Gestalt hob vorsichtig den Kopf und schnüffelte. »Es riecht wie Licht«, sagte sie zögernd, »und schmeckt wie Licht. Weißt du eigentlich, was das bedeutet, Zxerp?«

»Das bedeutet, daß ich im großen und ganzen das andere bevorzuge. Wie hieß das noch mal? Regen, stimmt's?«

»Das bedeutet, daß wir frei sind, Zxerp! Nach eintausendzweihundertsechsundvierzig Jahren, drei Monaten und elf Tagen in diesem stinkenden Loch sind wir tatsächlich frei.«

Einen Moment lang schwiegen beide. »Ehrlich? Hat aber wirklich 'n bißchen was von 'ner Enttäuschung«, murmelte Zxerp traurig.

»Ach, scher dich doch zum Teufel«, winkte Prexz ab. Er war von Natur aus vergnügt und optimistisch, reichlich ungewöhnlich für einen chthonischen Geist. Seitdem er und sein Bruder Zxerp in König Hrolfs Grab in die Falle geraten waren, hatte er die Hoffnung niemals ganz aufgegeben, irgendwann wieder herauszukommen.

»Und jetzt?« fragte Zxerp. »Dir ist hoffentlich klar, daß sich die Dinge ganz schön verändert haben, seit wir da drinnen steckengeblieben sind.«

»Und wessen Schuld war das wohl?« platzte es automatisch aus Prexz heraus — diese Frage hatte in über zwölfhundert Jahren hitziger Debatten nicht geklärt werden können, und kleinere Meinungsverschiedenheiten bezüglich der genauen Regeln des Spiels ›Koboldzähne‹ waren bei der Lösung dieses Problems auch nicht eben hilfreich gewesen. Aber Zxerp ließ sich einfach nicht kleinkriegen.

»Ich meine«, fuhr Zxerp fort, »die Dinge haben sich bestimmt verändert. Zwölfhundert Jahre sind eine lange Zeit.«

»So ein Quatsch!« widersprach Prexz völlig zu Recht. Schließlich sind chthonische Geister genau wie die Energiequellen, aus denen sie sich am Anfang der Welt entwickelten, praktisch unsterblich. Wie Licht und Elektrizität existieren sie ewig weiter, es sei denn, sie treffen auf irgendeinen unüberwindlichen Widerstand oder eine negative Kraft. Da sie aber aufgrund einer Laune der Natur den gleichen Bewußtseinsstand haben wie sterbliche Wesen, können sie durchaus der Langeweile zum Opfer fallen. Zxerp und Prexz bildeten da keine Ausnahme, als sie durch denselben Zauberbann eingesperrt worden waren, durch den auch für die Besatzung des Königs die Zeit stehengeblieben war. Es liegt im Wesen eines chthonischen Geistes, auf der Suche nach Magnetfeldern unsichtbar durch die Wasseradern der Erde zu fließen oder sich parasitenhaft von der elektrischen Ladung eines Gewittersturms zu ernähren; Gefangenschaft quält sie.

»Und ob das eine lange Zeit ist, wenn man in einem Grab festsitzt und nichts anderes zu tun hat, als ›Koboldzähne‹ zu spielen«, beharrte Zxerp. »Ich glaube fast, du würdest am liebsten weiterspielen und ...«

Aber Prexz hörte ihm gar nicht zu und sagte: »Also gut, es gibt nur eine Möglichkeit, das herauszufinden.«

Die zwei Geister saßen eine Weile schweigend da, als würden sie sich auf ein großes Abenteuer vorbereiten.

»Richtig«, seufzte Zxerp. »Wenn wir gehen, dann gehen wir. Übrigens, *wohin* gehen wir?«

»Weiß ich nicht. Die Welt liegt uns gewissermaßen zu Füßen.«

»Prima. Ach, wart mal eben!«

»Was ist denn?«

»Soll ich das Spiel noch holen?«

Prexz kratzte sich am Kopf. Einerseits war die Welt voll von neuen, aufregenden Dingen, die ein chthonischer Geist tun konnte: Elemente waren zu erforschen, in den Energieströmen der Magmaschichten konnte man eine Menge Spaß haben, und überall gab es statische Aufladungen zu trinken und Ultraschall zu essen. Auf der anderen Seite stand er kurz davor, das Spiel zu gewinnen.

»Dann mach mal«, sagte er schließlich. »Wir können es genausogut mitnehmen.«

»Wenn irgend jemand fragt«, flüsterte Hildy, »dann sind Sie der Chor der schottischen Nationaloper und unterwegs zur Probe für die Tannhäuser-Aufführung in Inverness. Ich werde etwas zu essen besorgen.«

Sie hatte den Wagen in einer Nebenstraße in Thurso geparkt, ganz in der Nähe eines Fish'n'Chips-Ladens. Hildy ließ die Männer nur äußerst ungern allein zurück, aber ihre lautstarken Forderungen nach Essen waren langsam unerträglich geworden, und zu dieser nachtschlafenden Zeit hatten nur noch ein paar Imbißbuden mit Straßenverkauf geöffnet.

»Vierzehnmal Dorsch und Pommes und vierzehn Dosen Bier«, murmelte sie vor sich hin, während sie die dunkle Straße hinauftrottete. Sie hoffte nur, daß sie genug Geld bei sich hatte, um alles bezahlen zu können. Aber bei drei Mahlzeiten am Tag fragte sie sich, wo das alles noch enden sollte. Ganz davon zu schweigen, daß sie für sämtliche Männer einen Schlafplatz finden mußte.

Zur gleichen Zeit machte der Bannerträger im Kleinbus wie üblich Schwierigkeiten.

»Woher wissen wir eigentlich, daß wir ihr trauen können?« fragte er. »Oder hat Freyja dir etwas über sie erzählt? Offensichtlich ist sie so eine Art Hexe. Oder wie kann es sonst angehen, daß sich dieses Ding ohne Ruder bewegt?«

Der König schüttelte den Kopf. »Wir können ihr vertrauen. Allerdings scheint sie nicht sehr viel zu wissen. Ob das gut oder schlecht ist, weiß ich noch nicht.«

»Also glaubst du, daß noch immer Gefahr droht?« wollte der Riese wissen, der sich hinten im Wagen fast im rechten Winkel vorbeugen mußte.

»Natürlich droht Gefahr, Starkad Storvirksson«, entgegnete der König nachdenklich. »Davon können wir jedenfalls ausgehen, denn ich spüre sie überall um mich herum. Und ich glaube, diese Frau Hildy Frederikstochter hat recht — wir dürfen uns nicht zu erkennen geben, solange wir nicht herausgefunden haben, was hier eigentlich vor sich geht. Ich habe keinerlei Zweifel, daß die Macht des Feinds gewachsen ist, während wir geschlafen haben.«

Als Hildy erschöpft und schwerbeladen mit zwei Tragetaschen zurückkehrte, befahl der König seinen Männern, still zu sein, und sagte dann, an Frederikstochter gewandt: »Wir sollten lieber nicht in dieser Stadt bleiben. Können Sie uns auf das offene Land zurückbringen?«

Hildy nickte nur; sie war viel zu erschöpft, um etwas zu sagen. Nachdem sie Thurso verlassen hatten, fuhren sie mit dem Kleinbus etwa eine halbe Stunde lang über die Landstraße, bis sie unterhalb eines Bergs ödes und verlassenes Moorland erreichten. Dort stieg die ganze Truppe aus und entzündete in einer kleinen Senke, die von der Straße aus nicht einzusehen war, ein Feuer. Hildy verteilte Papiertüten mit Dorsch und Pommes frites und Bierdosen, die die Krieger mit größtem Mißtrauen von allen Seiten musterten.

»Ich fürchte, das Essen ist leider etwas kalt geworden«, sagte Hildy, »Aber immer noch besser als gar nichts, oder?«

»Was ist das überhaupt?« wollte der Hornträger wissen. »Ich meine, was macht man damit?«

»Sie müssen das Papier entfernen«, sagte Hildy, woraufhin der Riese erstaunt aufblickte; er hatte seine Portion bereits samt Verpackung verschlungen. »Das braune Zeug außen herum nennt man Teig. Es wird aus Eiern, Mehl und anderen Dingen zubereitet. Innen drin ist Fisch.«

»Ich mag keinen Fisch«, nörgelte ein Krieger, der einen silbernen Helm trug.

»Die kleinen braunen Dinger sind Pommes frites«, fuhr Hildy unbeirrt fort, »die hatte man zu Ihrer Zeit noch nicht erfunden. In diesen kleinen Metallröhren ist Bier.«

Der Krieger mit dem Silberhelm wollte gerade zu der Frage ansetzen, ob man statt des Biers nicht auch irgendwelches Met bekommen könne, aber der König blickte ihn stirnrunzelnd an und sagte: »Ganz ausgezeichnet! Wir schulden Ihnen schon jetzt eine ganze Menge, Hildy Frederikstochter.«

Hildy nickte — sie schuldeten ihr exakt zweiundzwanzig Pfund und fünfundsiebzig Pence, und sie sah nur eine geringe Chance, ihre Auslagen jemals wiederzubekommen. Die Autoren all der Sagen, die sie gelesen hatte, waren bei ihren Schilderungen bezüglich der anfallenden Kosten für Massenverpflegung stets auffällig zurückhaltend gewesen.

»Keine Ursache«, seufzte sie erschöpft, »es war mir ein Vergnügen.«

»Als Gegenleistung«, nuschelte der König, der den Mund voller Dorsch hatte, »muß ich Ihnen erst einmal erklären, wer wir sind und warum wir in dem Grab geschlafen haben. Aber denken Sie bitte daran, daß dies eine äußerst ernste Angelegenheit ist. Weise ist derjenige, der weiß, wann man spricht; weiser noch derjenige, der weiß, wann man schweigt.«

»Ich hab verstanden«, sagte Hildy, die den letzten Ausspruch des Königs als Zitat aus der ›Älteren Edda‹ erkannt hatte. »Fahren Sie bitte fort.«

Der König verbog seine Bierdose in die Form eines Trinkhorns und zog den Ringverschluß ab. »Mein Vater war Ketil Trout«, begann er, »und er herrschte über Caithness und die Orkneyinseln. Er war ein weiser und mächtiger König, nicht übermäßig beliebt bei seinen Untertanen, aber von seinen Feinden gefürchtet. Als er in der Schlacht fiel, wurde er in seinem Schiff begraben.«

»Wo?« fragte Hildy, denn hin und wieder erwachte in ihr immer noch der archäologische Instinkt. Aber der König ging nicht auf sie ein.

»Ich war sein Thronfolger«, fuhr er fort. »Zu jener Zeit war ich erst vierzehn Jahre alt, und mein Onkel Hakon Kralle herrschte als Regent, bis ich das Alter von sechzehn erreichte. Als ich den Thron bestieg, führte ich mein Volk in den Krieg. Ich war damals stark und groß für mein Alter und brannte vor Begierde, Ruhm zu erlangen. Die Menschen verehrten mich, und ich sah eine Reihe von herrlichen Siegen voraus; mein Schwert steckte nie in der Scheide, mein Banner wurde niemals eingerollt, mein Königreich gewann von Tag zu Tag an Größe und Macht.«

Der König hielt an dieser Stelle inne, und Hildy sah im Schein des Feuers, daß in seinen wachen hellen Augen Tränen standen. Sie wartete geduldig, bis er weitererzählte.

»Wie Sie sehen, Hildy Frederikstochter, war ich in meiner Jugend nichts anderes als ein hundsgemeiner Narr, geblendet von Erzählungen und den langen Namen der Helden. Aber das kommt davon, wenn man Geschichten aus der Vergangenheit zuviel Beachtung schenkt; man will ihnen nacheifern und längst Vergangenes in die Gegenwart zurückbringen. Aber es gab niemals ein Zeitalter der Helden. Schon damals, als Sigurd den in einen Drachen verwandelten Fafnir im Teutoburger Wald tötete, wurden Lieder über die großen Helden und Zeiten gesungen, die niemals wiederkommen würden. Ich habe das Leben von vielen Bauernsöhnen vergeudet, die nicht warten konnten, bis die Gerste reif war, habe Heere in sinnlose Schlachten geführt und Feinde getötet, die es nicht wert waren, getötet zu werden. Was bedeuten schon all die Lieder, die man über mich zu schreiben und zu singen versprach, wenn ich erst einmal tot in der Grabhöhle liegen würde? Sie, Hildy Frederikstochter, haben geäußert, sämtliche Sagen unseres Volks gelesen und die ruhmreichen Heldentaten studiert zu haben. Gibt es eigentlich noch irgendein Lied über die Schlacht von Melvich oder den Kampf in Tongue, als ich Jarl Bjorn vor seinem eigenen Großmast erschlug?«

Hildy wandte sich in einer Mischung aus Entsetzen und Verlegenheit ab und schwieg.

»Man hat mir nämlich ein Lied versprochen«, fuhr der König fort. »Vielleicht ist ja wirklich eins verfaßt worden. Wenn nicht, ist es auch egal. Ich fand diese ganzen Lieder sowieso schon immer furchtbar langweilig. ›Die Flamme des Kriegs pfiff, und die Wölfe hielten ein Festmahl, als Hrolf der Schmächtige die Walstraße rot färbte.‹ Ich erinnere mich daran, daß die Pfeile stets die Sonne verdeckten, und der Dichter keinen Lohn erhielt, wenn nicht schon in der ersten Strophe mindestens einmal eine Klinge mit voller Wucht auf einen Helm eingeschlagen hatte.«

Der König lächelte bitter und warf erneut Holz in das Feuer. Es knackte und wurde heller.

»Dann wurde ich eines Tags verwundet, ziemlich schwer sogar. Schon seltsam, daß es kein großer Held oder ein Graf war, der mir damals diese Verwundung zufügte. Ein armseliger Krieger, dessen Schiff wir geentert hatten, war dafür verantwortlich. Ich erwartete von ihm, daß er stehenblieb und sich töten ließ, denn ich war ein Held, und er war nur ein Bauer. Aber vermutlich kannte er die Regeln nicht oder hatte zuviel Angst, um sie zu befolgen. Jedenfalls traf er mich mit seiner Axt an der Stirn — nicht mit einer Hellebarde mit Runen auf der Klinge, sondern mit einer ganz normalen Axt, die der Dorfschmied gefertigt hatte. Ich glaube, dieses Ding hat mir damals wenigstens ein bißchen Verstand in meinen Dickkopf hineingeprügelt, denn das war das Ende meiner Laufbahn als Seeräuber, obwohl ich wieder völlig gesund wurde. Ich kehrte nach Hause zurück und versuchte mich ernsthaft für profanere Dinge zu interessieren; zum Beispiel, ob die Leute genug zu essen hatten und die Straßen im Winter passierbar waren. Ich fürchte, das war eine große Enttäuschung für meine treuen Untertanen, sie hatten nämlich eine Vorliebe für blutrünstige Könige.

Gerade als das Leben ein wenig Sinn zu ergeben schien und niemand mehr Lust hatte, uns zu überfallen, weil wir uns einfach weigerten, in den Kampf zu ziehen, geschah etwas oben im Norden in Finnmark, im Königreich von Geirrodsgarth, wo die Zauberer lebten. Ich glaube, sie hörten damals auf, sich gegenseitig zu bekämpfen, und schlossen ein Bündnis. Was auch immer der Grund war, plötzlich kreuzte jedenfalls ein ganzes Heer von unverwundbaren Berserkern auf den nördlichen Meeren. Sämtliche Krieger, die sogar zu bösartig waren, um Helden zu sein, hatten sich offensichtlich schon seit Jahren dorthin begeben, und der König der Zauberer stellte aus ihren Reihen ein Heer zusammen.

Aber das war noch nicht alles. Er hatte Kobolde und erweckte Kreaturen zum Leben, die aus den Körpern von Toten gemacht waren, und die Seelen von Wölfen und Bären nahmen menschliche Gestalt an. Plötzlich wurde aus dem anfänglichen Spiel blutiger Ernst, und die Könige und Herzöge legten sehr schnell ihre Meinungsverschiedenheiten bei und boten jedem fachkundigen Zauberer hohen Lohn an, der sich auf militärische Magie spezialisiert hatte. Aber die meisten von denen hatten sich bereits dem Feind angeschlossen, und als die Schiffe von Geirrodsgarth vor den Küsten eines jeden Königreichs im Norden auftauchten, fanden bald Schlachten statt, über die sich niemand mehr Lieder ausdachte.

Zu kämpfen war so gut wie aussichtslos, denn die üblichen Hack- und Schlagtechniken bewährten sich nicht bei dem Heer der Zauberer. Aber vermutlich hatte ich Glück, oder mein Ahne Odin kam mir zu Hilfe. In einer Steinhütte in Orkney lebte ein Zauberer namens Kotkel, und er kannte ein paar Tricks, von denen der Feind nichts wußte. Er kam zu mir und erzählte mir, daß ich dem Gegner widerstehen, ihn vielleicht sogar besiegen könne, wenn ich eine Spange namens ›Glück von Caithness‹ finden würde. Sobald sich diese in meinem Besitz befinden würde, könnte ich wenigstens unter gleichen Bedingungen kämpfen. Zu dieser Zeit strömten alle Flüchtlinge aus den Heer der großen Könige in mein Reich, und so konnte ich mir die besten Krieger jener Tage frei auswählen: Ohtar und Hring; Brynjolf den Verwandler und Starkad Storvirksson; Angantyr und Bothvar Bjarki; Helgi, Hroar und Hjort; Arvarodd, der in Permia gewesen war und Riesen getötet hatte, und Egil Kjartansson, genannt der Tänzer. Ich sandte sie aus, die Spange zu suchen, und innerhalb eines Monats fanden sie die Reliquie. Dann kämpften wir gegen den Zauberer und wir haben gesiegt, und zwar in Rolfsness, nach einer Schlacht, die zwei Tage und zwei Nächte lang dauerte.

Im letzten Augenblick ging allerdings etwas schief. Einer von uns — ich weiß nicht mehr, wer das war, aber das spielt jetzt auch keine Rolle — hatte dem König der Zauberer seinen Speer auf die Brust gesetzt, ließ ihn jedoch entkommen. Er konnte sogar entfliehen, obwohl sein gesamtes Heer mit seinen Berserkern, Trollen und Geisterkriegern völlig zerschlagen worden war. Trotz unserer Bemühungen hatten wir versagt, und da wir das wußten, taten wir alles Erdenkliche, um es wieder wettzumachen. Wir sammelten die Streitkräfte sämtlicher Königreiche des Nordens und begaben uns nach Geirrodsgarth, wo wir die Festung des Königs der Zauberer dem Erdboden gleich machten und die von ihm erschaffenen Wesen in ihren Schlupfwinkeln töteten. Wir suchten nach ihm unter jedem Stein, in jeder Scheune und auf jedem Heuboden, aber er war entkommen. Einige behaupteten, er sei auf dem Wind davongeritten und habe seinen Körper zurückgelassen, andere versicherten mir, er sei im Meer versunken.

Dann kam der Zauberer Kotkel zu mir und gab mir einen zweiten Rat. Mir wurde klar, daß ich ihn befolgen mußte. Ich befahl, mein Langboot Naglfar auf das Schlachtfeld in Rolfsness zu bringen und in einem Grabhügel zu versenken. Während Kotkel seine Zaubersprüche aufsagte und Runen in die Träger und Balken der Grabkammer schnitzte, versammelte ich meine engsten Gefährten und führte sie in das Schiff. Dann sang der Zauberer ein magisches Schlaflied, und wir schliefen alle ein. Schließlich verschlossen unsere zurückgebliebenen Begleiter den Grabhügel. Jener letzte Zauber hatte eine ganz besondere Bedeutung — wir durften nämlich nicht vor jenem Tag erwachen, da der König der Zauberer wieder auf dem Gipfel seiner Macht sein und die Welt bedrohen würde. Dann sollten wir noch einmal gegen ihn in den Kampf ziehen, und zwar zur letzten Schlacht. Seit jener Zeit sind wir also in dem Grab gewesen, Hildy Frederikstochter. Eine sagenhafte

Geschichte, wie? Oder gibt es darüber etwa keine Lieder? Nein? Das überrascht mich nicht. Ich glaube, die Leute haben das Interesse an Heldenepen verloren, seitdem der König der Zauberer darin vorkam — die meisten davon sind anscheinend ziemlich geschmacklos gewesen.«

Eine Weile saß Hildy schweigend da und starrte direkt ins Feuer. Sie fragte sich, ob sie diese Geschichte glauben sollte oder nicht, selbst wenn sie draußen im Moor nachts an einem Feuer hockte. Zwar verdächtigte sie den König nicht der Lüge — sie glaubte an seine Existenz und auch daran, daß er gerade erwacht war, nachdem er zwölfhundert Jahre lang geschlafen hatte —, aber irgend etwas, das sich bemühte, in ihr lebendig zu bleiben, wehrte sich. Dieses Etwas sagte ihr, daß irgendeine, wenn auch nur zum Schein demonstrierte Skepsis notwendig war, um ihre Identität zu bewahren oder wenigstens bei Verstand zu bleiben. Wie die simple Lösung eines ermüdenden Puzzlespiels fiel ihr plötzlich ein, daß ihre Meinung gar nicht gefragt war, so wie sich Fleisch nicht unbedingt dazu bereit erklären muß, gebraten zu werden. Sie war in den Dienst eines mächtigen Herrschers getreten; ein Teil der Abmachung zwischen Herr und Untertan ist es, daß der Untertan die Pläne des Herrn nicht zu verstehen braucht, denn solange sie als Untertanin den Befehlen des Herrn gehorcht, ist ihr Teil erfüllt und ihr kann keine Schuld angelastet werden.

»Und was haben Sie jetzt vor?« fragte sie schließlich.

Der König lächelte und erwiderte: »Ich werde den König der Zauberer finden und ihn vernichten, falls mir das möglich ist. Das klingt doch ganz einfach, finden Sie nicht? Wenn man die Dinge einfach betrachtet und von vornherein den Blick auf das Ende richtet anstatt auf die Probleme, die dabei im Weg stehen, dann ist fast alles möglich. Das steht zwar in keiner Edda, aber ich denke, das kann man als Weisheit durchgehen lassen.«

Der König erhob sich gemächlich und winkte den Zauberer zu sich, der die ganze Zeit außerhalb des Feuerscheins gesessen hatte und anscheinend gerade versuchte, einen Zauberspruch zu finden, der eine Bierdose dazu brachte, sich auf magische Weise von selbst wieder zu füllen. Die beiden gingen ein kleines Stück hinaus in die Nacht und sprachen eine Weile leise miteinander.

Hildy begann zu frieren, und als einer der Krieger bemerkte, daß sie leicht zitterte, nahm er seinen Umhang ab und bot ihn ihr an.

»Mein Name ist Angantyr«, stellte er sich vor, »Sohn von Asmund, dem Sohn von Geir. Mein Vater war der Graf von …«

»Jetzt fang du nicht auch noch an«, fuhr der Hornträger dazwischen. »Könnten wir statt dessen nicht lieber ein Lied singen oder irgendwas anderes machen?«

Hildy schlang sich den Umhang um die Schultern. Er war schwer und schien sie rundherum wie ein warmer Schneefall einzuhüllen.

»Was stört dich denn daran?« verteidigte sich Angantyr Asmundsson. »Die Dame und ich …«

»Beachten Sie ihn einfach nicht«, mischte sich der Bannerträger ein. »Er wird nicht umsonst Angantyr der Widerling genannt.«

»Ausgerechnet du mußt das sagen!« wehrte sich Angantyr.

»Entschuldigen Sie bitte«, ergriff Hildy das Wort, und ihre Helden sahen sie verdutzt an. »Aber wer von Ihnen ist eigentlich Arvarodd?«

»Das bin ich«, meldete sich ein hagerer Held im schwarzen Umhang.

Hildy errötete und fragte schüchtern: »Sind Sie der Arvarodd, der nach Permia gefahren ist?« Aus irgendeinem Grund brachen die Helden in schallendes Gelächter aus, nur Arvarodds Miene verfinsterte sich.

»Ich hab Ihre Sage genau gelesen«, fuhr Hildy unbeirrt fort. »Und auch alles über die Riesen und das magische Hemd der Unverwundbarkeit. War das wirklich so?«

»Ja«, antwortete Arvarodd.

»Ach, wirklich?« Hildy biß sich nervös auf die Unterlippe. »Könnte ich bitte ein Autogramm von Ihnen haben? Es ist nicht für mich. Es ist für das Institut für skandinavische Studien an der Saint Andrews University«, fügte sie rasch hinzu. Dann verbarg sie das Gesicht hinter dem Umhang.

»Und was ist ein Autogramm?« fragte Arvarodd.

»Könnten Sie Ihren Namen auf ... nun, auf Ihre Bierdose ritzen?«

Arvarodd hob eine seiner beiden buschigen Augenbrauen, kratzte mit der Spitze seines Dolchs eine Rune auf die leere Bierdose und reichte sie ihr.

»Alle ziehen ihn immer mit seiner Reise nach Permia auf«, flüsterte Angantyr ihr ins Ohr. »Trotz all der großen Taten, der Schlachten und Drachen und so weiter — na ja, Sie kennen ja die Sage —, fragt ihn jeder nur: ›Bist du der Arvarodd, der nach Permia fuhr?‹ Dabei handelte es sich nur um eine stinknormale Handelsreise, und das einzige, was er damals mitbrachte, waren ein paar verschimmelte alte Pelze.«

Der König und der Zauberer kamen zur Feuerstelle zurück und setzten sich.

»Die Getränke gehen auf den Zauberer«, verkündete der König, und sofort versammelten sich die Helden um den verschrumpelten alten Mann, der gleich damit begann, aus seiner Blechbüchse Bier in die Dosen der anderen zu schütten.

Dann wandte sich der König an Hildy. »Sie brauchen sich keine Sorgen mehr zu machen, der Zauberer und ich haben uns nämlich etwas einfallen lassen. Allerdings werden wir jemanden brauchen, der uns ein wenig behilflich ist.«

Es gibt viele große Bürogebäude in London, aber das größte von ihnen ist das Gerrards Garth House, Sitz des Gerrards Garth Firmenkonsortiums. Irgend jemand — vielleicht der Architekt selbst — hatte es wohl für eine gute Idee gehalten, anstatt eines weißen ein schwarzes Bürogebäude zu errichten, und deshalb sprachen die Stadtbewohner in den Weinstuben und Pubs nur noch vom dunklen Turm.

Das oberste Stockwerk ist ein einziges riesiges Büro, und trotzdem haben es bis heute nur wenige Leute betreten. Es ist voll von Bildschirmen und Computerterminals, und die Telefone sind wie bei einem Panzeraufmarsch in Bataillonen aufgestellt. An der Wand befindet sich eine riesige elektronische Weltkarte, auf der sämtliche Unternehmungen und Operationen des Gerrards Garth Konsortiums in allen Ländern der Erde durch Blinklichter markiert werden. An Tagen, an denen viel los ist, könnte man meinen, die ganze Welt brenne.

Das Gebäude war fast völlig dunkel, nur in diesem obersten Stockwerk brannte noch Licht, und in diesem Großraumbüro befand sich nur ein einziger Mensch — ein großer kräftiger Mann mit roten Wangen und langen Armen. Er starrte auf eine Reihe von Bildschirmen, auf denen etliche Zahlenkolonnen zu sehen waren. Von Zeit zu Zeit gab er ein paar Zeichen ein. Dann leerten sich die Bildschirme, und gleich darauf tauchten neue Zahlen vor ihm auf. Er wirkte weder ermüdet noch ungeduldig, und die Informationen auf den Monitoren schienen ihn nicht sonderlich zu bekümmern. Es sah also ganz danach aus, daß alles völlig unter Kontrolle war — zweifellos dank der neuen Technologie.

Und dann erloschen plötzlich sämtliche Bildschirme im Büro und flackerten gleich darauf wieder auf. Wie Schneeflocken in einem Blizzard rasten auf ihnen kleine grüne Zahlen auf und ab, während alle Lampen, die überhaupt leuchten konnten, sofort zu blinken begannen. Unbekannte Symbole, die in keinem Handbuch zu finden waren, bewegten sich mit rasender Geschwindigkeit hin und her und verbanden sich zu komplizierten Spiralen und verschlungenen Kurven aus flimmernden Lichtpunkten, und sämtliche Telefone begannen gleichzeitig zu klingeln. Der Mann hielt sich an den Armlehnen seines Stuhls fest und sah alles fassungslos mit an. Plötzlich stellten die Bildschirme ihr Flimmern ein, und auf sämtlichen Monitoren erschien dasselbe, extrem hell leuchtende Bild, während sich die Deckenbeleuchtung ausschaltete und die Computerterminals damit begannen, kilometerweise Druckerpapier auszuspucken, das mit den Worten von hundert längst vergessenen Sprachen gefüllt war.

Der Mann beugte sich vor und blickte auf den Monitor, der ihm am nächsten war. Auf dem Bildschirm war eine goldene Spange in der Form eines fliegenden Drachen zu sehen.

3. Kapitel

Gib's zu, Zxerp«, sagte eine Stimme, »du hast es noch nie so gut gehabt.« Der Postbote, der sich gerade auf sein Fahrrad schwingen wollte, um sich auf den langen Weg nach Bettyhill zu machen, blieb wie angewurzelt stehen und starrte zu den Telegrafenleitungen hinauf, die direkt über seinem Kopf verliefen. Er hätte schwören können, daß eine der Leitungen gerade gesprochen hatte. Mißtrauisch sah er sich nach allen Seiten um, aber in der grauen Morgendämmerung rührte sich nichts.

»Ich meine«, fuhr die Stimme fort, »ich hab zwar nicht die leiseste Ahnung, was das für ein Zeug ist, aber es spielt geothermische Energie glatt an die Wand.«

Der Postbote sprang mit einem Satz auf sein Fahrrad und trat in die Pedale, und das sehr kräftig.

»Ich finde es ganz in Ordnung. Für meinen Geschmack ist es ein bißchen zu süß, aber es hat das gewisse Etwas«, nuschelte Zxerp und wischte sich mit dem Handrücken den Mund ab.

»Du bist aber auch nie zufrieden, wie?« pflaumte Prexz ihn an. Dann tauchte er aus der Leitung auf und hüpfte leichtfüßig auf die Erde hinunter. »Dir fehlt bestimmt wieder eine Brise Magnetismus, das ist es.«

»Warte«, rief Zxerp ihm hinterher. Dann kletterte er aus dem Kupferkern heraus und fiel unsanft zu Boden.

»Autsch, ich glaub, ich hab mir den Knöchel verstaucht!« klagte er wenig überzeugend.

Eine Weile spazierten sie den leeren Feldweg entlang und legten schließlich eine Pause ein, um den Blick über die nebelumhüllte Hügelkette schweifen zu lassen. Die Wolken hingen tief, so daß die oberen Ausläufer nur verschleiert und verschwommen zu sehen waren, und man konnte sich einbilden, daß sie sich ewig weiter bis zum Himmelsgewölbe erstreckten.

»Wer war denn nun als nächster dran?« fragte Zxerp nach einer Weile.

»Ich«, behauptete Prexz. »Hast du die Würfel?«

»Ich dachte, du hättest sie.«

Nach kurzer Debatte durchsuchten sie ihre Taschen und fanden schließlich die Würfel: zwei winzige, aus Diamanten geschliffene Würfel, die von innen heraus leuchteten.

»Und was machen wir jetzt?« fragte Zxerp, nachdem beide mehrere Spielzüge abgeschlossen hatten. Es bestand für ihn die ernste Gefahr, daß er (wieder einmal) in eine Falle geraten war, aus der es kein Zurückkommen gab, und er wollte die Aufmerksamkeit seines Gefährten ablenken.

»Was wir jetzt machen?« Prexz runzelte die Stirn. »Wir machen einfach das, wozu wir Lust haben.«

»Nein, jetzt mal im Ernst. Wir haben unsere Pause gehabt und sollten jetzt wieder an die Arbeit gehen.«

Prexz schüttelte energisch den Kopf, wodurch er in ganz Bettyhill erhebliche Interferenzen beim Empfang des Frühstücksfernsehens verursachte. »Mir steht die Arbeit bis hier oben. Ständig jedem Magier und Zauberer in ganz Caithness zur Verfügung stehen und ewig auf Abruf sein zu müssen und keinen Moment für sich allein zu haben — was für eine Art von Leben soll denn das sein? Ich denke, wenn wir die Köpfe ein bißchen einziehen und unsere Runen richtig ausspielen, dann ...«

Plötzlich hielt er inne und legte die Hände an den Kopf. Zxerp starrte ihn an und spürte es dann ebenfalls: Kommandos, die aus nicht allzu großer Ferne kamen.

»Verdammter Mist«, grummelte Prexz. »Das ist wieder dieser Scheißzauberer.«

»Und ich dachte gerade«, zischte Zxerp zwischen zusammengebissenen Zähnen hervor, »wie schön es wäre, diesen Kotkel nie mehr sehen zu müssen.«

»Er war von allen am schlimmsten«, pflichtete Prexz ihm bei. »Zweifellos am schlimmsten.«

Die Kommandos verstummten, und die beiden Geister entspannten sich.

»Vielleicht sollten wir uns einfach irgendwo verstekken«, flüsterte Prexz, »und so tun, als wären wir ein Stück statische Aufladung oder so was ...«

»Vergiß es.« Zxerp war bereits dabei, das Spiel einzupacken, und legte die Gemeindeschatz-Karten wieder zurück in die mit Markasiten besetzte Schatulle. »Ich wußte, es war zu schön, um wahr zu sein.«

Kurz darauf trotteten sie denselben Weg zurück, den sie gekommen waren.

»Glaubst du, er hat das mit Absicht getan?« fragte Prexz. »Ich meine, daß er uns absichtlich in dem Grabhügel eine Falle gestellt hat oder so was in der Richtung?«

»Würde mich auch nicht überraschen«, entgegnete Zxerp düster. »Der ist ganz schön gerissen, dieser Zauberer.«

Hildy war nicht daran gewöhnt, unter freiem Himmel zu schlafen. Aber wenigstens hatte es nicht geregnet, und sie war so müde gewesen, daß sie bemerkenswert leicht eingeschlafen war. Sie hatte einen seltsamen Traum gehabt, in dem alles wieder normal war und an dessen Ende sie an einem Tisch in der Universitätsbibliothek saß und in der neuesten Ausgabe des *Journals skandinavischer Studien* blätterte.

Als sie die Augen öffnete, sah sie allerdings, daß die Wikinger bereits allesamt aufgestanden waren und um ein Feuer herum saßen. Sie grillten vier Kaninchen an Stöcken, was Hildy unwiderstehlich an Eis am Stiel erinnerte, und reichten einen mit Wasser gefüllten Helm herum.

»Warum nehmen wir immer *meinen* Helm?« maulte der Hornträger.

Die spartanische Einfachheit dieser Szene erfüllte Hildy einen Moment lang mit einer Art innerem Frieden: Essen, das durch Geschicklichkeit am frühen Morgen gefangen wurde, und sauberes Wasser aus einem Bergbach. Dann erst mußte sie feststellen, daß eine Spinne in ihren Stiefel gekrochen war und sie außerdem einen steifen Hals hatte, weil sie mit dem Kopf auf einer Baumwurzel geschlafen hatte. Nachdem sie die Spinne gewaltsam vertrieben hatte, schlenderte sie schlaftrunken zu den Männern am Feuer hinüber.

»Nehmen Sie sich etwas Kaninchenfleisch«, forderte Angantyr sie auf. »Es ist zwar etwas angebrannt, aber ein bißchen Holzkohle hat noch keinem geschadet.«

Hildy klärte ihn höflich auf, daß sie morgens nie frühstücke, und erkundigte sich dann nach dem König.

»Er ist mit diesem verdammten Zauberer dahinten in die Walachei gegangen«, sagte der Hornträger, der gerade die Innenseite seines Helms mit dem Saum seines Umhangs trockenrieb. »Ich glaube, es wird jeden Augenblick anfangen zu regnen«, fügte er schadenfroh hinzu.

Hildy entdeckte den König schließlich am Ufer eines kleinen Flusses sitzend, der jenseits des Hochmoors den Berg hinab direkt in den Wald floß. Er drehte sich um, lächelte sie an und legte den Zeigefinger auf die Lippen. Auf der anderen Seite des Bachs stand der Zauberer auf einem Bein und zeigte mit seinem Stab auf einen flachen Tümpel, während der König gerade ein kleines Feuer mit einer Zunderbüchse entzündete.

»Was tut er da?« flüsterte Hildy.

»Schauen Sie doch einfach zu«, forderte der König sie auf.

Der Zauberer begann soeben etwas vor sich hin zu murmeln, und fast gleichzeitig sprangen zwei große Lachse in hohem Bogen aus dem Wasser heraus und landeten direkt im Schoß des Königs.

»Das erspart uns diese ganze Herumfummelei mit Haken und Angelschnüren«, erklärte der König. »Haben Sie schon gefrühstückt?«

»Nein, aber ich mag morgens nicht früh ...«

»Das kann ich ihnen nicht verübeln«, unterbrach sie der König. »Schon wieder Kaninchen, nehme ich an. Und angebrannt auch noch, wie ich die kenne. Keine Phantasie, diese Kerle.«

Der Zauberer hatte mittlerweile den Bach wieder überquert, und der König machte sich daran, den Lachs zuzubereiten, während Hildy leicht angeekelt beiseite schaute.

»Kotkel und ich haben uns Gedanken gemacht«, wechselte der König das Thema. »Offenbar ist es nicht gut, wenn wir hier draußen herumlungern, uns einen schönen Lenz machen und nur darauf warten, daß der Feind zu uns kommt. Andererseits sind wir nicht gerade darauf vorbereitet, uns einfach auf den Weg zu machen und nach ihm zu suchen. Obwohl ich nicht glaube, daß er allzuschwer zu finden ist.«

Er warf irgend etwas ins Wasser, und Hildy zuckte unwillkürlich zusammen; als Kind mußte sie immer hinausgebracht werden, wenn ihre Mutter den Fisch mit Kopf servierte.

»Also denke ich, daß wir eine Stelle suchen sollten, wo wir uns vorbereiten können. Finden Sie nicht auch? Dazu werden wir allerdings ein paar Dinge benötigen. Ich bin zwar nie sehr modebewußt gewesen, und es liegt mir fern, Ihnen gegenüber irgendwelche persönlichen Bemerkungen fallenzulassen — aber tragen heutzutage alle Leute solche merkwürdigen Kleidungsstücke wie Sie?«

Verdutzt blickte Hildy den König mit seinem Harnisch aus Stahl und den Wolfsfellgamaschen an und sagte schließlich nur: »Ja.«

»Na gut«, grummelte der König. »Schließlich dürfen wir nicht verdächtig erscheinen, stimmt's? Also brauchen wir Kleidungsstücke und einen Ort, wo wir uns aufhalten können. Möglicherweise auch noch andere Dinge. Ich fürchte, Sie werden sich auch hierbei um uns kümmern müssen.«

Für Hildy hörte sich das alles überhaupt nicht gut an. Ihres Wissens hatte sie nur noch rund zweihundert Pfund auf der Bank, und der nächste Beihilfescheck war erst in drei Wochen fällig.

»Die Frage ist nur«, fuhr der König fort, »was besitzen wir überhaupt, womit wir Handel treiben könnten?«

Hildy hatte eine glänzende Idee. An dem Uniformrock des Königs hing eine kleine Brosche aus emailliertem Gold in der Form eines galoppierenden Pferds. Sie zeigte mit dem Finger darauf und fragte: »Könnten Sie mir die überlassen?«

Der König blickte auf die Brosche. »Das ist ein Geschenk meiner Tante, Gudrun Thordstochter. Eigentlich mochte ich diese Brosche nie besonders gern. Wertvoll ist Gold, das Geschenk der Grafen, aber viel wertvoller ist immer noch die Hilfe von Freunden ... oder so ähnlich.«

Er nahm die Brosche ab und reichte sie ihr. Hildy warf einen Blick auf die riesigen kahlen Hügel und auf den dichten Wald direkt vor ihren Augen.

»Ich kenne mehrere Antiquitätenhändler in London ... Erinnern Sie sich an London?«

»Das steht immer noch?« Der König hob eine Augenbraue. »Sie überraschen mich. Ich hätte damals nie gedacht, daß es sich so lange halten würde. Aber fahren Sie fort.«

»Die würden für die Brosche eine ganze Menge bezahlen, ohne irgendwelche Fragen zu stellen. Jedenfalls genug Geld, um weitermachen zu können.«

»Aber London ist eine mehrwöchige Reise von hier entfernt«, wandte der König ein.

»Heute nicht mehr«, klärte Hildy ihn auf. »Ich wäre nur zwei, höchstens drei Tage unterwegs.«

Der König nickte. »Ich nehme an, daß wir auch drei Tage lang auf uns selbst aufpassen können. Außerdem haben wir dann Zeit, uns Gedanken darüber zu machen, was genau wir eigentlich zu tun haben. Aber seien Sie vorsichtig. Soweit ich weiß, weiß der Feind bereits von uns.«

Aus irgendeinem Grund fröstelte Hildy, obwohl das kleine Feuer des Königs hell loderte. Sie hatte keine Ahnung, um wen es sich bei diesem seltsamen Feind handelte, aber als der König dessen Name aussprach, wurde sie von einem unerklärlichen Unbehagen befallen, das sie stark an das Gefühl erinnerte, das sie jedesmal empfand, wenn sie nach dem Lesen einer Gespenstergeschichte nicht richtig einschlafen konnte — obwohl sie nicht an Geister glaubte.

Der König schien ihre Gedanken lesen zu können, denn er legte ihr eine Hand auf die Schulter und sagte: »Ich glaube, Sie werden den Feind auch so erkennen, spätestens dann, wenn Sie ihm oder seinen Taten begegnen. Außerdem nehme ich an, daß Sie die meisten davon bereits kennen. Es wird Ihnen wie bei einem Haus oder einer Straßenbiegung vorkommen, an der Sie schon viele Male vorbeigekommen sind, bis Ihnen eines Tags jemand eine Geschichte über diesen Ort erzählt — daß dort zum Beispiel ein Mord geschehen ist oder eine verrückte alte Frau viele Jahre lang gelebt hat —, und schon wird dieser Ort für Sie nie mehr der gleiche sein wie zuvor. Hier, in diesen bis heute unverändert gebliebenen Bergen, kann ich keine rechte Angst vor dem Feind empfinden, obwohl ich in dieser Gegend einmal gegen ihn kämpfte und die von ihm ausgehende Gefahr in jeder Bodenfalte roch. Aber jetzt glaube ich, daß seine Schiffe anderswo am Strand liegen und sein Heer andere Straßen überwacht. Ich erinnere mich, daß er Vögel als Spione und Boten einsetzt: Raben, Krähen und Adler. Also wußten wir damals, wenn wir marschierten, daß er uns jederzeit sehen und unsere Stärke einschätzen konnte. Ich nehme an, daß er heute andere Spione hat. Im Augenblick ist es das wichtigste, daß er uns *nicht* sieht. Natürlich wird er zuallererst hier nachsehen, und wir sind nun mal keine Streitmacht, die in der Lage ist, eine Schlacht zu schlagen. Wir können nicht gegen seine Heere antreten, sondern nur gegen ihn selbst kämpfen, Mann gegen Mann, in seiner eigenen Festung. Falls es uns gelingt, diese Festung ausfindig zu machen und zu erreichen, bevor er uns aufstöbert und mit dem Daumen zerquetscht.«

Der König verstummte und schloß die Augen. Obwohl von allen Seiten Gefahr drohte, empfand Hildy keine echte Angst; schließlich war der König mit seinen Kriegern bei ihr, und er würde bestimmt einen Weg finden.

»Der Lachs ist fertig«, sagte er plötzlich. »Bedienen Sie sich.«

»Nein, danke. Ich frühstücke nie. Außerdem muß ich los.«

»Dann viel Glück!« rief ihr der König hinterher, ohne von seinem Lachs aufzublicken. »Und seien Sie vorsichtig.«

Hildy ging zum Lager zurück, wo sie den Kleinbus geparkt hatte.

»Wollen Sie irgendwohin?« erkundigte sich Arvarodd, der am Feuer saß und an einem Stein Pfeilspitzen schärfte.

»Ja«, entgegnete Hildy. »Ich werde ungefähr einen Tag fort sein. Der König braucht ein paar Dinge, bevor wir gemeinsam aufbrechen.«

»Allein?«

»Ja.«

»Riskant, riskant.« Arvarodd stand auf und streckte die Arme weit aus. »Macht nichts, ich glaube, Sie werden auch allein zurechtkommen. Ich meine, Sie wissen sich natürlich in der heutigen Welt zurechtzufinden, und deshalb nehme ich an, machen Sie sich auch keine Sorgen, stimmt's?«

»Ja«, entgegnete Hildy verunsichert. »Das nehme ich jedenfalls an.«

»Obwohl, Vorsicht ist besser als Nachsicht«, mahnte Arvarodd und kramte in der Ziegenfelltasche an seiner Seite. Dann flüsterte er geheimnisvoll: »Kommen Sie mal hier herüber.«

»Wenn Sie meinen.«

Er zog ein kleines Leinentuchbündel aus der Tasche und legte es neben sich ins Gras. »Als ich in Permia war«, flüsterte er weiter, »hab ich auch ein paar nützliche Dinge gefunden und dafür gesorgt, daß niemand jemals herausfinden kann, was es damit auf sich hat. Also werden Sie nie etwas davon in einer dieser scheußlichen Sagen gelesen haben. Ganz nebenbei bemerkt, hab ich auch nie einen Penny Tantiemen dafür gesehen. Diese Teile könnten jedenfalls eine nützliche Rolle spielen. Ich möchte sie allerdings wieder zurückhaben.«

Arvarodd faltete das Tuch auseinander und holte drei kleine Kieselsteine und einen Knochensplitter hervor, in den etwas unbeholfen eine Rune eingeritzt war.

»Ich gebe zwar zu, daß diese Dinger nicht gerade schön sind, aber immerhin«, fuhr er fort. »Dieses kieselsteinartige Gebilde ist eigentlich der Gallenstein des Drachen Fafnir, der von Sigurd Sigmundarsson erschlagen wurde, aber das wissen Sie ja wahrscheinlich besser als ich. So unwahrscheinlich es auch klingen mag, dieser Stein ermöglicht es Ihnen, jede menschliche Sprache zu verstehen. Und dieser Stein hier, der dem anderen bemerkenswert ähnelt, stammt von der Küste Asgards.

Wenn Sie den auf irgend etwas werfen, verwandelt er sich noch im Flug in einen dicken Felsbrocken und haut alles platt, was ihm im Weg steht. Danach verwandelt er sich wieder in einen Bergkristall und kehrt in Ihre Hand zurück. Dieser Knochen hier ist ein Splitter aus dem Kiefer Ymirs des Himmelsvaters. Ymir konnte einem Esel die Hinterbeine abschwatzen, und er verleiht jedem, der ihn besitzt, unwiderstehliche Überredungskraft. Und das hier«, sagte er und stieß mit dem Zeigefinger gegen den dritten Stein, »wurde aus dem Rauhputz der Wände in Walhalla gezupft. Ich hab nie herausgefunden, was der Stein bewirkt, aber ich glaube, er bringt Glück oder so was in der Richtung.«

Er rollte die drei Steine und den Knochen wieder in das Tuch ein und überreichte es Hildy mit einer feierlichen Geste. Sie versuchte, Worte des Danks für ihn zu finden, aber ihr fiel einfach nichts ein.

»Sie sollten sich jetzt lieber auf den Weg machen«, riet er Hildy. »Und seien Sie vorsichtig!«

Sie hatte sich bereits zum Gehen gewandt und antwortete über die Schulter hinweg: »Ich bin immer vorsichtig, aber so gefährlich ist diese ganze Geschichte schließlich auch wieder nicht.«

»Haben Sie eigentlich wirklich meine Sage gelesen?«

Hildy nickte.

»Und? Hat sie Ihnen gefallen?«

»Ja.«

»Hab sie nämlich selbst geschrieben«, sagte Arvarodd in einem etwas merkwürdig abfälligen Ton und ging davon.

Danny Bennetts Definition eines Optimisten war die eines Menschen, dem nichts geblieben ist außer Hoffnung, und er hatte das Gefühl, daß diese Beschreibung genau auf ihn zutraf. Seit er gleich nach dem Abgang von der Universität bei der BBC angefangen hatte, schien es mit seiner Karriere bergab zu gehen, wenn auch mit einer vagen Aufwärtsrichtung. Es stimmte, daß er sich seinen Ruf mit weniger ernsthaften Dokumentarfilmen erworben hatte, die eher von jener Machart waren, die sich die Leute lieber anschauen, als von jener, die gut für sie ist. Zudem hatte er das untrügliche Gefühl, daß seine Arbeit nicht im öffentlichen Interesse lag, obwohl sie die Öffentlichkeit interessierte. Während überall um ihn herum seine Kollegen Skandale im Gesundheitswesen enthüllten und mit der Begeisterung von Kindern, die Weihnachtsgeschenke auspacken, Vertuschungen aufdeckten, latschte er im historischen England herum und drehte Serien über architektonische Bauwerke oder erstellte liebevoll satirische Filmporträts über charmante Exzentriker. Wie er meinte, war es besser, die Schmach zu ertragen, ›Ein Mensch und sein Hund‹ produziert zu haben, als in dieser Vorhölle des unerwünschten Erfolgs gefangen zu sein.

Während er im Schneideraum saß und die Bilder von Cotswolds vor sich aufflimmern sah, befand sich in seiner Aktentasche die Zusammenfassung seines Lebenswerks — eine sensationelle Untersuchung, die, mit den entsprechenden Mitteln zu Ende geführt, eindeutig beweisen würde, daß die Milchvermarktungsbehörde in die Ermordung Präsident Kennedys verwickelt gewesen war. Er hatte mit ansehen müssen, wie die Drehbuchseiten vom gleichgültigen Lesen Eselsohren bekommen hatten, und immer war das Manuskript zurückgeschickt worden, bewundert zwar, aber nicht angenommen, zusammen mit einer Anweisung, loszufahren und noch einen weiteren blödsinnigen Dorfplatz samt Fachwerkhäusern zu filmen. Überall um ihn herum brach die moderne Welt aus den Fugen, verkommen, zynisch und unendlich korrupt, er aber saß anscheinend im Wald von Arden in der Falle.

Er kämpfte sich mühsam durch das Material vor ihm, und zum fünfzehntenmal in dieser Stunde wünschte er seinem Kameramann einen schrecklichen Tod. Dieser schien offensichtlich zu glauben, daß Leute, denen Bäume aus den Köpfen wuchsen, besser aussahen.

Wütend hob er den Telefonhörer ab und sagte: »Angie? Ist Bill noch im Haus?«

»Ja, Mister Bennett.«

»Suchen Sie ihn und beschlagnahmen Sie persönlich diesen Polarisationsfilter. Den hat er bei den letzten sechs Aufnahmen fünfmal benutzt, und damit sieht immer alles aus wie die Urlaubsfotos meiner Tochter. Und sagen Sie ihm, daß er ein absolut untauglicher Vollidiot ist.«

»Da war ein Anruf für Sie, Mister Bennett«, antwortete Angie, ohne auf seine Bemerkungen einzugehen. »Ich glaube, Sie sollen einen Außendreh übernehmen.«

Danny Bennett konnte sich denken, worum es dabei ging. Am Morgen hatte er einen Zeitungsbericht über irgendeinen phantastischen archäologischen Fund oben im Norden von Schottland gelesen, und den ganzen Tag über hatte er gespürt, wie diese Bedrohung wie ein Mehlsack über ihm hing, der auf einer Tür saß, durch die er hindurchgehen mußte. Fünf Tage in irgendeinem Moor, über das der Wind fegt, plus der Freuden einer Hotelbar, an der jeden Abend die Tontechniker abhängen. Er quälte sich durch den Rest des Films und machte sich dann auf den Weg, um der Sache nachzugehen.

»Am besten sprechen Sie mit Professor Wood vom archäologischen Institut in Saint Andrews«, wurde ihm gesagt. »Er befindet sich zur Zeit mit einem archäologischen Team an der Grabungsstätte. Anscheinend gibt es dort Gold und ein völlig erhaltenes Wikingerschiff. So ähnlich wie in Sutton Hoo, nur viel besser.«

»Und Professor Wood hat das Schiff tatsächlich selbst gefunden? Ist das wahr?«

»Nein, das war einer seiner Studenten oder so jemand. Aber Professor Wood ist jetzt der Verantwortliche.«

»Egal, ich werde auch mit diesem Studenten sprechen

müssen. Nach dem Motto: ›Was war das für ein Gefühl, der erste Mensch seit zweitausend Jahren zu sein, der…‹ und dieser ganze Quatsch. Können Sie herausfinden, um wen es sich dabei handelt?«

Bevor er nach Hause fuhr, um zu packen, nahm er in der Kantine einen Drink zu sich. Eine seiner Kolleginnen, eine rattengesichtige Frau namens Moira, grinste ihn an, als er sich setzte.

»Du hast also das große Los gezogen? Diesen Caithness-Unsinn mit dem Wikingerschiff?«

»Ja.«

»Ich bin gerade dabei, Informationen zu überprüfen, inwieweit bei den Planungen in Sunderland Korruption mit im Spiel war. Es geht um Atommüll und einen bestechlichen Ratsherrn. Immer hübsch am Stuhl des Premierministers sägen.«

»Schön für dich.«

»Mit ein bißchen Glück wird das tatsächlich schön für mich sein. In diesen Kommunalpolitiker-Stories steckt immer eine Menge eklig schmieriger Bösartigkeiten.« Sie grinste erneut, aber Danny schien nicht in Stimmung zu sein. »Es geht das Gerücht, daß sich aus dieser schottischen Sache tatsächlich eine Story machen läßt.«

»Erzähl mir bitte nicht«, sagte Danny zu seinem Drink, »daß diese Wikinger für ihren Grabhügel keine Baugenehmigung hatten.«

»Das Mädchen, das dieses Ding gefunden hat«, sagte Moira, »ist anscheinend verschwunden. Jedenfalls ist sie nicht mehr in ihrem Hotel. Sie hat einen Lieferwagen oder so was gemietet und sich danach praktisch in Luft aufgelöst. Vielleicht hat sie das Grab geplündert und sich mit einem Lieferwagen voller Fundstücke davongemacht? Oder sind da oben, zwischen den Kilts und dem vielen Heidekraut, noch unheimlichere Mächte am Werk? Jedenfalls könntest du deinen Spaß damit haben.«

Danny zuckte die Achseln. »Vielleicht ist da wirklich eine Story drin«, seufzte er.

»Vielleicht« — Moira blickte verstohlen umher und flüsterte —, »vielleicht steckt wieder mal die Milchvermarktungsbehörde dahinter.«

»Ach, wirklich? Sehr witzig«, bedankte sich Danny.

Hildy brauchte einige Zeit, um sich wieder an den Gedanken zu gewöhnen, daß sie sich nach wie vor im Großbritannien des zwanzigsten Jahrhunderts befand und, soweit sie wußte, niemand auf der Jagd nach ihr war oder sie zu töten versuchte. Nachdem sie den gemieteten Kleinbus außerhalb von Lairg abgestellt hatte und auf den Bus nach Inverness wartete, hatte sie trotzdem das Gefühl, es sei ratsamer, falsche Papiere und einen gefälschten Führerschein zu benutzen und einen französischen Akzent anzunehmen. Aber sie führte diese Gedankengänge darauf zurück, daß sie zu viele Filme über die Résistance gesehen hatte, und lehnte sich schließlich auf ihrem Sitz zurück, um die lange und unbequeme Reise über sich ergehen zu lassen.

Ohne weitere Zwischenfälle begab sie sich zum Bahnhof, kaufte sich die *Newsweek* und las darin, während der Zug durch das nördliche Britannien zuckelte. Natürlich war kaum anzunehmen, daß die Zeitungen trotz des Stelldicheins von Verschwörungstheorien direkt über die Auferstehung des Zaubererkönigs berichten würden, aber in Hildys Hinterkopf verbarg sich eine unausgegorene Idee, wo der Feind zu finden sein könnte. Die Worte des Königs über Zauberei hatten sie zum Nachdenken gebracht, und obwohl ihre Idee kaum von gesunder amerikanischer Paranoia zu unterscheiden war, hielt sie das noch lange für keinen Grund, sie zu verwerfen. Schließlich haben Gott, Wissen und Paranoia Amerika groß gemacht.

Während sie sich mit etlichen Schwierigkeiten durch die verschiedenen Artikel kämpfte — sie war schon lange in England und empfand die Sprache ihrer Heimatnation mittlerweile als recht ermüdend —, wurde sie allmählich auf ein vereinheitlichendes Thema aufmerksam. Auffälligerweise gab es da einen langen Artikel über eine Firmengruppe, die in der ganzen Welt ein fester Begriff war. Dann waren da noch ein Artikel über Fortschritte in der Satellitenkommunikation und eine Diskussion über den Einsatz von Werbung bei Wahlkämpfen. Es gab mehrere Nachrichten über die kommerzielle Finanzierung von Universitäten und eine Menge über Kernkraft, anscheinend aus Fernschreibermeldungen und Faxrollen zusammengeschnitten, wie sie in allen Redaktionsräumen hängen. Das Ganze schien so etwas wie einen zweifelhaften Sinn zu ergeben, und sie begann noch einmal von vorn. Je länger sie las, um so mehr Sinn schien das alles zu ergeben, obwohl sie nicht genau erfassen konnte, was der eigentliche Sinn war. Wahrscheinlich redete sie sich das alles nur ein, und so ging sie in den Speisewagen, um einen Kaffee zu trinken.

Sie hatte Kopfschmerzen und versuchte, etwas zu schlafen, aber als sie vor sich hin döste, hatte sie einen Traum. Sie stand auf dem Dach eines sehr hohen Bürogebäudes irgendwo in Manhattan oder Chicago, und unter ihr breiteten sich alle Königreiche der Welt aus. Das war zwar eigenartig genug, aber noch merkwürdiger war die Tatsache, daß große Gebiete der Erde anscheinend gefärbt oder kreuzschattiert waren, und das in einer Farbe, die sie nie zuvor gesehen hatte. Dann rollte etwas aus ihrer Tasche, und sie bückte sich, um es wieder aufzuheben. Es war der dritte Kieselstein, den Arvarodd ihr geliehen hatte, derjenige also, dessen Nutzen unbekannt war, und er hatte dieselbe Farbe wie die Kreuzschattierungen.

Als der Zug über eine unebene Wegstrecke fuhr, erwachte Hildy. Nachdem sie ihre Gedanken wieder gesammelt hatte, holte sie das Stoffbündel hervor und nahm den dritten Kieselstein heraus. Er fühlte sich in ihrer Hand warm an, und irgend etwas veranlaßte sie, ihn in den Mund zu stecken und darauf herumzulutschen. Er schmeckte ziemlich bitter, aber nicht unangenehm, und sie nahm die Zeitung zur Hand und las sie ein drittes Mal.

Als der Zug schließlich in Euston einfuhr, schwitzte sie am ganzen Körper und hatte schreckliche Angst. Sie nahm den Stein aus dem Mund, steckte ihn in die Tasche und begab sich auf kürzestem Weg in ein kleines, nicht allzu schreckliches Hotel, in dem sie schon einmal übernachtet hatte. In dieser Nacht schlief sie nicht sehr gut.

Pünktlich um halb zehn begab sie sich am nächsten Morgen nach Holborn, wo die Antiquitätenhändler ihre Höhlen haben, und verwandelte dort die goldene Brosche in siebentausend Pfund Bargeld. Es kam ihr zwar seltsam vor, mit soviel Geld in der Tasche herumzulaufen, aber sie war nicht in der Stimmung, es einer Bank anzuvertrauen.

Danach suchte sie den Buchladen der Londoner Universität auf, wo sie eine ganze Reihe altnorwegischer und angelsächsischer Texte kaufte, die so gefragt waren, daß die Preise auf den Rückseiten noch in Schillingen angegeben waren. Anschließend ging sie ins Britische Museum, wo sie mehrere Stunden im Lesezimmer verbrachte. Nach einer Tasse Kaffee und einem Hamburger nahm sie einen Zug nach Inverness. Zwar dauerte die Bahnfahrt diesmal noch länger als die Hinreise, trotzdem verging die Zeit wie im Flug, denn sie war es gewohnt, im Zug zu arbeiten.

Die Nacht verbrachte Hildy in einem Hotel in Inverness und den nächsten Morgen bei Gebrauchtwagenhändlern, wo sie versuchte, einen vierzehnsitzigen Kleinlastwagen zu finden. Die meisten Autos, die in ihrer Preisklasse lagen, hatten entweder keinen Motor oder weniger als die übliche Anzahl von Rädern. Zufälligerweise fand sie schließlich doch noch etwas Passendes, das sie auf den Namen Sleipnir taufte, nach dem achtbeinigen Streitroß des Gottes Odin. Dann ging sie zu Marks & Spencer und kaufte vierzehn Anzüge; die Größen mußte sie raten, aber sie wußte, daß man Waren von Marks & Spencer jederzeit umtauschen kann, wenn sie nicht passen. Die Frau an der Kasse warf ihr einen mißtrauischen Blick zu, und Hildy konnte es ihr nicht einmal verübeln. Das Schlimmste, was man ihr hätte unterstellen können, wäre die Gründung einer Ortsgruppe der Zeugen Jehovas gewesen; und das würde nicht einmal in Schottland als Verbrechen geahndet. Schuhe waren ein größeres Problem, und sie entschied sich für schlichte Modelle in Schwarz, die nach ihrem Dafürhalten als ›zeitlos‹ galten — was sie letztendlich ja auch sein mußten.

Es gab aber noch andere Dinge zu besorgen, vor allem Nahrungsmittel, Wolldecken und Campingöfen, und als sie endlich alles beisammen hatte, war nicht mehr viel Geld übrig und sie selbst völlig erschöpft. Schließlich tankte sie den Lieferwagen voll und fragte sich, wie man einem Wikingerhelden erklärte, was Benzin war. Etwa wie: Dieser Wagen hat keine Zugpferde, er bewegt sich, indem er tote Blätter verbrennt? Sie schüttelte den Gedanken ab und machte sich auf die lange Fahrt nach Caithness.

»Red keinen Blödsinn«, sagte der Hornträger, »das ist der Heuhaufen!«

»Du redest Blödsinn, Bothvar Bjarki«, entgegnete Arvarodd, »das ist Vinndalfs Krone! Man findet Vinndalfs Krone, indem man vom Polarstern aus nach links geht, bis man zur Distel kommt, dann an der Großen Ziege vorbei genau nach unten.«

»Wenn das alles ist, was du über Sterne weißt, ist es auch kein Wunder, daß du in diesem gottverlassenen Permia gelandet bist. Wo wolltest du denn eigentlich hin — nach Oslo?«

Arvarodd raffte seinen Umhang hoch und marschierte mit großem Nachdruck auf die andere Seite des Feuers. Dort saßen der Riese und ein anderer Krieger und spielten Schach auf einem tragbaren Spielbrett aus Walroß-Elfenbein.

»Ist das Schachmatt?« fragte der Riese.

»Ich fürchte, ja«, sagte sein Gegenspieler.

»Ich verliere doch immer.«

»Du kannst es nicht ändern, wenn du so dumm bist, Starkad«, entgegnete sein Gegenspieler freundlich. »Ein Krieger braucht nicht schlau zu sein. Wäre er schlau, dann wäre er kein Krieger. Und du bist ein sehr guter Krieger. Findest du nicht auch, Arvarodd?«

»Ja«, bestätigte Arvarodd.

Der Riese strahlte vor Freude, und sein Lächeln schien das ganze Lager zu erhellen. »Danke, Brynjolf«, sagte er, »und du bist ein großer Verwandlungskünstler.«

»Danke, Starkad«, entgegnete Brynjolf, wobei er über die Tatsache hinwegsah, daß sie die gleiche Konversation kurz zuvor schon einmal geführt hatten. »Und wie wär's mit einem weiteren Spiel?«

»Willst du nicht spielen, Arvarodd?« fragte Starkad und blickte zu dem Helden von Permia hinüber. Starkad liebte Schach, auch wenn er ständig verlor — obwohl bis heute völlig schleierhaft geblieben war, wie er das schaffte, zumal alle schummelten, um sicherzugehen, daß er gewann.

»Nein, jetzt nicht«, lehnte Arvarodd dankend ab. »Ich werde gleich schlafen gehen.«

»Kann ich dann Schwarz spielen?«

»Aber Weiß macht immer den ersten Zug, Starkad«, klärte Brynjolf ihn nachsichtig auf. »Willst du nicht den ersten Zug machen?«

»Nein, danke. Mir ist nämlich aufgefallen, daß ich anscheinend immer verliere, wenn ich anfange.«

Wenn Brynjolf fassungslos die Augen schloß, dann

war das immer nur für einen kurzen Moment. Nach ein paar Zügen bewegte er seinen König quer über das Brett geradewegs in ein Nest schwarzer Figuren hinein.

»Verrat mir doch mal bitte, Brynjolf«, begann Starkad mit sanftmütiger Stimme und marschierte mit seinem Turm genau an dem Feld vorbei, das Brynjolf ihm eigens angeboten hatte, »warum nennen Bothvar und die anderen mich alle ›Honig-Starkad‹?«

Brynjolf starrte auf das Brett und kratzte sich am Kopf. Schon wieder war es für ihn unmöglich, einen Zug zu machen, ohne seinen Gegner Schachmatt zu setzen. »Weil du süß und dick bist, Starkad«, antwortete er.

»Ach so!« seufzte der Krieger erleichtert, als sei ihm ein großes Geheimnis verraten worden. »Jetzt *verstehe* ich. Du bist dran.«

»Matt«, sagte Brynjolf.

4. Kapitel

In der Arbeitsplatzbeschreibung stand aber nichts von dieser Tätigkeit, dachte der junge Mann, als er eimerweise Endlospapier einsammelte, das die Drucker in der letzten Nacht ausgeworfen hatten. Der große Aufschwung, ja. Neue Technologien, sicher. Altpapier, nein.

Von der ungewohnten Anstrengung erschöpft, verharrte er in der Hocke und blickte wahllos auf eins der ineinander verschlungenen Blätter, auf dem stand:

ÆØ£$¥%{..¬¬¬⁝⁝:}

Und wahrscheinlich hieß es das auch. Auf den ersten Blick hätte es sich um BASIC, FORTRAN oder irgendeine andere dieser Computersprachen handeln können, wenn sie ihm nicht allesamt bekannt gewesen wären, und diese Zeichen gehörten zu keiner dieser Sprachen. Falls man von ihm erwartete, noch heute morgen eine sinnvolle Aufschlüsselung und Auflistung der Daten zu erstellen, müßte er seine Vorgesetzten enttäuschen.

»Was machen Sie da?«

Der junge Mann sprang auf, und etliche Meter Endlospapier flatterten zu Boden, wobei sich ihm die Blätter zärtlich wie eine Katze an die Beine schmiegten.

»Das sind die Ausdrucke der letzten Nacht, Mister...« Es war wie verflixt, aber er konnte sich einfach nie an den Namen seines Chefs erinnern. Er war nicht einmal sicher, ob irgendein Mitarbeiter ihm gegenüber den Namen überhaupt jemals erwähnt hatte.

»Lassen Sie die Finger davon!« Der alte Knacker hatte noch schlechtere Laune als sonst. »Haben Sie mal einen Blick darauf geworfen?«

»Nein, bis jetzt hab ich's mir nur flüchtig angesehen. Ich hatte gehofft, daß ...«

»Legen Sie es irgendwohin und verschwinden Sie!«

»Ja, Mister ...«

Da sowieso nicht mehr daran zu denken war, das Papier ordentlich auf einen Schreibtisch zu legen, ließ er den Rest kurzerhand aus den Armen gleiten und hastete davon.

»Und holen Sie mir Mister Olafsen, und zwar sofort!«

Der junge Mann blieb wie angewurzelt stehen; nur noch ein einziger Schritt bis zur Tür, und er wäre draußen gewesen!

»Ich bin mir nicht sicher, ob er sich überhaupt im Hause aufhält, Mister ...«

»Ich hab Sie nicht gefragt, ob er sich irgendwo im Haus aufhält. Ich hab Ihnen gesagt, Sie sollen ihn holen!«

Dieses Mal schaffte es der junge Mann, nach draußen zu kommen. Irgend etwas an seinem neuen Arbeitgeber mochte er nicht, er hatte so etwas Bedrohliches an sich. Es war nicht so sehr die Angst vor einem drohenden Rausschmiß, vielmehr empfand er die im Betrieb herrschende Atmosphäre fast als eine körperliche Gefahr. Er erkundigte sich bei der Sekretärin von Mr. Olafsen, ob sie wisse, wo sich ihr Chef derzeit aufhalte.

Mr. Olafsen sei gerade in Tokio. Wo genau in Tokio, entziehe sich allerdings ihrer Kenntnis. Er sei dort zur Erledigung eines ungeheuer wichtigen Auftrags hingeschickt worden, und zwar mit der Order, das Geschäft auf keinen Fall platzen zu lassen. Bei einem Mißerfolg müsse er nämlich den firmeneigenen Grundsatz befolgen, sich den jeweils landesüblichen Geschäftsgepflogenheiten anzupassen, was in diesem Fall die logische Konsequenz nach sich ziehen würde, Harakiri zu begehen.

»Er hatte am Tag seiner Abreise entsetzlich miese Laune, noch schlimmer als sonst,« fuhr die Sekretärin fort. »Sie können ja unser Büro in Tokio anrufen. Ich weiß allerdings nicht, wie spät es dort jetzt ist. Möglicherweise rennen die alle schon auf dem Dach herum, liegen in der Falle oder treiben um diese Zeit wer weiß was. Aber vielleicht haben Sie ja Glück.«

Mit einer Reihe von Anrufen lokalisierte er Mr. Olafsen auf einem Golfplatz zu Füßen des Fuji, und dieser konnte mit seinem Arbeitgeber verbunden werden.

»Thorgeir, es gibt Probleme«, sagte der Chef. »Komm so schnell wie möglich zurück.«

»Kann das nicht warten? Wenn ich noch zwei Tage bleibe, werden wir mehr Halbleiter haben, als wir jemals gebrauchen können.«

»Nein, das kann nicht warten. Es handelt sich um ein Drachenproblem.«

»Die Verbindung ist entsetzlich. Hab ich dich richtig verstanden? Hast du gesagt ...«

»Ich hab ›Drachenproblem‹ gesagt, Thorgeir.«

»Bin schon unterwegs.«

Erleichtert legte der Chef den Hörer auf. Demnächst Thorgeir Sturmhund an seiner Seite zu wissen, nahm ihm ein wenig von der Panik, von der er schon den ganzen Tag ergriffen war. Thorgeir besaß vielleicht keinen Mut, aber er war gescheit, und an seiner Loyalität gab es keinen Zweifel. Soviel jedenfalls stand fest: Der geringste Loyalitätsbruch, und Thorgeir würde in den Timberwolf zurückverwandelt werden, der er einst gewesen war, als ihn der Zaubererkönig in den Wäldern von Permia kennengelernt hatte. Wölfe können weder teure Anzüge tragen noch mit wirklichem Vergnügen Luxuslimousinen fahren, und Thorgeir schätzte mittlerweile diese Annehmlichkeiten des Lebens sehr.

»Warum zu diesem Zeitpunkt?« fragte sich der Zaubererkönig an diesem Morgen zum hundertstenmal. Durch dieses ständige Wiederholen schien sich die Frage irgendwann von selbst zu beantworten. Da war zum einen die Besonderheit der dreizehnten Generation, die endgültige Übereinstimmung von Hard- und Software, von der der Zaubererkönig am Anfang seiner Karriere im Schatten der Tannenbäume seiner Vorfahren nur vage geträumt hatte, als sich künstliche Intelligenz noch auf Steine mit menschlichen Stimmen und auf andere unterhaltsame Kunststücke beschränkte. Seither war ein langer Weg zurückgelegt worden, und er war dabei ein ganzes Stück vorangekommen. Keine irdische Macht konnte ihn aufhalten, zumal keine irdische Macht auch nur ansatzweise eine Vorstellung davon hatte, welche Bedrohung er für die Erde und deren Bevölkerung darstellte. Aber den Drachen und den König hatte er nie ganz vergessen, seit er seine sterbliche Hülle auf dem Schlachtfeld von Rolfsness verlassen hatte und lediglich in Form einer äußerst schmachvollen Existenz als schlechte Idee geflohen war.

Der Zaubererkönig stützte sich mit den Ellbogen auf dem Schreibtisch ab und versuchte sich das ›Glück von Caithness‹ vorzustellen, diesen ärgerlich unzuverlässigen Bestandteil eines mittelalterlichen Schaltkreises. Als Kunstwerk hatte es ihm nie sonderlich gefallen, als Schaltplan verfolgte es ihn bis in die Träume. Er strapazierte immer wieder sein Gedächtnis, um sich an die damit zusammenhängenden verzwickten Einzelheiten zu erinnern. Die Granateinlagen und Steine, die der unbekannte Kunsthandwerker in das Gold eingearbeitet hatte, waren natürlich nichts anderes als Mikrochips von einzigartigem Einfallsreichtum, und die unendliche kontinuierliche Größe der ineinandergreifenden Konstruktionsbausteine verlieh dem System eine solche Macht, daß kein Nachfolger hoffen konnte, damit zu konkurrieren oder es gar zu beherrschen.

Der Zaubererkönig schüttelte den Kopf und schlug

die geballten Fäuste zusammen. Um diesen Tag zu vermeiden, hatte er alles getan, was in seinen Kräften stand, und alle denkbaren Vorbereitungen getroffen. Als es jetzt allerdings soweit war, fühlte er sich niedergeschlagen und entmutigt. Aber selbst wenn das Schlimmste einträfe, wäre er wenigstens noch das, was er stets gewesen war, und die guten alten Bräuche waren immer noch die besten. Er stand vom Schreibtisch auf und kramte den Schlüssel zu der massiven Eichentruhe aus der Tasche hervor, die zwischen den Stahlrohrmöbeln seines Büros gänzlich fehl am Platz wirkte. Das Schloß gab nur mühsam nach, aber mit ein wenig Gewalt ließ es sich schließlich öffnen. Er klappte den Deckel hoch und hob ein längliches Bündel aus der Truhe, das in purpurfarbenen Samt eingeschlagen war. Er atmete tief durch und zog behutsam die Seidenschnüre auf, mit denen das Bündel zusammengehalten wurde. Eine goldene Scheide mit eingelegten Verzierungen kam zum Vorschein, in der ein langes Schwert von einmaliger Schönheit steckte. Er zog es heraus und fuhr mit dem Daumen über die Klinge, die nach all den Jahren noch immer scharf war. Dann schwang er sie in Zeitlupe nach allen Richtungen, und der Druck ihres Gewichts auf die Unterarmmuskulatur ermahnte ihn daran, der bevorstehenden Gefahr zu trotzen. Mit wütendem Schnauben schwang er das Schwert hoch über den Kopf und schlug es mit ungeheurer Wucht quer durch einen dunkelgrünen Aktenschrank, wobei sämtliche Ordner von A—J in zwei Hälften gespaltet wurden. Im selben Augenblick öffnete sich die Tür.

Eigentlich hatte der junge Mann das Büro seines Chefs gar nicht erneut aufsuchen wollen. Als er den Türknopf drehte, hörte er ein unheimliches Schlaggeräusch, und er hätte fast auf der Stelle seine Mission abgebrochen, aber diese Briefe mußten unbedingt unterschrieben werden.

Der Zaubererkönig hatte das Schwert gerade erst aus

dem Aktenschrank herausgezogen und kam sich nun ziemlich albern vor. Entgeistert gaffte er den jungen Mann an, der zunächst mit ähnlich betroffener Miene zurückstarrte, bis er aufgrund seiner jugendlichen Unbekümmertheit die Sprache wiederfand.

»Hat wohl wieder geklemmt, wie?«

»Geklemmt?« Trotz der Klimaanlage schwitzte der Zaubererkönig.

»Der Aktenschrank. Ich glaube, in den Schlössern klebt 'ne Menge Staub.«

Der Zaubererkönig blickte zunächst auf den Aktenschrank und dann auf das Schwert in seinen Händen. »Kommen Sie rein, und schließen Sie die Tür«, forderte er den jungen Mann ungewohnt freundlich auf.

Der junge Mann tat, wie ihm befohlen, und sagte mit nervöser Stimme: »Falls es um die Essensmarken geht, dann kann ich Ihnen das erklären.«

»Das kann ich Ihnen auch«, entgegnete der Zaubererkönig. Obwohl es für ihn dazu keinerlei Veranlassung gab, hatte er plötzlich das Gefühl, dies gern tun zu wollen. Seit mehr als tausend Jahren hatte er dieses Geheimnis für sich behalten und wollte nun mit jemandem darüber reden. Er forderte den jungen Mann auf, Platz zu nehmen, und fragte ihn, was er ihm zu trinken anbieten dürfe. Dann legte er das Schwert ganz beiläufig auf den Schreibtisch und holte aus einer Schublade eine Flasche hervor.

»Das hier sollten Sie mal probieren«, empfahl er dem jungen Mann. »Met. Natürlich nicht mit dem echten Met zu vergleichen, aber immerhin ...« Er schenkte zwei Gläser ein und trank seins mit einem Zug aus, um seinem Gast zu zeigen, das es nicht vergiftet war.

Der junge Mann suchte verzweifelt nach den passenden Worten, was schließlich auf die Äußerung ›Ein schönes Schwert haben Sie da aber‹ hinauslief. Dann erinnerte er sich daran, was Mister Olafsens Sekretärin über japanische Geschäftsgepflogenheiten gesagt hatte.

»›Schön‹ ist ziemlich untertrieben«, entgegnete der Zaubererkönig und fügte irgend etwas über die Schlag- und Stoßkraft im heutigen Geschäftsleben hinzu. Der junge Mann lächelte verlegen. »Und jetzt verraten Sie mir etwas, Mister Fortescue«, fuhr der Zaubererkönig fort. »Arbeiten Sie gern in unserer Firma?«

»Ehm ...«

Der Chef schien das überhört zu haben. »Es handelt sich natürlich um eine alteingesessene Firma, die schon etliche Jahre besteht. Sehr viele Jahre sogar.« Er beugte sich ganz plötzlich vor und fragte: »Haben Sie eine ungefähre Ahnung davon, wie lange diese Firma bereits besteht?«

Der junge Mann verneinte, und der Zaubererkönig sagte es ihm. Aber nicht nur das, denn er erzählte ihm auch von der Festung Geirrodsgarth, der Schlacht von Melvich und den dazwischenliegenden tausend Jahren. Er erzählte ihm von der Drachenspange, dem König von Caithness und dem Zauberer Kotkel. Und er erzählte ihm von der modernen Magie und deren Beziehung zur neuen Technologie und daß die dreizehnte Generation der Höhepunkt von allem bisher Dagewesenen sein werde.

»Ich hab damals recht früh begriffen«, fuhr der Zaubererkönig fort, »daß die Magie so, wie ich sie über all die Jahrhunderte verstanden hatte, nur geringe Zukunftsaussichten haben würde. Dabei ging es nicht um den Mangel an Glaubwürdigkeit — was, nebenbei bemerkt, noch nie ein großer Nachteil war —, sondern grundsätzlich um die Frage, wie man der Lösung des Hauptproblems aller industriellen Verfahrenstechniken auf den Grund gehen könne.« Der Zaubererkönig schenkte sich noch ein Glas ein und zündete sich eine Zigarre an. »Sehen Sie es mal von der Seite: In jeder anderen Branche ist der Sprung vom kleinen zum großen Rahmen, von der Werkstatt zur Fabrik, von der Handarbeit zur Massenproduktion oder vom Webstuhl zur Feinspinnmaschine die Trennlinie zwischen der alten und der modernen Welt. Können Sie mir folgen?«

»Nein, jedenfalls nicht richtig.«

»Ich hatte das Gefühl, Magie falle unter dieselbe Kategorie. Zu meiner Zeit hatte man eine kleine, aber hochqualifizierte Belegschaft — ein paar Zauberer und deren Lehrlinge —, die hochwertige Produkte in geringen Stückzahlen auf den Markt brachte, so daß diese einem relativ kleinen Kundenkreis mit hohem Einkommen vorbehalten bleiben mußten. Folge war, daß der Mann von der Straße, der Mann auf den Lastkarren Uppsalas, praktisch von einer Teilnahme auf diesem Gebiet ausgeschlossen wurde. Magie erreichte also nie die Masse der Bevölkerung. Legt man mein langfristiges Endziel zugrunde, nämlich die totale Weltherrschaft, dann durfte ich mich nicht damit abfinden. Was nützte es einem, wenn sich eine Menge Könige und Helden gegenseitig in den Tod befördern konnten, solange sich das gemeine Volk keinen Pfifferling darum scherte? Erst recht, seit schon ein wenig wohldosierte rohe Gewalt oder mangelnde Kenntnis reichen — wie meine eigene Erfahrung beweisen wird —, dem ganzen Unternehmen ein Ende zu bereiten. Sie sind sich dieses Problems bewußt?«

»Danke für den Drink. Ich sollte mich jetzt wirklich wieder an die Arbeit machen und ...«

»Es mußte also zu einem entscheidenden Durchbruch kommen«, fuhr der Zaubererkönig fort. »Einen Augenblick der Weltgeschichte, in dem die Magie endlich das Leistungsvermögen hatte, ihre Hände ein für allemal um den Hals der menschlichen Rasse zu legen. Natürlich gab es auf dem Weg dahin etliche Zwischenstationen zu bewältigen. Die industrielle Revolution, Elektrizität, Autos und selbstverständlich auch das Fernsehen waren allesamt Meilensteine; übrigens alles meine Arbeit, auch wenn man Ihnen auf den Patentämtern dieser Erde etwas anderes sagen wird. Aber was soll's? Wer sich im Hintergrund hält, behält eine saubere Weste — alte Sagenweisheit.

Dann bin ich mit einer alten Idee von mir rausgerückt, die ich schon während meiner Anfangszeit auf der Innenhaut einer Ziegenfellkapuze entworfen hatte — dem Computer. Ursprünglich war er nur als Alternative zu den Kerben in einem Stock gedacht, die einem sagen, wieviel Käse man braucht, um durch den Winter zu kommen, und von mir aus hätte es dabei bleiben können. Aber dann hab ich mir überlegt, wie es eigentlich wäre, wenn jeder einen haben würde. Ich meine, wenn wirklich jeder einen Heimcomputer hätte. Einen ganz persönlichen kleinen Freund mit der Vorderseite eines Fernsehers, dessen kleine Kabel in das Telefonnetz führen. Wenn alles mit allem und jeder mit jedem verbunden ist. Durch und mit dem Computer wird alles erledigt: Arbeit, Wahlen, Bankverkehr, Geburt, Sex und Tod. Eine geniale Idee, jedenfalls zu achtzig Prozent. Die restlichen zwanzig Prozent setzen sich aus der unglaublichen Duldsamkeit zusammen, die die breite Masse kleinen Quälgeistern entgegenbringt. ›Der Computer ist abgestürzt‹, sagen alle und schütteln nur nachsichtig den Kopf. Stundenlang hat man dieses verdammte Ding programmiert, und es macht *Piep*, und alles ist wie vom Erdboden verschluckt.« Der Zaubererkönig kicherte laut und stieß wie der Drache im Märchen eine riesige Rauchwolke aus. »Wie vom Erdboden verschluckt ist der treffende Ausdruck. Ich hab diese Möglichkeit schon lange vorher einkalkuliert. Oder glauben Sie etwa auch, daß alle diese Fehlfunktionen auf Zufall beruhen? Seit der Inbetriebnahme des ersten funktionierenden Netzwerks hab ich immer alles ganz genau beobachtet. Alles, worauf ich Lust und Laune hab, alles, was auch nur im entferntesten nützlich aussieht — *Piep!* —, und schon surrt es über die Glasfaserkabel in meine ganz persönliche Datenbank.«

Bis zu diesem Zeitpunkt war der junge Mann von all

dem überhaupt nicht überzeugt gewesen. Er hatte nie an Gott oder an irgendeine andere Verschwörungstheorie geglaubt und auch nie genügend Leichtgläubigkeit aufgebracht, um sich von Spionagethrillern unterhalten zu fühlen. Aber selbst er hatte sich über die Teleologie seines eigenen Interessengebiets hin und wieder Gedanken gemacht. Jeder Programmierer wird in einem gewissen Stadium mit der alles entscheidenden metaphysischen Frage konfrontiert, was mit dem ganzen Datensalat passiert, der vom Computer verschluckt wird. Nun hatte er die einzig mögliche Antwort darauf gefunden und starrte mit offenem Mund ins Leere.

»Verstehen Sie jetzt, was ich meine?« fragte der Zaubererkönig.

»Ja«, antwortete der junge Mann. »Das ist schlau. Das ist wirklich schlau.«

Der Zaubererkönig grinste bis über beide Ohren. »Danke. Ein weiterer entscheidender Eckpfeiler des modernen Geschäftslebens ist natürlich die Diversifikation der Interessen. Wir sind zwar möglicherweise nicht der größte multinationale Konzern der Welt, aber wir belegen die meisten Schlüsselpositionen. Unangefochten ist unsere Position in den Medien. Denken Sie nur an diese wunderschöne Wortschöpfung ›Media-Control‹ — gefällt sie Ihnen auch so gut? Sie vermittelt genau den richtigen Eindruck. Ich nehme an, das liegt daran, weil es so nach Mafia und Kontrolle klingt. Egal, mit Hilfe der Medien und einem Produktionsstandort wie dem unseren besitzen wir die notwendigen Einrichtungen, um einen wirklichen Weltkonzern zu bestreiten. Also wäre fast alles perfekt, wenn es nicht diesen einen Rückschlag gegeben hätte.«

»Was für ein Rückschlag?«

»Der Drache. Aber das ist jetzt noch nicht so wichtig für Sie.« Der Zaubererkönig fühlte sich nun wieder wohler in seiner Haut. Die von ihm selbst vorgenommene Auflistung seiner vergangenen Großtaten hatte ihm das Selbstbewußtsein zurückgegeben. Wie sollte ein derartiges Unternehmen, dem ein solch brillantes Konzept zugrunde lag und das so lange vorbereitet worden war, schiefgehen können? Er lächelte und bot dem jungen Mann eine Zigarre an. »Fortescue«, sagte er gewichtig, »ich denke, Sie gehören hierher. Ich hab Sie schon eine Weile beobachtet, und in Ihnen steckt eine ganze Menge Potential. Ich könnte mir vorstellen, daß die Sterne günstig für Sie stehen, sobald das Expansionsprogramm abgeschlossen ist. Was hielten Sie davon, Gouverneur von China zu werden?«

»Und warum haben Jacke und Hose dieselbe Farbe?« fragte Angantyr Asmundarson.

Hildy dachte darüber nach und kam zu dem Schluß, daß es darauf keine Antwort gab. »Tut mir leid, aber ...«

»Ich finde die Sachen sehr geschmackvoll«, bemerkte Arvarodd mit fester Stimme, als wollte er damit sagen, man könne Hildy nicht für die Torheiten ihrer Generation verantwortlich machen. »Und wozu sind diese Löcher in der Seite?«

»Die nennt man Taschen«, entgegnete Hildy. »Darin kann man Sachen aufbewahren.«

»Das ist ja toll«, freute sich Held Ohtar, der schon bei ganzen Generationen von Sagenliebhabern als notorischer Verlierer von Federmessern und Stricken verschrien war. »Warum ist uns so etwas bloß selbst nie eingefallen?«

»Firlefanz nenne ich so was«, grummelte Angantyr, aber niemand beachtete ihn. Im großen und ganzen schienen die Helden mit den neuen Kleidungsstücken zufrieden zu sein — natürlich mit Ausnahme von Brynjolf, dem Verwandlungskünstler, genannt der Verwandler. Er hatte kurz einen Blick auf seinen Anzug geworfen und sich dann in sein exaktes Ebenbild verwandelt, das einen ähnlichen Anzug trug, der nur etwas schmalere Aufschläge und einen Extraknopf an den Manschetten hatte. Der Anzug des Königs paßte selbstverständlich wie angegossen. Dennoch sah er, wie alle anderen auch, eher aus wie ein skandinavischer Held im Konfirmationsanzug oder wie ein frisch entlassener Häftling.

Der König nahm Hildy beiseite und flüsterte ihr ins Ohr: »Während Ihrer Abwesenheit hat Kotkel zwei alte Freunde wiedergefunden.«

Hildy runzelte die Stirn. »Zwei *alte* Freunde. Meinen Sie vielleicht ...«

»Kotkel!« rief der König.

Der Zauberer kam hinter einem Baum hervor. Offensichtlich hatte er keine Probleme gehabt, sich mit dem Grundkonzept von Taschen anzufreunden; seine waren bereits von kleinen Knochen und diversen Lumpen völlig ausgebeult. Er gab dem König und Hildy ein Zeichen, ihm zu folgen, und führte die beiden hinter eine kleine Erhebung, wo die anderen sie nicht sahen.

»Darf ich vorstellen? Das sind Zxerp und Prexz«, sagte der König.

Zunächst sah Hildy überhaupt nichts. Dann machte sie zwei schwache Lichtflecke über dem Gras aus, die wie reflektierende Brillengläser aussahen, nur sehr viel größer.

»Das sind sozusagen seine Hausgeister«, erklärte der König. »Sie sind anscheinend mit uns zusammen im Grabhügel eingeschlossen gewesen, und das wahrscheinlich genausolange wie wir. Die beiden sind die Diener des ›Glücks von Caithness‹.«

»Was dagegen?« warf einer der Lichtflecke ein.

»Kotkel hat mir erzählt, wie die Sache wirklich funktioniert«, fuhr der König fort, ohne auf den Zwischenruf einzugehen. »Und diese beiden haben eine ganze Menge damit zu tun. Die Spange selbst ist ein ... ein ... Wie nennt man das noch mal?«

Der Zauberer gab ein Geräusch wie eine Geflügelschere von sich, mit der gerade ein Kadaver zerschnitten wird. »Richtig, eine Art Störgerät. Es mischt sich in die

Magie der anderen Seite ein. Um das zu können, braucht es aber ungeheure Mengen positiver Energie, und das repräsentieren praktisch diese beiden da.«

»Schön zu wissen, daß uns jemand zu schätzen weiß«, bemerkte einer der Lichtflecke.

»Aufmüpfige und wenig entgegenkommende Energie zwar«, fuhr der König mit strenger Miene fort, »aber nichtsdestotrotz Energie. Sobald Kotkel alle Einzelteile richtig zusammengebaut hat, kann er die beiden mit der Spange verbinden, und sämtliche Zauberkünste des Feindes sind nutzlos. Sobald wir das erst einmal erreicht haben, können wir uns an die eigentliche Arbeit machen. Er kann dann seine Zauberkräfte nicht mehr gegen uns einsetzen und wird nicht einmal wissen, daß wir kommen — wie damals beim erstenmal. Dann gibt es für uns nur noch die relativ leichte Aufgabe zu erledigen, ihm eins über den Schädel zu ziehen. Immer vorausgesetzt, es wird wirklich so einfach — jedenfalls werden wir die Dinge auf uns zukommen lassen.«

»Das klingt ja fabelhaft«, bemerkte Hildy mit leicht nervöser Stimme, zumal sie fürchtete, daß noch etwas folgen werde.

»Das Problem liegt offenbar darin, die richtigen Einzelteile zusammenzubekommen«, setzte der König seine Ausführungen fort. »Kotkel ist sich nicht voll und ganz sicher, was er alles brauchen wird. Er sagt, er wird es erst wissen, wenn er es sieht.« Der König schüttelte betrübt den Kopf.

»Welche Dinge braucht er denn?«

»Das ist eine sehr gute Frage.«

Hildy hatte genügend akademische Seminare besucht, um zu wissen, daß eine Frage immer dann als sehr gut erachtet wurde, wenn niemand eine Antwort darauf wußte — nach ihrem Dafürhalten ließ eine solch destruktive Form der Fragestellung nur auf ein völlig unsensibles Verhalten des Fragestellers schließen —, und sie machte ein langes Gesicht. »Und was jetzt?«

»Ich halte es für den beste Plan, wenn wir irgendwo hingehen, wo der Zauberer alle Dinge sehen kann, die er braucht. Finden Sie nicht? Und dabei wird es sich höchstwahrscheinlich um irgendeine Ansiedlung oder Stadt handeln.«

»Aber ist das nicht gefährlich?«

Der König lächelte verschmitzt und antwortete schalkhaft: »Mir gefällt der Gedanke einfach nicht, daß die größten Helden der Welt bei dieser Geschichte die ganze Zeit irgendwo herumgelungert haben sollen, nur um auf Nummer sicher zu gehen.«

»Was mir an diesem Land am wenigstens gefällt ...«, begann Danny Bennett, und dann fiel ihm ein, daß er bereits alles Erwähnenswerte gesagt hatte, auf das er gestoßen war, seit ihn das Flugzeug hierhergebracht hatte. »Was mir an diesem Land wirklich stinkt, ist die Art und Weise, in der man sich hier auf Kursbücher, Fahrpläne oder sonstige Abmachungen verlassen kann.«

»Sie reden ziemlich viel, nicht wahr«, bemerkte der Chefkameramann. Es regnete in Lairg, und der Lieferwagen, der bestellt worden war, um sie nach Rolfsness zu transportieren, war immer noch nicht aufgetaucht. Sämtliche Läden und das Hotel waren aus unerfindlichen, aber um so unnachgiebigeren Gründen fest verschlossen, und das einzige noch allgemein zugängliche Gebäude war die öffentliche Toilette, die mit der Kamera- und Tonausrüstung vollgestellt worden war, damit die Geräte nicht naß wurden. Aus diesem Grund mußte sich das Fernsehteam mit dem abfinden, was als Schutz vorhanden war, und das war nicht viel. Sicher, der Anblick des Sees war ganz hübsch und recht unterhaltsam, aber die Allgegenwart des Wassers in Boden- wie in Lufthöhe war kein echter Trost.

»Das Ganze hat etwas mit negativer Auslese zu tun, wirklich«, beharrte Danny. Er war stets für jede Abwechslung zu haben, und da bei diesem ganzen Elend die einzige Abwechslung in seinem eigenen sprühenden Witz bestand, war er wild entschlossen, diesen voll auszukosten. »Wenn es heißt, daß die Zimmer an Herrn und Frau Soundso vergeben sind oder der Lieferwagen dann und dann kommt, kann man sich darauf verlassen. Man kann sogar sicher sein, daß immer dann, wenn dieses Hotel wegen Renovierung geschlossen ist, zur selben Zeit sämtliche Lieferwagen Schottlands beim TÜV sind. O ja, ich mag Gewißheit«, fuhr Danny unbarmherzig fort. »Es macht das Leben irgendwie überschaubarer.«

Der Kameramann fühlte sich zu irgendeiner Antwort verpflichtet. »Wissen Sie, ich war in Uganda. Damals bei diesem Staatsstreich.«

»Ach, wirklich?«

»Ja, wir steckten fest und mußten irgendwie mit dem Bus weiter.«

»Interessant ...«

»Es herrschte eine brütende Hitze, aber zum Schluß kam er doch.«

Offenbar war das alles. Danny öffnete seinen Aktenkoffer, wobei er dessen Inhalt mit dem Ärmel gegen das Wetter abschirmte, und las ein letztes Mal seine Notizen durch, obwohl das nur wenig Sinn hatte. Ohne irgendwelches Material von den Archäologen, die sich allesamt oben in Rolfsness in gemütlichen, trockenen Zelten aufhielten, konnte er noch gar nichts planen. Das einzige, was fürs Fernsehen schon jetzt hätte interessant sein können, wäre ein Interview mit der vermißten Frau gewesen, die als erste in dem Grabhügel gewesen war. Bestimmt gab es einen leicht ersichtlichen Grund, weshalb sie verschwunden war, und er hatte das sichere Gefühl, daß es auf keinen Fall funktionieren würde, alles ausschließlich aus dem Der-Fluch-der-Pharaonen-Blickwinkel zu betrachten. Trotzdem brauchte er immer noch einen Aufhänger für die Story. Er rief sich an diesem Nachmittag zum hundertstenmal ins Gedächtnis zurück, daß ein ganz alltäglicher Einbruch in ein Washingtoner Hotel letztendlich zum unsterblichen Ruhm Watergates geführt hatte. Wie üblich, wenn er völlig verzweifelt war, versuchte er sich in seiner Ausdrucksweise dem Niveau von Kindergeschichten anzupassen, und während er alles auf das Wesentliche reduzierte kritzelte er erste Stichworte in sein durchnäßtes Notizbuch. ›Vergrabener Schatz. Rätselhaftes Verschwinden. Außenaufnahmen schottische Berglandschaft. Wikinger. Vergrabener Schatz mit Fluch belegt. Schneller Brüter etwa zwanzig Meilen weiter an der Küste. Hat jemand zufällig eine Ahnung, wie die Halbwertszeit von radioaktivem Gold ist?‹

Durch den dichten Regen hindurch näherte sich ein kleiner hagerer Mann mit einer Mütze und erkundigte sich bei einem der Kameramänner nach Mister Bennett.

»Ich bin Danny Bennett.«

»Es geht um Ihr Auto, Mister Bennett. Der Wagen, mit dem Sie nach Rolfsness fahren wollen, hat leider einen kleinen Fehler.«

»Ach, wirklich?«

»Leider ja.«

Mehr schien der Mann tatsächlich nicht sagen zu wollen. Was ihn anging, reichte das wahrscheinlich.

»Und was für einen Fehler?«

»Nun ja. Ich hab den Wagen am Dienstag verliehen, nur für den einen Tag, und er ist bis heute nicht zurückgebracht worden. Und deshalb ist er jetzt für Sie nicht da.«

»Na, das ist ja wirklich prima. Hören Sie, können Sie kein anderes Auto besorgen? Es würde eine Ewigkeit dauern, aus der nächsten Stadt einen anderen Wagen hergeschickt zu bekommen.«

»Es gibt nur diesen einen Lieferwagen.«

Danny wischte sich den Regen aus den Augen. »Gibt es überhaupt eine Chance, daß er während der nächsten zwei, drei Stunden zurückgebracht wird? Wer hat ihn denn gemietet? Kennen Sie die Person?«

»Nein. Eine junge Frau hat ihn gemietet. Vorher nie gesehen. Aber das ist die Frau, die wegen dieser Ausgrabungen in Rolfsness hierhergekommen ist, genau wie Sie.«

Danny sah den Mann mit stechenden Augen an. »Meinen Sie etwa Miß Frederiksen? Dieses amerikanische Mädchen?«

»Richtig. Aber jetzt werd ich wieder reingehen. Draußen regnet es nämlich. Tut mir leid, daß ich Ihnen nicht helfen konnte.«

»Halt! Warten Sie!« brüllte ihm Danny hinterher, aber der Mann war bereits verschwunden.

»Und was ist jetzt mit unserem Wagen?« fragte der Cheftontechniker.

»Er kommt nicht«, antwortete Danny knapp.

»Hab ich mir gleich gedacht«, sagte der Tontechniker, und die Nachricht schien ihn fast zu erfreuen. »Wie damals in Zaire.«

»Und was war in Zaire?«

»Was war? So 'ne Scheißkarre kam einfach nicht.« Der Tontechniker schlurfte davon und begab sich zu seinem Assistenten unter den zweifelhaften Schutz einer durchnäßten Ausgabe des *Observer.*

Danny rannte zur Telefonzelle hinüber, mit der er sich bereits kurz zuvor auseinandergesetzt hatte. Wenn man einräumte, daß das Ding tatsächlich englische Münzen und keine alten Silbertaler oder Muschelgeld schluckte, dann hatte man bereits alles erwähnt, was zu ihren Gunsten sprach. Nach einer Weile schaffte er es aber tatsächlich, zu einem Autoverleih in Wick durchzukommen, wo man ihm versprach, einen Lieferwagen mit einem Begleitfahrzeug zu schicken. Danach führte er ein R-Gespräch mit London.

Als er schließlich überglücklich die Telefonzelle verließ, hätte er in seinem ersten Überschwang fast nicht bemerkt, daß der Regen stärker und spürbar kälter geworden war. Wenigstens besaß er jetzt das Gerüst für eine Story. Natürlich war es keinem der Rechercheure gelungen, irgend etwas über diese Frau namens Frederiksen herauszufinden, aber man hatte mit ihrem Doktorvater gesprochen, einem gewissen Professor Wood. Anscheinend hatte sie sich am Telefon ziemlich merkwürdig verhalten, als sie ihn von Lairg aus angerufen hatte. (Gott stehe ihr bei, dachte Danny, wenn sie diese Telefonzelle benutzt hat.) Zusammenhanglos? Nein, nicht direkt. Eher begeistert aufgrund der Entdeckung. Allerdings wiederum nicht so begeistert, wie man es von einer Berufsarchäologin erwarten würde, die gerade den aufsehenerregendsten Fund gemacht hat, den es je auf dem britischen Festland gegeben hatte. Wie hat sie sich denn angehört? Fahrig und unkonzentriert, nach Meinung von Professor Wood. Als stimme irgendwas nicht. Was Harmloses oder was Unangenehmes? Beides. Irgendwas Merkwürdiges. Merkwürdig im Sinne von mysteriös? Ja. Und sie wollte irgendwas über einen Drachen sagen, hat es sich aber dann anscheinend anders überlegt.

Danny Bennett setzte sich und trug ›Drache?‹ in seine Stichwortliste ein. Dann betrachtete er sie eine Weile, schrieb ›nach dem Monster von Loch Ness nun das zweite große Fragezeichen?‹ und strich es wieder durch. Anschließend begann er jene komplizierten Kreis- und Fließdiagramme zu zeichnen, aus denen schon immer seine besten Arbeiten entstanden waren. Er fühlte sich plötzlich entkrampft und glücklich, und schon bald darauf benutzte er den roten Kugelschreiber, der für ›Thema‹ stand, und den mit der grünen Tinte, die ›vorläufiges Konzept‹ bedeutete. Ein Fernsehbericht stand kurz vor seiner Geburt.

»Also wäre die Sache geklärt«, sagte der König. »Und wenn wir die Teile, die wir brauchen, in Wick nicht finden, werden wir es irgendwo anders versuchen. Und zwar so lange, bis wir sie gefunden haben.«

Die Helden hatten die kurze Ansprache ohne Widerworte über sich ergehen lassen, zumal keinem eine vernünftige Alternative eingefallen war. Angantyrs Vorschlag, England den Krieg zu erklären, war von Anfang an einmütig abgelehnt worden. Nach einem formellen Trinkspruch auf Odin und einer Bitte um dessen Beistand setzten sich die Helden nieder und putzten ihre Waffen oder trafen Reisevorbereitungen.

Hjort und Arvarodd, die bereits gepackt hatten, und Brynjolf der Verwandler (der nicht packen mußte) hielten sich am Lagerfeuer auf und spielten ›Fünf Steine‹.

»Ich kann langsam nicht mehr folgen«, grummelte Hjort. »Zu kompliziert. Diese ganze Heimlichtuerei und Hintergründigkeit. Ich meine, wir eignen uns einfach nicht dafür. Findet ihr nicht auch? Was wir wirklich gut können, ist Leuteverprügeln.«

»Das ist wohl wahr«, seufzte Brynjolf wehmütig. »Es sieht aber leider nicht so aus, als ob man heutzutage mit Leuteverprügeln viel erreicht.«

»Bist du dir da wirklich sicher?« fragte Hjort mitfühlend. »Ich rechne fest damit, daß wir die eine oder andere Prügelei haben werden, bevor wir hier fertig sind. Oder meinen Sie nicht, Hildy Frederikstochter?«

Hildy, die gerade mit einem Armvoll Decken zum Lieferwagen unterwegs war, nickte beiläufig, ohne weiter darüber nachzudenken.

»Siehst du?« frohlockte Hjort. »Hildy ist schließlich schlau.«

»Nicht nur das«, warf Arvarodd ein, »hinter der Frau steckt mehr, als man auf den ersten Blick vermuten möchte.«

»Wo wir schon dabei sind«, meldete sich Hjort erneut zu Wort, »ich mag Frauen gern etwas schlanker.« Arvarodd blickte ihn finster an. »Wirklich«, verteidigte sich Hjort. »Ich war mal in Trondheim, lange bevor der alte

Marktplatz eingestampft wurde, um Platz für die neuen Töpferwerkstätten zu schaffen ...«

»Das Mädchen hat Verstand«, unterbrach ihn Brynjolf schnell. »Heutzutage scheint Verstand etwas zu zählen.«

»Dann weiß ich auch nicht, was wir machen sollen«, verzagte Hjort. »Ich persönlich hab für Verstand nie viel übrig gehabt. Wenn man ihn aus jemandem herausprügelt, ist er immer so klebrig und schwer von der Axt zu wischen.«

»Ich rechne fest damit, daß sie für unsere Truppe ein Gewinn ist«, fuhr Brynjolf fort. »Wie es aussieht, besitzen wir zwar genug Muskeln und Heldenmut, aber etwas zuwenig Intelligenz. Natürlich haben wir Seine Hoheit und diesen miesen Zauberer, aber ein zweiter Berater im Stab könnte nicht schaden. Ich finde, wir sollten sie adoptieren.«

»Wie? Ihr einen richtigen Namen geben und das alles?« Hjort blickte zweifelnd drein.

»Warum eigentlich nicht?« stimmte Arvarodd begeistert zu. »Obwohl mir so aus dem Stegreif keiner einfällt.«

»Mir schon.«

»Halt's Maul, Hjort!« zischte Brynjolf ihn an. »Jedenfalls sollten wir uns darüber Gedanken machen.«

Im diesem Augenblick drang ein Warnruf vom Wachtposten herüber.

»Na also!« freute sich Hjort. »Glaubt ihr, das könnte Ärger bedeuten?«

»Wer weiß?« brummelte Arvarodd. Er schnallte sich den Schwertgurt über das Jackett und griff nach dem Bogen. »Möglich ist alles. Wer hat meinen Helm verlegt?«

Voller Tatendrang bildeten die Helden einen Kreis, wobei sie mit ihren Schilden, Helmen und zweiteiligen Anzügen aus grauer Kunstfaser möglicherweise etwas merkwürdig aussahen.

Der König stolzierte rasch an ihnen vorbei und rief ihnen zu: »Jetzt noch nicht!«

»Aber wir ...«

»Ich hab gesagt, jetzt noch nicht. Versteckt euch, und zwar alle!« Er duckte sich hinter einen Felsbrocken und spähte zur Straße hinüber. Zwei Lieferwagen hatten dort angehalten. Kurz darauf gesellten sich Hildy und Starkad (der den Ausguck übernommen hatte) zum König.

»Die haben nur angehalten, König«, flüsterte Starkad. »Du hast gesagt, ich soll dich rufen, wenn ...«

»Völlig richtig«, entgegnete der König. »Wer ist das, Hildy Frederikstochter?«

Hildy starrte angestrengt hinüber, konnte aber nichts erkennen. »Das weiß ich nicht. Wahrscheinlich niemand.«

Aus dem ersten Lieferwagen stieg ein Mann mit blauem Anorak und ging mit einer Landkarte in der Hand auf die Straßenböschung zu. Dort sah er sich nach allen Seiten um und machte eine verzweifelte Geste.

»Wonach der wohl sucht?« murmelte der König. »Sie und Starkad bleiben hier. Ich werde mir das mal aus der Nähe ansehen.«

Bevor Hildy etwas sagen konnte, schlich der König um den Felsbrocken herum und schlängelte sich den Abhang hinunter bis in die Nähe der Straße, wo er hören konnte, was die Leute in den Lieferwagen sagten. Der Mann im blauen Anorak war wieder eingestiegen und schrie gerade den Fahrer an.

»Woher sollte ich das wissen?« verteidigte sich der Fahrer. »Für mich sehen diese beschissenen Hügel alle gleich aus.«

»Wir müssen zur letzten Kreuzung zurückfahren, das ist alles«, fluchte der Mann im blauen Anorak. »Rolfsness liegt eindeutig in nördlicher Richtung.«

»Warum fahren wir nicht einfach nach Lairg zurück? Vielleicht hat dort noch ein Pub auf«, knurrte der Fahrer. »Für Filmaufnahmen ist es schon zu dunkel. Wir kriegen heute abend sowieso nichts mehr in den Kasten.«

»Ich will aber trotzdem so schnell wie möglich dorthin, um mit den Archäologen zu sprechen. Wir haben schon genug Zeit verloren. Vergessen Sie nicht, daß wir unseren Zeitplan einhalten müssen.«

»Wie Sie wollen, Danny. Aber da wir gerade angehalten haben, werd ich mal eben pissen gehen.«

»Aber beeilen Sie sich bitte, ja?«

Zum Entsetzen des Königs sprang der Fahrer aus dem Wagen und spazierte munter auf die Anhöhe zu, hinter der sich die Helden gerade versteckten. Er schloß die Augen und wartete. Kurz darauf hörte er einen markerschütternden Angstschrei, gefolgt von den Schlachtrufen seiner Leibgarde. Wie ein Kaninchen kam der Fahrer die Anhöhe heruntergehoppelt, Hjort, Angantyr und Bothvar Bjarki dicht auf den Fersen, gefolgt von den anderen Helden. Dann erst kam Hildy, die kreischend wie ein kleines Pony bei einer Treibjagd am Ende hinterhertrabte.

Der Chefkameramann, der sich gerade eine Bierdose öffnen wollte, tauchte sofort nach seiner Kamera und filmte durchs Seitenfenster alles mit. Sein Assistent duckte sich ebenfalls und suchte nach einem Belichtungsmesser, aber plötzlich stieß Danny Bennett die große Seitentür auf.

»Um Himmels willen, doch nicht jetzt!« brüllte der Kameramann. »Die holen den gerade ein!«

Aber Danny sprang aus dem Wagen und lief auf den Fahrer zu. Während er das tat, blieb einer der Verrückten in den grauen Anzügen stehen, legte einen Pfeil auf und spannte seinen Bogen.

»Blende acht«, zischte der Kameraassistent seinem Kollegen zu. »Wenn bloß genug Zeit wäre, den Polarisationsfilter aufzusetzen ...«

Der König sprang auf, brüllte laut los, und der Bogenschütze hielt sich noch einmal zurück. Die Helden blieben stehen, während der Fahrer mit einem gewaltigen Satz in den Lieferwagen sprang, der gleich darauf mit quietschenden Reifen abfuhr, direkt gefolgt von dem zweiten Auto. Kurz darauf waren beide Wagen nicht mehr zu sehen. Die Helden steckten ihre Schwerter in die Scheide und stampften wieder die Anhöhe hinauf.

»Haben Sie eine Ahnung, wer das war, Hildy Frederikstochter?« fragte der König.

Hildy hatte die Kamera gesehen und antwortete mit nervöser Stimme: »Ja, und ich fürchte, wir kriegen allmählich Probleme.«

Nachdem sich das Fernsehteam vergewissert hatte, daß es nicht verfolgt wurde, hielten beide Wagen auf dem Seitenstreifen an, und alle begannen aufgeregt durcheinanderzureden. Nur Danny Bennett schwieg. Er hatte den Gesichtsausdruck eines Menschen, dem gerade der wiederauferstandene Christus erschienen war. *Endlich bin ich während der Dreharbeiten zu einem Dokumentarfilm einmal angegriffen worden,* sagte er sich. Das mußte eine Story ergeben, und zwar nicht nur eine, sondern *die* Story schlechthin. Wer waren bloß diese Männer in den grauen Anzügen? CIA? MI5? Irgendwelche Spezialagenten? Vielleicht sogar die Milchvermarktungsbehörde? Er wußte es nicht, aber über eins war er sich jetzt im klaren: Er stand kurz davor, den größten Dokumentarfilm aller Zeiten zu drehen. Schweiß rann ihm übers Gesicht, und vor seinen Augen tauchte der verlockende Anblick des BAFTA-Award auf, der höchsten Auszeichnung der britischen Film- und Fernsehakademie.

5. Kapitel

Kevin Fortescue, designierter Gouverneur von China, holte Thorgeir Sturmhund vom Hubschrauberlandeplatz in den Docklands ab und fuhr mit ihm anschließend zum Gerrards Garth House zurück. Während der Fahrt ließ er verlauten, daß er in das Geheimnis der Firmengeschichte eingeweiht worden sei, was Thorgeir sichtlich überraschte.

»Und warum?«

»Mister ehm … der Chef hat gesagt, in mir stecke eine ganze Menge Potential. Faktisch hat er mir China angeboten.«

»China?«

»Ich hab ihm versprochen, mich bis heute morgen zu entscheiden. Mittlerweile bin ich mir ziemlich sicher, ich werde es nehmen. Hinsichtlich meiner Karriere halte ich das für einen vernünftigen Schritt, zumal ich immer mehr den Eindruck gewinne, daß ich sonst in der Buchhaltung versaure.«

Thorgeir machte sich in Gedanken eine Notiz, vor seiner nächsten Auslandsreise den Met des Zaubererkönigs unbedingt mit kaltem Tee zu verdünnen. Hinsichtlich der Karriere seines Chefs gewann er immer mehr das Gefühl, daß dieser für ein Ablösung reif war; obwohl es nicht klug wäre, aus diesem Gefühl eine fixe Idee werden zu lassen.

Der Zaubererkönig war zur Begrüßung von Thorgeir eigens nach unten in die Empfangshalle gekommen. »Wie war Japan?« fragte er.

»Leicht zu beeindrucken«, antwortete Thorgeir, »extrem leicht zu beeindrucken. Die Halbleiter hab ich doch noch alle gekriegt, und zwar während eines Birdies am letzten Loch, gerade noch rechtzeitig vor dem Eintreffen des Hubschraubers.«

»Sehr gut«, grunzte der Zaubererkönig. »Es gibt nämlich keine Veranlassung, aufgrund einer momentanen Krise gleich die Zügel schleifen zu lassen. Hast du unseren neuen Kollegen kennengelernt?«

»Ja«, antwortete Thorgeir. »Was ist bloß in dich gefahren, so etwas zu tun?«

»Weil ich es gerade zu diesem wichtigen Zeitpunkt für eine gute Idee hielt.«

»Dasselbe hast du schon mal über Kopernikus gesagt. Und du weißt ja, wohin das geführt hat.«

»Trotzdem wird er uns nützlich sein. Ich hab da nämlich eine Idee.«

Thorgeir kannte diesen Ausdruck in der Stimme des Zaubererkönigs. Manchmal kam etwas Gutes dabei raus, manchmal nicht. »Erzähl.«

»Es ist folgendes« — der Zaubererkönig griff nach der Metflasche und schenkte zwei Gläser ein —, »unser Problem ist ganz einfach, wenn man es in aller Ruhe betrachtet. Unser Feind ist zurückgekehrt.«

»Und woher weißt du das?«

Der Zaubererkönig erzählte ihm alles über die Datenübermittlungen der letzten Nacht. Thorgeir nickte ernst. »Also ist König Hrolf zurück und somit auch diese verflixte Spange. Uns bleibt die Wahl zwischen zwei Möglichkeiten. Entweder wir machen uns sofort auf den Weg und suchen nach ihm, oder wir warten darauf, daß er zu uns kommt.«

»Und liegt für dich darin die Wahl?«

»Wir könnten darauf warten, daß er zu uns kommt.«

Der Zaubererkönig lehnte sich im Sessel zurück und legte die Fingerkuppen aneinander. »Wenn er das versucht, wird er in gewisser Weise im Nachteil sein.«

»Nämlich?«

Der Zaubererkönig grinste. »Erstens hat er über tausend Jahre geschlafen, und seither hat sich einiges verändert. Zweitens hat er ohne ein dreijähriges Studium der Betriebswirtschaft und einen anschließenden Computerlehrgang keine Chance, auch nur ansatzweise darauf zu hoffen, sich in dieser modernen Welt so zurechtzufinden, daß er uns ernsthaft gefährden könnte. Immerhin reden wir über einen Mann, der schon Probleme damit hatte, nur mit den Fingern zu rechnen. Drittens ist er gerade mit Kleidungsstücken aus einem Grabhügel herausgekrochen, die vielleicht vor tausend Jahren der letzte Schick waren, heutzutage aber eine Spur zu auffällig sind. Wahrscheinlich wird man ihn festnehmen, erst recht wenn er über den Marktplatz von Inverness spaziert und seinen alten Anspruch auf den Thron einfordert. Viertens: Falls er es dennoch schaffen sollte und unerwartet mit gezücktem Schwert in der Rezeption aufkreuzt, stehen seine Chancen schon schlecht, nur bis zum Lift zu kommen. Äußerst schlecht. Ich weiß zwar nicht, ob du in letzter Zeit mal in der Kreditverwaltung vorbeigeschaut hast, aber wegen ihrer mathematischen Befähigung hab ich diese Schuldeneintreiber garantiert nicht eingestellt.«

»Na schön«, sagte Thorgeir geduldig. »Und nun?«

»Da er kein völliger Schwachkopf ist, wird er wahrscheinlich nicht zu uns kommen. Also werden wir zu ihm gehen. Aber zu wessen Bedingungen?«

Der Zaubererkönig beugte sich plötzlich vor, und seine strahlenden Augen schienen Thorgeir zu durchbohren. Seit tausend Jahren kannte der Sturmhund diese beängstigende Form der Unterhaltung. Zwar hatte er sich mittlerweile daran gewöhnt, aber trotzdem hingen ihm nach einem Jahrtausend der Zusammenarbeit mit dem Zaubererkönig dessen eher plumpe Angewohnheiten allmählich zum Hals raus.

»Vorzugsweise zu unseren Bedingungen«, antwortete Thorgeir gefaßt. »Aber erzähl weiter.«

»Seine größte Chance besteht darin, wieder die Drachenspange zu benutzen. Er klinkt sich in unser System ein, legt unsere Netzwerke lahm, und auf der ganzen Welt gehen die Lichter aus. Dann läßt er uns eine Nachricht zukommen — wie ich ihn kenne, wahrscheinlich durch eine Brieftaube —, die besagt, er erwarte mich am Strand von Melvich zum Rückkampf. Allerdings fürchte ich, daß meine derzeitige Kondition für ein solch kräftezehrendes Aufeinandertreffen nicht ausreicht.«

Thorgeir nickte; auch er war seit seiner Blütezeit als Timberwolf immer zahmer geworden. Außer seiner Schwäche für rohes Hammelfleisch und der Notwendigkeit, sich dreimal täglich zu rasieren, hatte er fast gänzlich menschliche Züge angenommen. »Also können wir das ausschließen«, sagte er. »Mir haben dieses Herumstreunen und das ewige Heulen nie so recht zugesagt.«

»Mir genausowenig. Also bleibt uns nur eine Vorgehensweise: Wir finden ihn, bevor er zuschlagen kann, und töten ihn. Das dürfte uns nicht schwerfallen.«

»Einverstanden.«

Der Zaubererkönig schenkte Met nach. »In diesem Fall müssen wir wissen, wo er sich aller Wahrscheinlichkeit nach aufhält. Er ist gerade aus dem Grab auferstanden, richtig? Und er ist zu Fuß. Also brauchen wir nur zu wissen, wo er begraben wurde, und schon haben wir ihn. So einfach ist das.«

Thorgeir lächelte und nahm einen kleinen Schluck Met. Jetzt war er an der Reihe. Mit langsamer, fast bedächtiger Stimme sagte er: »Auch ich habe während der letzten tausend Jahre das Problem immer wieder in Gedanken durchgewälzt, und die große Frage ist folgende: Angesichts der Tatsache, daß König Hrolf der größte

Wikinger aller Zeit war und seine Gefährten die glorreichsten Helden der nordischen Welt, warum gibt es dann keine Saga über König Hrolf Erdenstern?«

Er hielt inne, um einen größeren dramatischen Effekt zu erzielen, nahm sich aus der Kiste auf dem Schreibtisch eine Zigarre und redete erst weiter, nachdem er sie angezündet hatte.

»Und warum sind in diesem Zusammenhang die Sagas aller anderen nordeuropäischen Helden so zurückhaltend bezüglich des größten Ereignisses des Heldenzeitalters überhaupt — nämlich unserer Niederlage und Entmachtung? Ich meine, das konnte sich doch sehen lassen, und eigentlich hätte man erwarten dürfen, daß wenigstens in einer Saga etwas davon vorkommen würde.«

Der Zaubererkönig runzelte die Stirn. Mit Ausnahme der Neuerscheinungen von Dick Francis oder Jeffrey Archer schaute er heutzutage nur noch selten in ein Buch, und selbst zu seinen besten Zeiten war er nie ein fleißiger Leser gewesen.

»Es gibt also keine Aufzeichnungen über die letzte Ruhestätte von König Hrolf Erdenstern«, fuhr Thorgeir fort. »Gäbe es welche, hätte ich die ganze Gegend schon vor fünfhundert Jahren aufgekauft und irgendein massives und haltbares Bauwerk darauf errichten lassen. In Caithness gibt es nicht einmal die leiseste Andeutung einer traditionellen Überlieferung oder auch nur den Ansatz eines Volkslieds über König Hrolf oder die große Schlacht; lediglich eine Menge Kokolores über diesen Märchenprinzen Charlie. Der einzige Fingerzeig ist der Ortsname Rolfsness, wo zufälligerweise eine gewisse Schlacht stattgefunden hat.«

»Na, da haben wir's doch!« warf der Zaubererkönig freudestrahlend ein.

»Nein, da haben wir's nicht. Ich bin etliche hundert Male dorthin zurückgekehrt. Wenn es da irgend etwas gäbe, hätte ich das gespürt. Es gibt auch keinerlei Aufzeichnungen darüber, was aus Hrolf Erdenstern geworden ist, während wir als körperlose Geister durch die Gegend irrten. Er ist einfach wie vom Erdboden verschluckt. Nach allem, was ich weiß, könnte er sogar in Richtung Westen gesegelt sein und Amerika entdeckt haben.«

»Glaubst du, er ist in Amerika?«

Thorgeir schloß die Augen und zählte bis zehn. »Nein, ich glaube, daß er wahrscheinlich irgendwo in Europa steckt. Ich hab aber nicht die leiseste Ahnung, wo in Europa.«

Der Zaubererkönig lächelte. »Dann hättest du schon längst mal nach ihm suchen sollen, findest du nicht?« fragte er Thorgeir mit vorwurfsvollem Blick und schenkte sich ein weiteres Glas Met ein.

»Diese Leute waren vom Fernsehen«, sagte Hildy.

»Und was ist das?« wollte einer der Helden wissen.

Hildy zermarterte sich das Hirn, um eine kurze Antwort zu finden. »Wie eine Saga, nur mit Licht und Bildern. Morgen um diese Zeit wird im ganzen Land jeder wissen, daß wir hier sind.«

Der König runzelte die Stirn. »Das könnte ernste Folgen haben. Wir dürfen das nicht dulden.«

»Aber was sollen wir dagegen tun?«

»Das ist ganz einfach.« Der König erhob sich brüsk. »Wohin sind die Ihrer Meinung nach gefahren?«

»Dahin zurück, wo sie hergekommen sind. Wahrscheinlich nach Lairg. Sie wollen den Film so schnell wie möglich nach London abschicken. Aber ...«

»Wir dürfen uns jetzt keinen Fehler leisten. Kotkel!«

Der Zauberer holte aus einem kleinen Beutel in seiner Tasche zwei winzige Knochen hervor und warf sie in die Luft. Als sie zu Boden fielen, beugte er sich nach unten und sah sie sich aufmerksam an. Dann zeigte er nach Süden und gab ein Geräusch wie eine Kreissäge von sich.

»Sie sind in diese Richtung«, übersetzte der König.

Hildy hatte sich nie fürs Autofahren begeistern können, und bei Geschwindigkeiten von mehr als fünfzig Kilometern pro Stunde entsprach ihr fahrerisches Können ungefähr ihrer Begeisterung. Aber irgendwie blieb der Lieferwagen die ganze Zeit auf oder knapp neben der Fahrbahn, als sie auf der schmalen Landstraße nach Lairg die Verfolgungsjagd aufnahm, bis sie das Fernsehteam schließlich in einem unbewohnten Tal neben einem Fluß einholte.

»Und was tun wir jetzt?« fragte Hildy, während der Lieferwagen bedrohlich nahe an einem Weidenrost entlangstreifte.

»Erst rammen und dann entern«, schlug Angantyr vor.

»Das mach ich bestimmt nicht!« widersprach Hildy empört.

»Halten Sie bitte hier!« ordnete der König an. »Brynjolf!«

»O nein, nicht schon wieder!« flehte der Verwandler. »Beim letztenmal hab ich mir den Knöchel verstaucht.«

Kaum hatte Danny Bennett mitbekommen, daß der zweite Wagen aus einem unerfindlichen Grund plötzlich angehalten hatte, bemerkte er einen riesigen Adler, der anscheinend die Windschutzscheibe zu zerschlagen versuchte. Der Fahrer trat fluchend in die Bremse, aber der Vogel griff schon wieder an, und diesesmal bekam das Glas einen Riß. Der Cheftontechniker, der im Verlauf seiner Karriere schon unzählige Male an den Dreharbeiten zu Naturfilmen teilgenommen hatte, war außer sich vor Angst und versuchte sich unter seinem Sitz zu verstecken. Der Adler griff ein drittes Mal an, und die Windschutzscheibe zersplitterte. Der Fahrer riß sich beide Hände schützend vor die Augen, so daß der Wagen von der Straße abkam und schließlich in einen Graben rollte.

Nachdem sich Danny vom ersten Schock erholt hatte,

versuchte er, die Tür zu öffnen. Aber ein Mann in einem grauen Anzug und mit einem Helm auf dem Kopf öffnete sie für ihn und bedrohte ihn mit der blanken Schneide einer riesigen Axt. Falls das die Milchvermarktungsbehörde war, dann überschritt sie jetzt offensichtlich die ihr vorgeschriebenen Kompetenzen.

»Wer sind Sie?« fragte Danny.

»Bothvar Bjarki«, entgegnete der Mann mit der Axt. »Ergibst du dich, oder willst du, daß wir miteinander kämpfen?«

»Ich ergebe mich lieber, falls es Ihnen nichts ausmacht.«

»Mir ist das egal«, knurrte Bothvar Bjarki.

Das Fernsehteam wurde umzingelt, während Starkad anscheinend ohne große Mühe die beiden Lieferwagen in eine Baumgruppe schob und sie dort mit Zweigen bedeckte. Der König hatte am Berghang eine kleine Mulde entdeckt, die man von der Straße aus nicht einsehen konnte, und man brachte die Gefangenen dorthin und fesselte sie. Auf Hildys Anweisung hin hatten Starkad und Hjort mittlerweile die Filmdosen samt Inhalt in tausend Stücke zerkleinert. Als Hildy sich davon überzeugt hatte, daß sämtliches Filmmaterial zerstört worden war, stiegen die Helden wieder in ihren eigenen Lieferwagen und fuhren davon.

Als das Motorengeräusch allmählich in der Ferne verschwand, brach in der Mulde als erster der Kameraassistent das Schweigen.

»Das erinnert mich an meine Zeit in Afghanistan.«

Danny Bennett fragte ihn, was damals in Afghanistan passiert sei.

»Wir wurden gefesselt«, antwortete der Kameraassistent.

»Und was passierte dann?«

»Dann ist jemand gekommen und hat uns losgebunden. Allerdings haben wir damals einen Bericht für die Spätnachrichten gedreht.«

Danny hatte nie für die Spätnachrichten gearbeitet, und die Öffentlichkeit mußte dringend darüber unterrichtet werden, daß man auf schottischen Berghängen an Erfrierung stirbt. Er zog an dem Strick, mit dem man ihm die Hände gefesselt hatte, aber er gab einfach nicht nach. Ein posthum verliehener BAFTA-Award war nach seinem Dafürhalten wahrscheinlich immer noch besser als gar kein BAFTA-Award, aber Auszeichnungen sind nicht alles im Leben.

»Wenn ich meine Handgelenke anwinkle«, sagte er zu dem Kameraassistenten, »könnten Sie meinen Strick durchkauen, und ich kann Sie dann losbinden.«

»Ich hab 'ne bessere Idee«, entgegnete der Kameraassistent. »Sie sollten jetzt lieber aufhören, hier herumzukrakeelen, dann können wir nämlich noch etwas schlafen, bis man uns losbindet.«

»Aber vielleicht kommt ja niemand, um uns loszubinden«, fauchte Danny zurück.

»Hören Sie«, zischte der Kameraassistent, »ich weiß zwar nicht, welcher Gewerkschaft Sie angehören, aber meine wird für mich von der BBC eine Menge Geld dafür herausleiern, daß man mich gefesselt hat. Und je länger ich gefesselt worden bin, desto mehr werde ich kriegen. Also hören Sie auf, Lärm zu machen, klar?«

Danny bekam allmählich Kopfschmerzen und schloß die Augen. Dann lehnte er sich mit dem Rücken gegen den Kameraassistenten (der bereits schnarchte) und versuchte aus dem Geschehen, das ihm soeben zugestoßen war, schlau zu werden.

Mit ihren Helmen, Schilden und Schwertern hatten die Männer auf den ersten Blick wie Wikinger ausgesehen, aber diese grauen Anzüge hatten zu der Verkleidung in merkwürdigem Kontrast gestanden. Wie nicht anders zu erwarten war, zerstörten sie zwar das gesamte Filmmaterial, aber das war auch schon alles. Nicht der leiseste Bedrohungsversuch, lediglich ein minimaler Aufwand an körperlicher Gewalt. Und dann dieses

Mädchen — bestimmt Hildy Frederiksen. Für wen arbeitete sie? Und wer und was steckten dahinter? Und woher, in Gottes Namen, hatten sie bloß diesen unglaublichen Vogel?

Sämtliche Hinweise deuteten auf den CIA. Was immer diese Leute in irgendeinem Teil der Welt taten, sie trugen stets graue Anzüge. Der CIA kaufte sie tonnenweise bei J.C. Penney oder Man ein. Das würde wieder mit dem Kennedy-Komplott zusammenpassen — also wollte man ihn nach all den Jahren doch noch zum Schweigen bringen —, aber warum diese Männer sich als Wikinger verkleidet hatten, lag jenseits seines Vorstellungsvermögens, es sei denn, es hatte etwas mit diesem unglückseligen Schiff zu tun. Vielleicht hatten sie aber in Wahrheit Schutzkleidung (der Atomkraftwerk-Aspekt) getragen, die *extra angefertigt* worden waren, damit sie wie Wikinger mit Helmen aussahen. Aber wozu? Um sich anschließend auf einem Kostümball zu vergnügen? Je länger er darüber nachdachte, desto unerklärlicher wurde ihm die ganze Geschichte; und je verwirrter er wurde, desto mehr gelangte er zu der Überzeugung, daß hier irgend etwas von außergewöhnlicher Bedeutung vor sich ging. Alle großen Verschwörungen der Weltgeschichte waren nach bizarren Mustern verlaufen, zumeist aufgrund der Unfähigkeit der Anführer solcher Komplotte. Während die Stunden nur langsam verstrichen, ging er jede noch so vertrackte Möglichkeit durch und kam zu den unlogischsten Schlußfolgerungen, von denen sich ausnahmsweise keine in irgendein gedankliches Schema einfügen ließ. Schließlich schlief er ein und begann zu träumen. Er schien Stimmen zu hören, die aus zwei kleinen Lichtflecken kamen, die über ihm schwebten.

»Das macht dann fünfundsiebzig für mich«, sagte eine Stimme, »plus das Kontra auf deine Ansage, also verdoppelt. Du würfelst.«

Danny richtete sich auf. Das war kein Traum!

»Sechs und eine Vier. Damit ist dein Drache weg, und ich krieg fünfundvierzig Punkte. Vier, fünf, sechs. Au, verdammte Scheiße! Geh in das Gefängnis.«

Die anderen schliefen alle. Danny saß völlig regungslos da. Die Nackenhaare sträubten sich ihm, und es fiel ihm schwer zu atmen.

»Tausche meinen Oslo Fjord und siebzig Punkte gegen dein Hlidarend«, sagte die erste Stimme. »Auf diese Weise hast du alle zusammen.«

»Keine Chance«, wehrte die zweite Stimme ab. »Drei nach oben, die Schlange runter, vier, fünf, sechs, und das heißt, du bist im Matt.«

»Das bin ich nicht.«

»Das bist du doch.«

Die Stimmen verstummten für eine Weile, und Danny schluckte kräftig. Vielleicht lag es nur daran, daß er sich vorhin bei der unsanften Zwangsbremsung des Lieferwagens den Kopf gestoßen hatte.

»Ich finde, das ist eine gute Idee«, sagte die erste Stimme.

»Geradezu genial«, antwortete die zweite Stimme abfällig. »Du glaubst doch nicht im Ernst, daß wir damit durchkommen, oder?«

»Warum nicht?«

»Weil er merken wird, daß wir nicht hier sind, deshalb. Und er wird sich darüber bestimmt nicht freuen.«

Die erste Stimme kicherte. »Er und alle die anderen sind mittlerweile meilenweit weg. Die sind nach Inverness unterwegs. Von dort aus wird er uns nicht mehr erreichen können.«

»Wo ist Inverness?«

»Ich hab nicht die leiseste Ahnung. Aber für mich hört sich das ganz schön weit weg an.«

Die zweite Stimme seufzte laut vernehmbar. »Du und deine Ideen ...«

»Was für eine Wahl haben wir denn sonst?« beharrte die erste Stimme gereizt. »Ich weiß zwar nicht, wie es dir geht, aber ich es mag nun mal nicht, wenn man mir Kupferdrähte um den Hals schlingt und mich mit dieser verdammten Spange verbindet. Beim letztenmal hatte ich danach eine Woche lang Ohrensausen.«

»Er wird sowieso zurückkommen. Du wirst schon sehen.«

Wieder trat Stille ein, während der Danny ein leises Klappern zu hören glaubte, als ob jemand mit Würfeln spielte.

»Wir sollten allmählich abhauen«, schlug die zweite Stimme vor. »Ich finde, hier sitzt man nicht gut.«

»Nur weil ich gewinne ...«

»Und wer sagt, daß du gewinnst?«

Die Stimmen gingen in einem leise ausgefochtenen Streit unter, so daß Danny die einzelnen Worte nicht verstehen konnte. Er sehnte sich danach, daß diese Stimmen endlich aufhörten, was sie plötzlich auch taten.

Der Grund dafür war, daß Prexz gerade die Schwingungen von einem unterirdischen Kabel aufgefangen hatte, das etwa eine Meile südlich verlief. Zwar hatte er keine Ahnung, um welche Art von Kabel es sich dabei handeln könnte, aber er hatte Hunger, und es schien unwiderstehlich.

»Pack das Spiel ein, Zxerp«, sagte er plötzlich. »Ich spüre Essen.«

Zxerp antwortete nicht.

»Ich hab gesagt, ich spüre Essen!« wiederholte Prexz.

Zxerp sah ihn warnend an und flüsterte: »Da drüben ist ein Mann, der uns zuhört.«

»Warum hast du das nicht eher gesagt?«

»Weil ich's gerade erst bemerkt hab!«

Prexz räusperte sich. Dann drehte er sein Glühen etwas heller und sagte mit lauter Stimme: »Entschuldigen Sie bitte.«

»Ja, was ist?« antwortete Danny gehorsam.

»Wissen Sie zufällig etwas über ein Kabel, das etwa

eine Meile südlich von hier unter der Erde in Richtung Norden verläuft?«

»Ich nehme an«, entgegnete Danny mit pochendem Herzen, »das hat etwas mit dem Atomkraftwerk an der Küste zu tun.«

»*Atom*kraftwerk?« wiederholte Prexz. »Jetzt brat mir einer einen Storch! Hast du das gehört, Zxerp? Nouvelle cuisine!«

Die beiden Lichtflecke stiegen in die Luft und schienen dort einen Moment lang zu tanzen.

»Ach, falls übrigens der Zauberer kommt und nach uns sucht ...«, begann Prexz.

»Der Zauberer?«

»Richtig, der Zauberer. Falls er kommt und nach uns sucht, dann haben Sie uns nicht gesehen, klar?«

»Bevor Sie gehen«, flüsterte Danny mit belegter Stimme, »glauben Sie, Sie könnten diesen Strick hier öffnen?«

»Klar«, antwortete Prexz. Und während er den Strick löste, verspürte Danny ein entsetzlich brennendes Gefühl in Händen und Armen. »Ist das so in Ordnung?«

»Ja. Prima. Danke auch«, stammelte Danny, dann fiel er in Ohnmacht.

»Was für ein merkwürdiger Mensch«, stellte Prexz fest. »Los, ab geht's!«

Dow-Jones-Index drei Punkte rauf — das wird nicht lange anhalten — Rohkaffee runter, Zinnaktien ein einziger Scherbenhaufen, und Kupferaktien werden demnächst mit Corn-flakes-Packungen ausgegeben. Wer kauft sich bloß eine Zeitung, um so etwas zu erfahren?

Thorgeir hatte sich im Verlauf seines extrem langen Lebens an die meisten Dinge im Leben hervorragend angepaßt, aber bis heute war er nicht hinter den Trick gekommen, wie man in einem Zugabteil die *Financial Times* lesen konnte. Es war ihm ein völliges Rätsel, daß von einem erwartet wurde, diese riesigen, widerspenstigen Seiten zu bändigen. Er war kurz davor, seinen Chef zu überreden, diese verdammte Zeitung aufzukaufen, damit sie endlich in einem kleineren Format erscheinen würde. Stöhnend kämpfte er sich zum Inhaltsverzeichnis auf der ersten Seite zurück. Erdbeben im Senegal, Wahlen in Neuseeland, aufsehenerregender archäologischer Fund in Schottland ...

Aufsehenerregender archäologischer Fund in Schottland. Wie ein Regentropfen an der Fensterscheibe herunterläuft, wanderte sein Blick über die Seite nach unten und konzentrierte sich schließlich auf einen kleinen Absatz.

›Rolfsness, Caithness: Archäologen behaupten, das Bootsgrab eines königlichen Wikingerschiffs aus dem neunten Jahrhundert entdeckt zu haben, in dem sich noch nie dagewesene Mengen an Beigaben, einschließlich Kunstschätzen, Rüstungen und Waffen befinden sollen. Dennoch wird der Goldpreis davon wahrscheinlich nicht betroffen sein.‹

Die Mitreisenden sahen, wie der schmalgesichtige Mann beim Lesen der *Financial Times* plötzlich kreidebleich wurde, und nahmen an, daß er es versäumt hatte, rechtzeitig die Kakao-Aktien abzustoßen, und es nun kein Zurück mehr für ihn gab. Thorgeir warf die Zeitung auf den freien Nebensitz und holte aus seiner Aktentasche das Funktelefon hervor.

»Hast du das in der Zeitung gelesen?« fragte er.

»Wovon redest du überhaupt, Thorgeir?« entgegnete der Zaubererkönig verdutzt, wobei dessen Stimme am anderen Ende der Leitung nur leise und mit Störgeräuschen übertragen wurde.

»Titelseite der *FT.*«

»Bleib dran, sie liegt hier irgendwo.« Thorgeir konnte sich nur zu gut vorstellen, wie der Zaubererkönig unter dem allmorgendlichen Durcheinander auf seinem Schreibtisch nach der Zeitung stöberte.

»Die Nachrichtenspalte, etwa am Anfang vom zweiten Drittel.«

»Hast du mich etwa angerufen, um mir etwas über den Finanzminister zu erzählen?«

»Vergiß den Finanzminister. Ein Stück darunter.«

Wenn der Zaubererkönig verbal durchdrehte, tat er dies häufig in Altnordisch, einer Sprache, die sich zu diesem Zweck hervorragend eignete, wenn man es nicht eilig hatte. Thorgeir hörte sich alles eine Weile ungeduldig an, dann unterbrach er den Zaubererkönig.

»Wer kümmert sich bei uns um Archäologie?«

Am anderen Ende der Leitung herrschte Schweigen. Zwölfhundert Jahre lang ist der alte Knacker ohne ein elektronisches Notizbuch ausgekommen, sann Thorgeir nach. Kaum hat er eins, weiß niemand mehr, wo es ist. Hervorragend.

»Du meinst, in Schottland?«

»Vorzugsweise.«

»Es gibt dort einen Professor Wood in Saint Andrews. Wozu brauchst du überhaupt einen Archäologen? Ich hol einfach jemanden aus der Kreditverwaltung.«

Thorgeir runzelte die Stirn. »Nein, das tust du nicht. Ruf Professor Wood an. In der Zeitung steht, daß er für die Ausgrabungen in Rolfsness verantwortlich ist. Sag ihm, daß ich ihn treffen will.«

»Ich werde trotzdem in die Kreditverwaltung gehen.«

»Mach, was du willst. Übrigens, wohin fährt der Zug eigentlich, in dem ich gerade sitze? Ich hab's nämlich vergessen.«

»Nach Manchester.«

»Danke.« Thorgeir schaltete das Telefon aus und warf einen Blick in den Zugfahrplan. Er war außer sich vor Erregung, denn sie waren jetzt mit dem Feind auf Tuchfühlung, ohne daß dieser davon wußte. Trotzdem war es ihm ein Rätsel, wie er bei seinen zahlreichen Besuchen dieser tristen Gegend so etwas Offensichtliches wie ein Bootsgrab hatte übersehen sollen. Dann fiel ihm ein, daß bereits jeder Zauberer ab Klasse III aufwärts in der Lage gewesen wäre, in einer solch bergigen und entlegenen Gegend irgendwelche Spuren menschlichen Daseins selbst vor dem scharfsichtigsten Beobachter zu verbergen. Und König Hrolfs Zauberer hatte stets zu den Topleuten gezählt. Schade, daß sie ihn 870 nicht abwerben konnten. Wie war noch mal sein Name? Es gab doch eine Eselsbrücke. Irgendwas mit Kotze und Kellogg's.

Im Zeitalter der Überschallgleiter kann man in London frühstücken und in New York zu Mittag essen (falls die Verdauung das mitmacht). Um aber zwischen dem zu- und abnehmenden Mond von Manchester nach Nordschottland zu gelangen, benötigt man nicht nur Hingabe und List, sondern auch ein bißchen Glück wie schon zu mittelalterlichen Zeiten. Als Thorgeir einen Reiseplan ausgearbeitet hatte, erinnerte die Aussicht aus dem Zugfenster verdächtig an ein Schlachtfeld aus dem ersten Weltkrieg, woran der erfahrene Reisende sofort erkennt, daß er gerade durch Stockport fährt. Thorgeir schloß den Aktenkoffer und lehnte sich in das weiche Polster zurück. Kotkel. Hrolfs Zauberer hieß Kotkel, und damals in den Achthundertsiebzigern genoß er um die Orkneyinseln herum einen ausgezeichneten Ruf. So hatte er drei Jahre hintereinander den Osca (Orkneyer Schwarzkünstler-Club Ansteckorden) für die beste Halluzination gewonnen, und was Runenzauber anging, war er stets einer der Besten gewesen.

»Von dem kann ich mir noch 'ne Scheibe abschneiden«, stöhnte Thorgeir.

In ganz Großbritannien standen die Telefone nicht mehr still, nachdem gerade der Schnelle Brüter an der Nordküste Schottlands abgeschaltet worden war. Eine Evakuierung des umliegenden Gebiets hatte man allerdings nicht für notwendig gehalten, da keine unmittelbare Gefahr bestand. Jemand hatte es irgendwie fertiggebracht, den kompletten Energieausstoß für mehr als eine halbe Stunde anzuzapfen. Sogar die Lichtstromversorgung im Atomkraftwerk selbst war ausgefallen.

»Hat jemand ein Fünfzig-Pence-Stück für den Notstromautomaten?« fragte der Mann an den Kontrollinstrumenten fortwährend. Die Chefingenieure führten ihn weg und gaben ihm eine Aspirintablette, während sein Stellvertreter erneut versuchte, eine Verbindung mit Downing Street herzustellen.

Bislang hatte noch niemand das unterirdische Kabel überprüft, das vom Atomkraftwerk nach Süden verlief, und herausgefunden, wo der eigentliche Fehler lag. Genaugenommen lag er mit geschlossenen Augen auf dem Rücken und sang leise vor sich hin:

»Heil sei dir, Hrothgar!
Ich bin Hygelacs
Verwandter und Gefolgsmann. Ich habe viele Waffentaten
In glücklicher Jugend verbracht.«

Die Verfassung seines Gefährten war kaum besser. Er hatte nie von sich behauptet, Elektrizität zu vertragen, und hätte sich fast übergeben müssen. Es war gut, daß er dies nicht tat, weil sonst das gesamte nationale Stromnetz zusammengebrochen wäre. Er rülpste und schloß die Augen.

»Prexz«, sagte der Fehler, »mir ist gerade was eingefallen.«

Prexz stöhnte und rollte sich auf den Bauch. Er schwor, nie wieder in seinem Leben auch nur ein einziges Volt anzurühren.

»Was hältst du davon«, fuhr Zxerp fort, »wenn wir ...«

»Ich will nichts mehr«, jammerte Prexz. »Ich hab genug. Ich bin voll. Total voll. Sobald's mir etwas besser geht, werd ich mich den Anonymen Elektronikern anschließen.«

»Jetzt reiß dich mal zusammen!« schimpfte Zxerp.

»Ich glaub, die haben da irgendwas in den Reaktor

reingetan«, quengelte Prexz weiter. »Mir hilft nur noch Schlaf. Also halt's Maul, und laß mich in Ruhe.«

»Alter Weichling!« knurrte Zxerp. »Du bist überhaupt nicht witzig, Prexz. Ich mag dich nicht mehr.«

Prexz schnarchte bereits und sandte ganze Wolken nicht identifizierbarer Funksignale aus, die sämtliche Ätherwellen Europas blockierten.

»Mir gefällt's hier nicht«, nörgelte Zxerp. »Ich will nach Hause.«

Keine Antwort. Zxerp schüttelte den Kopf, wodurch ihm übel wurde. Er ließ sich mit dem Bauch auf das Kabel fallen, aber da war nichts mehr drin, dabei hatte er schrecklichen Durst. Und er hatte sogar Schuldgefühle.

»Armer alter Zauberer«, murmelte er vor sich hin. »Bist immer gut zu uns gewesen. Kein verkehrtes Wort in zwölfhundert Jahren. Prexz? Sollten wir nicht lieber los und den Zauberer suchen? Wir hätten uns nicht auf diese Weise vor ihm verdrücken dürfen. Das gehört sich nicht.«

Zxerp begann zu weinen, und negativ geladene Ionen rannen ihm über die Nase, wodurch sie elektrolysierten. Im Hörposten des militärischen Abschirmdiensts in Cheltenham empfing ein Dechiffrierexperte Zxerps Tränen auf dem Kurzwellenband und teilte seinem Chef umgehend mit, die Russen hätten einen neuen Geheimcode entwickelt.

Thorgeir hörte im Radio von der Abschaltung des Kernkraftwerks, als er gerade mit einem Mietwagen am Loch Loyal vorbeifuhr. Zu Tode erschrocken riß er das Steuer herum und wäre fast im See gelandet.

Dann rollte er an den Straßenrand und warf einen Blick auf das Meßtischblatt, aber darauf war auch nicht mehr zu erkennen, als er schon wußte. Und seine ganz persönliche Landkarte aus weichem Ziegenleder, auf der die Markierungen mit Blut eingezeichnet waren, schien nicht mehr auf dem aktuellsten Stand zu sein.

Aber durch einen Anruf per Funktelefon in London erfuhr er alles, was er wissen mußte, und er bat darum, in Tongue einen Hubschrauber für ihn bereitzustellen. Außerdem wollte er wissen, ob es in der Glasgower Niederlassung eine ähnliche Kreditverwaltung wie in London gab.

»Ja? Dann schicken Sie zwei von den Kreditexperten hierher. Und sagen Sie denen, es gäbe für sie 'ne Menge Schulden einzutreiben.«

Er drückte die Antenne mit solcher Wucht nach unten, daß sie fast abgebrochen wäre, und fuhr in Richtung Küste. Als er gerade neben einer kleinen Baumgruppe in eine Kurve bog, lag mitten auf der Straße zersplittertes Glas, und er konnte im letzten Moment ausweichen. Dabei würgte er den Motor ab, und während er ihn dazu überreden wollte, wieder zu starten, fiel sein Blick auf die zersplitterte Windschutzscheibe eines Lieferwagens, der zwischen den Bäumen stand. Anscheinend hatte es jemand für notwendig gehalten, den Wagen mit Zweigen zu bedecken. Aus irgendeinem Grund schien dieser Umstand eine tiefere Bedeutung zu haben, und Thorgeir sah sich die Sache genauer an.

Er entdeckte sogar zwei Lieferwagen mit zerbrochenen Windschutzscheiben und einer Menge zerstörten Filmmaterials. Während er dastand und sich am Kopf kratzte, trug der Wind etwas zu ihm herüber, das sich wie ein Streit anhörte, der hinter dem Berg auf der anderen Straßenseite ausgefochten wurde und in dem die Rede davon war, daß man über die Hügel in nördlicher Richtung bereits vor zehn Minuten gelaufen sei. Irgendwen erinnerte es an seine Zeit im Irak.

Thorgeir schaute auf die Uhr. Bis zu seiner Verabredung mit dem Helikopter hatte er noch eine Menge Zeit, und er verspürte ein prickelndes Gefühl, das sich über den ganzen Nasenrücken zog, wo sich früher seine Barthaare befunden hatten.

»Ich hab doch gesagt, daß jemand kommt und uns

findet«, sagte der Kameraassistent. »Wie damals in Kambodscha.«

»Das war nicht Kambodscha«, korrigierte ihn der Tonassistent. »Das war Kurdistan.«

»Aber *angefangen* haben wir im Irak«, mischte sich der Chefkameramann ein. »Und darum geht's hier doch wohl, oder?«

»Danke«, sagte Danny Bennett mit krächzender Stimme zu dem Fremden; von all dem Streit war er völlig heiser geworden. Lange hatte er geglaubt, sich das Motorengeräusch nur eingebildet zu haben. »Wir sind den ganzen Tag im Kreis gelaufen. Dieser Idiot von Kameramann hat einen dieser Kompasse, die man in Tankstellen kaufen kann, und wir sind stundenlang durch die Landschaft geirrt, bis wir endlich bemerkt haben, daß die Nadel von seinem Solarrechner angezogen wird.«

»Sind das dahinten Ihre Wagen?« fragte der Fremde.

»Ja.« Plötzlich schien Danny etwas an seinem Retter aufzufallen, und er wich erschrocken zurück.

»Was ist denn los?« fragte der Fremde verblüfft.

»Entschuldigung, aber es geht um den Anzug, den Sie tragen.«

»Und was ist mit meinem Anzug?« Der Fremde wirkte beleidigt.

»Das ist wirklich ein sehr schöner Anzug, aber er ist grau. Allerdings ist er nicht von Mark and Spencer, nicht wahr?«

»Das will ich wohl meinen«, murmelte der Fremde verwirrt. »Der ist von Brooks Brothers. Okay, die Revers sind vielleicht eine Idee zu schmal, aber was ...«

»Das ist ein lange Geschichte«, unterbrach ihn Danny. »Und wahrscheinlich würden Sie mich für verrückt halten.«

»Das tu ich bereits«, antwortete der Fremde und streifte sich die Falten aus den Ärmeln. »Also, was haben Sie noch zu verlieren?«

Folglich begann Danny mit seiner Schilderung der Ereignisse. Er erzählte vom Bootsgrab, von dem ersten und zweiten Überfall, dem Adler und den Männern mit den grauen Anzügen. Zu Dannys Verwunderung schien der Fremde keineswegs überrascht zu sein und ihm die ganze Geschichte sogar abzunehmen. Er wirkte derart interessiert, daß Danny ihm gerade seine Theorie über das Kennedy-Komplott erzählen wollte, als der Fremde ihn unterbrach.

»War darunter womöglich auch ein alter Mann? Sehr alt sogar und mit einer schrecklichen Gießkannenstimme?«

»Ich glaube, ja«, antwortete Danny.

»Und was war mit den anderen?« Der Fremde beschrieb die Männer mit den grauen Anzügen.

Danny nickte dümmlich und fragte: »Also kennen Sie diese Leute?«

»O ja, sogar schon sehr lange.«

Danny verkrallte die Hände. »Und wer sind diese Männer?«

Der Fremde grinste ihn in einer Weise an, die Danny an einen großen Schäferhund erinnerte, vor dem er als kleiner Junge ganz besondere Angst gehabt hatte, und antwortete: »Ich glaube nicht, daß Sie das wirklich wissen wollen, jedenfalls nicht in Ihrem gegenwärtigen Zustand.«

»Und ob ich das will«, drängte Danny. »Und auch, was diese Hildy Frederiksen damit zu tun hat.«

Der Fremde hob eine Augenbraue. »Wer ist Hildy Frederiksen?«

»Die Archäologin, die das Grab entdeckt hat. Sie ist auch dabei.«

»Was Sie nicht sagen.« Der Fremde grinste nicht mehr und hielt Danny am Ärmel fest. »Hören Sie ...«

»Ja?«

»Wer sind diese Männer — *Ihrer* Meinung nach?«

Danny zwinkerte mit den Augen. »Sind die etwa vom CIA?«

»In gewisser Weise schon. Sie sind vom Fernsehen, Mister ...«

»Bennett. Danny Bennett.«

»Ich beneide Sie, Mister Bennett! Sie sind auf etwas ganz Großes gestoßen. Etwas wirklich Großes.«

»So? Bin ich das?«

Der Fremde nickte. »Das hier ist die Chance, die man nur einmal im Leben bekommt. Wenn ich Sie wäre, vergäße ich das ganze Drumherum von diesem Bootsgrab und würde mich an die Fersen dieser Männer mit den grauen Anzügen heften.«

»Wirklich?« Dannys Gaumen fühlte sich an wie Schmirgelpapier.

»Aber erwähnen Sie nichts von mir, verstanden? Das ist alles. Die Straße ist da drüben. Schön, Sie kennengelernt zu haben.« Der Fremde machte sich auf den Rückweg.

»Also glauben Sie nicht mehr, daß ich verrückt bin, oder?« rief Danny ihm hinterher.

»Nein«, antwortete der Fremde.

»Ich hab Ihnen aber noch nichts von den kleinen blauen Lichtern erzählt, oder?«

Der Fremde blieb stehen und drehte sich um. Wie Danny fand, hatte der Mann merkwürdig geformte Ohren, die fast spitz zuliefen.

»Erzählen Sie mir von den blauen Lichtern!« forderte der Fremde ihn auf.

»Wenn du schon brummst«, sagte Prexz, »dann brumm leise.«

»Ich brumme überhaupt nicht«, wehrte sich Zxerp. »Du bist das.«

»Nein, das bin ich nicht. Und würdest du bitte nicht schreien? Mir ist so, als hätte ich direkt über dem linken Auge einen Kurzschluß gehabt.«

»Dann muß es das Kabel sein, was da brummt«, entgegnete sein Gefährte.

»Jetzt red gefälligst nicht mehr von diesem Kabel!«

Prexz schloß die Augen und beschloß, sich wenigstens eine halbe Stunde lang völlig ruhig zu verhalten. Sollte auch das nicht funktionieren, könnte er es mit einer kurzen elektrischen Entladung versuchen.

»Prexz?«

»Was ist denn noch?«

»Das ist nicht das Kabel. Es kommt von da oben.«

Prexz öffnete die Augen. »Du hast recht. Und das ist auch kein Brummen, sondern ein Surren.«

»Mir gefällt das nicht, Prexz. Sollten wir nicht lieber mal nachsehen?«

»Bedien dich!« grunzte Prexz. Er legte sich wieder auf das Kabel zurück und döste vor sich hin. Zxerp versuchte, seinem Beispiel zu folgen, aber das Surren wurde immer lauter. Dann hörte es auf. Kurz darauf wurde es durch ein anderes Geräusch ersetzt, und Prexz schnellte hoch. »Das ist dieser verdammte Zauberer«, stöhnte er.

»Das ist er nicht«, flüsterte Zxerp. »Weißt du, was ich glaube, wer das ist?«

Die beiden chthonischen Geister starrten sich ängstlich an, während die Aufforderungen immer lauter wurden, bis sie ihnen nicht mehr widerstehen konnten. Etwas schien sie automatisch an die Erdoberfläche zu ziehen. Als sie in dem gräßlich hellen Licht der Sonne auftauchten, wurden sie von kräftigen Händen gepackt, und jemand wickelte ihnen Kupferdraht um den Hals. Sie saßen in der Falle.

6. Kapitel

Nach dem Frühstück, bestehend aus gegrilltem Kaninchen und Bier (aus der sich mittlerweile unaufhörlich füllenden Dose des Zauberers), in der runden Steinturmruine südlich von Loch Killimster fuhren König Hrolf Erdenstern und seine Helden — und Heldin — nach Wick. Dort wollten sie sich auf die Suche nach Kupferkabeln, Widerständen, Krokodilklemmen und anderen Utensilien machen, die der Zauberer benötigte, um die beiden chthonischen Geister mit dem Glück von Caithness zu verbinden. Natürlich war bislang niemandem eingefallen, einmal nachzusehen, ob die beiden Geister immer noch in der kleinen Sandelholzkiste waren, in der sie Kotkel mit einem zwar machtvollen, aber nur unvollständigen Zauberspruch eingesperrt hatte; selbst von einem Zauberer kann man eben nicht erwarten, sich an alles zu erinnern.

Die Bergspitzen waren während der vergangenen Tage in Nebel und tiefhängende Wolken gehüllt, die sich in der letzten Nacht ins Tal herabgesenkt hatten, und Hildy, die nicht daran gewöhnt war, unter solchen Bedingungen Auto zu fahren, kam auf der Landstraße nach Wick nur langsam voran. Die Stadt selbst schien wieder einmal wie ausgestorben zu sein, und allein deshalb hielt sich Hildys Unbehagen durchaus in Grenzen, als sie ihre schrullig aussehenden Begleiter durch die

Straßen führte. Die wenigen Einheimischen, die zufällig unterwegs waren, blieben einen Augenblick lang stehen und grübelten nach, wer diese neugierigen Männer in den grauen Anzügen sein mochten. Nach einer kurzen und mit gedämpfter Stimme geführten Diskussion kamen sie stets zu dem Schluß, daß es sich um eine Gruppe von einer der norwegischen Ölbohrinseln handeln müsse, was sowohl die einheitliche Kleidung als auch die langen Zottelbärte erklären würde.

In Wick gibt es ein Elektrogeschäft, und wenn man die kühne Entschlossenheit eines Helden besitzt, der an langwierige und scheinbar sinnlose Nachforschungen gewöhnt ist, kann man es schließlich sogar finden, obwohl bis dahin wahrscheinlich längst Mittagspause ist.

»Ich erinnere mich an eine Methalle, die nicht weit von hier entfernt lag«, bemerkte Angantyr Asmundarson. Seine Schuhe schmerzten ihn, und er mochte diese Stadt heute noch weniger als bei seinem letzten Besuch vor zwölfhundert Jahren. »Da gab es immer diese kleinen länglich-runden Krustentiere, die wie rosige große Bohrasseln aussehen.«

»Ich hab gedacht, du ekelst dich davor«, wandte der König ein. »Du hast immer ein Heidentheater gemacht, wenn wir sie mit zu uns nach Hause auf die Burg genommen haben.«

»Ich hab nicht gesagt, daß ich die Dinger mag«, entgegnete Angantyr. »Außerdem glaub ich nicht, daß es die Methalle immer noch gibt.«

Merkwürdigerweise gab es sie aber tatsächlich noch, oder wenigstens stand auf demselben Grundstück ein Gebäude, das ungefähr dem gleichen Zweck diente. Hildy empfand äußerstes Unbehagen, mit der ganzen Mannschaft dort einzukehren, aber der König lehnte ihren Einspruch ab. Er gab ihr zu verstehen, daß Angantyr, falls er nicht umgehend etwas anderes als Kaninchen zu essen bekäme, zu quengeln anfangen würde, wie sie es in ihrem Leben noch nie zuvor erlebt hätte.

»Also gut, aber seien Sie bitte vorsichtig«, willigte Hildy schließlich ein.

»Und in welcher Hinsicht?« fragte der König.

Hildy fiel im Augenblick nichts ein, worauf die Helden achten oder nicht achten sollten. Sie versuchte sich in eine annähernd ähnliche Situation hineinzuversetzen, aber ihr fiel dazu lediglich ein, wie die alliierten Flieger einst im besetzten Frankreich die feindlichen Linien der Deutschen umflogen hatten, und für Kriegsfilme konnte sie sich noch nie begeistern.

»Verhalten Sie sich einfach unauffällig, und reden Sie nur mit gedämpfter Stimme«, ermahnte sie die Wikinger. Während sie das sagte, löste sich etwas, das sie die ganze Zeit im Hinterkopf gequält hatte, von selbst zu einer Frage auf.

»Wie kommt es eigentlich, daß ich alles, was Sie sagen, verstehen kann?« fragte sie den König, nachdem sie zwölf Gläser Bier und zwölf Portionen Krabben bestellt hatte und nun mit dem vollbeladenen Tablett zurückkam. »Ihre Sprache entspricht praktisch dem modernen Englisch. Aber eigentlich müßten Sie doch Altnorwegisch oder etwas in dieser Richtung sprechen, oder?«

Der König wischte sich den Bierschaum aus dem Bart und entgegnete: »Ich hab die ganze Zeit gedacht, Sie sprechen Altnorwegisch. Und was ist Englisch?«

An dieser Stelle gab der Zauberer ein Geräusch wie eine Schiefersäge von sich. Der König hob eine Augenbraue und übersetzte dann für Hildy.

»Er sagt, er hat uns alle mit einer Art Sprachzauber belegt, weil uns dadurch seiner Meinung nach viel Ärger erspart bleibt. Bei ihm selbst wirkt der Zauber leider nicht. Er hat es mit einem Spiegel versucht, das hat aber nicht funktioniert. Trotzdem versteht er durch Zauberei sämtliche lebenden und toten Sprachen. Von Kotkels Worten verstehen selbst wir das meiste nicht, weil er diesen Sprachfehler hat und schrecklich nuschelt.«

Hildy fragte sich nicht zum erstenmal, ob sich der König auf ihre Kosten lustig machte oder ob ihre neuen Freunde einfach nur völlig andere Menschen waren als all jene, die sie bislang kennengelernt hatte. Dennoch schien die Erklärung des Königs besser als gar keine zu sein, und Hildy ließ es dabei bewenden. Die dreizehn Portionen gegrillter Lachs mit Pommes, die sie zusätzlich bestellt — und bereits bezahlt — hatte (das Geld würde bei diesem Tempo nicht mehr lange reichen), wurden gebracht und waren trotz mangelnder Erfahrung im Umgang mit einer Gabel schnell vertilgt. Obwohl die Helden nicht wußten, wie man damit hantierte, wollte keiner von ihnen seine Gabel freiwillig zurückgeben, und Hildy mußte ein Machtwort sprechen. Am Schluß war sie heilfroh, ihre Begleiter aus dem Lokal hinausbugsiert zu haben, bevor sie eine Szene machen konnten.

»Und was waren das deiner Meinung nach für Leute?« fragte die Kellnerin, während sie die Teller abräumte.

»Wahrscheinlich Engländer«, entgegnete der Barmann.

»Ah ja, das erklärt natürlich alles.«

Mittlerweile war der Inhaber des Elektrogeschäfts vom Mittagessen zurückgekehrt, und Hildy, der Zauberer und der König betraten den Laden, während die Helden draußen warten mußten. Nach einigem Hin und Her bekamen sie endlich das Gewünschte, und Hildy führte die Wikinger zum geparkten Lieferwagen zurück. Auf dem Weg dorthin kam ihr die Idee, ein paar Postkarten an ihre Familie in den Staaten zu schicken, sie entschied sich aber schließlich dagegen. »Mir geht es wunderbar, und ich rette die Welt gerade vor einem zwölfhundert Jahre alten Zauberer« — das klänge nicht nur verwirrend, sondern entspräche derzeit auch nicht der Wahrheit. Statt dessen suchte sie einen Laden für Campingbedarf auf und kaufte sich einen neuen Anorak. Ihre dreiviertellange Jacke war zusehends schmuddeliger geworden und roch nach ihrem Geschmack mittlerweile zusehr nach geschmortem Kaninchen.

»Und wohin fahren wir jetzt?« fragte sie, während alle in den Wagen stiegen.

»Nach Hause«, entgegnete der König.

Hildy runzelte die Stirn. »Meinen Sie Rolfsness? Das Schiff? Ich glaube nicht, daß ...«

»Nein, nein!« widersprach der König. »Ich sagte, nach Hause.«

»Und wo ist das?«

»Da.« Der König, der das Grundprinzip von Meßtischblättern bereits begriffen hatte, zeigte auf eine Stelle nordöstlich von Bettyhill.

Hildy schaute noch einmal auf die Karte; es war eine weite Strecke bis dorthin, und sie hatte es satt, ewig Auto fahren zu müssen, doch der König beharrte darauf. Nachdem sie den Wagen vollgetankt hatte (Hildy besaß zwar mittlerweile genug Esso-Gutscheine für eine neue Taschenlampe, aber darüber konnte sie sich jetzt den Kopf nicht zerbrechen), machten sie sich auf den Weg. Zunächst nahmen sie die Straße nach Thurso, fuhren an dem mittlerweile in Betrieb genommenen Atomkraftwerk vorbei und bogen schließlich nach Rolfsness ab. Hildy fragte sich, warum die ganze Gegend so verlassen wirkte.

Schließlich überquerten sie den Swordly Burn und fuhren in die vom König angezeigte Richtung. Entlang der schmalen Straße standen etliche Häuser, aber sie entdeckten einen kleinen Hain, in dem der Lieferwagen versteckt werden konnte. Sie verstauten sämtliche Sachen in Rucksäcken, und die Helden wickelten ihre Schilde und Waffen in Decken ein. Nach Hildys Auffassung sah die Gruppe wie eine Mischung aus einer Mount-Everest-Expedition und einer mit Freßpaketen ausgestatteten Horde Rennbahnbesucher aus.

Sie hatten sich bereits etwa eine Meile von der Straße entfernt, als sie auf ein schmales Kap stießen, von dem man die Bucht von Swordly überblicken konnte. Direkt vor ihnen fielen die Felsen steil bis zum grauen und unfreundlichen Meer ab, und Hildy fühlte sich zusehends unwohler, zumal sie von Schwindelanfällen geplagt wurde. Es gab nur einen primitiven Pfad, der über einen breiten Felsgrat in Richtung Norden und somit praktisch ins Nichts führte. Hildy hoffte nur, daß der König wußte, wohin er gehen wollte.

Plötzlich kroch der König auf allen vieren vom Pfad weg und schien im Felsgestein zu verschwinden. Die Helden und der Zauberer folgten ihm und ließen Hildy allein auf der Felsspitze zurück. Sie fühlte sich hundeelend und alles andere als heldenmütig und erinnerte sich schaudernd an die Spaziergänge mit ihrem Vater in ihrer Kindheit.

»Nun kommen Sie doch endlich!« hörte sie die donnernde Stimme des Königs, ohne diese orten zu können.

»Wo sind Sie?« rief sie verzweifelt.

»Hier!«

Die Stimme schien direkt unter ihr zu sein. Hildy versuchte nach unten zu blicken, aber die Knie wurden ihr weich, und sie besann sich eines Besseren. Nach einer endlos erscheinenden Zeit tauchte der König schließlich wieder auf und winkte sie zu sich hinüber.

»Von hier aus führt ein schmaler Gang direkt in die Festung hinab. Achten Sie darauf, wohin Sie treten. Ich hab's nie geschafft, diese Stufen begradigen zu lassen.«

Dieses Mal nahm Hildy ihren ganzen Mut zusammen und folgte dem König. Vor ihr befand sich eine offenstehende Luke im Fels, nicht viel größer als ein Bullauge, durch die sie hindurchschlüpfte.

»Das ist die Hintertür«, weihte der König sie ein und zog die Luke hinter sich zu. Die steinerne Luke schloß sich mit einem leisen Klicken, und plötzlich war es stockdunkel. Der Gang war nur kurz und mündete in einer Art Amphitheater, das auf dem Felsrand thronte.

Direkt unter ihnen befanden sich Ruinen eines altertümlichen Mauerwerks, die aber allesamt aus einer späteren Periode — dem fünfzehnten oder vielleicht sechzehnten Jahrhundert — stammten. Das Amphitheater selbst, hinter dem sich eine natürliche Höhle befand, war nicht viel mehr als eine leichte Abänderung des ursprünglichen Felsgesteins.

»Wie ich sehe, ist der vordere Eingang zerstört worden«, seufzte der König. »Trotzdem ist das kein großer Verlust.« Er blickte aufs Meer hinaus und wandte sich wieder an Hildy. »Wenn man nicht weiß, wonach man sucht, ist dieser Ort nur von See aus zu sehen. Da der vordere Zugang nicht mehr existiert, kommt man nur noch durch den Eingang hinein, den wir eben benutzt haben und den man ebenfalls nur finden kann, wenn man ihn kennt. Zwar hat da unten irgend jemand etwas gebaut, aber hier ist es noch genauso wie früher. Lassen Sie uns mal nachsehen, ob an der Halle etwas verändert wurde.«

Der König ging Hildy in die Höhle voran. Die Helden hatten offensichtlich dieselbe Idee gehabt, denn eine kleine Tür war bereits geöffnet worden, aus der Stimmen drangen. Hildy folgte dem König in eine große Felsgrotte.

In der Mitte der kammerartigen Höhle befand sich ein langer Steintisch, auf dem gerade Starkad und Arvarodd standen und mit ihren Speeren an der Decke herumstocherten.

»Wir wollen nur das Fenster öffnen«, knurrte Arvarodd, »aber das verdammte Ding scheint zu klemmen.« Schließlich stieß er eine Steinklappe auf, und die Grotte füllte sich mit Licht.

Hildy sah sich erstaunt um. Die Wände waren mit reichverzierten Wandteppichen bedeckt, die zwar aussahen, als hätte man sie gerade erst geknüpft, aber eindeutig aus dem neunten Jahrhundert stammten. Der Tisch war mit Gold- und Silbertellern und Trinkhörnern gedeckt und bot etwa hundert Leuten Platz. Neben dem Tisch erstreckte sich fast über die gesamte Länge der Kammer eine Feuerstelle, und der Rest des Fußbodens war mit getrocknetem Heidekraut bedeckt, das unter Hildys Füßen raschelte. An einer Wand standen etliche große Kisten mit massiven Eisenschlössern. Alles schien perfekt erhalten zu sein, aber die Luft in der Kammer roch furchtbar muffig.

»Die Türen und Fenster sind luftdicht verschlossen«, klärte der König Hildy auf. »Zu meiner Zeit wußten wir schon eine ganze Menge über Baukunst.«

»Wo sind wir hier?« fragte Hildy.

»Das ist die Festung Borve, eine meiner beiden Burgen«, entgegnete der König mit stolzer Stimme. »Die andere ist in Tongue, dort hat es mir aber nie besonders gut gefallen. Diese hier ist praktisch uneinnehmbar, und der Ausblick ist auch viel schöner, wenn man das Meer mag. An klaren Tagen sieht man sogar Orkney.«

Die Helden hatten mittlerweile die Truhen geöffnet und stöberten darin nach längst verloren geglaubten Schätzen — ihren Lieblingskleidungsstücken und bequemen Schuhen. Jemand rollte ein Faß Met heran, das mit einem Haltbarkeitszauber versehen worden war, während Arvarodd, der an einem Ende der Feuerstelle bereits Holzkohle zum Glühen gebracht hatte, die restlichen Würste grillte, die Hildy bei Marks & Spencer in Inverness gekauft hatte. Die Helden hatten eine Vorliebe für Bratwürste entwickelt.

»Die Festung Borve wurde von Baumeister Thorkel für meinen Vater Ketil Trout errichtet«, fuhr der König fort. »Mein Vater war leider ein ziemlicher Geizhals, und da er mit jedermann Krieg führte, war er fast immer knapp bei Kasse. Als er damals Thorkel, den besten Baumeister seiner Zeit, mit dem Bau der Burg beauftragte, machte er ihm mehrere Auflagen. Wenn zum Beispiel bei der Übergabe irgend etwas zu bemängeln gewesen wäre, hätte Thorkel sein Leben verwirkt gehabt und seinen ganzen Besitz an den König übergeben müssen. Allerdings war das damals in der Baubranche ein ganz übliches Verfahren.«

Hildy, die mit Baumeistern ihrer Zeit ebenfalls schlechte Erfahrungen hatte sammeln müssen, nickte verständnisvoll.

»Das Problem war, daß es an der Burg nichts auszusetzen gab«, erzählte der König weiter. »Ketil sah sich mit der schrecklichen Aussicht konfrontiert, eine Festung bezahlen zu müssen, die er sich nicht leisten konnte. Unter dem Vorwand, gemeinsam das Vordertor zu inspizieren, überredete er den Baumeister, mit ihm auf einem Boot in die Bucht hinauszufahren. Währenddessen hängte meine Mutter ein Seil über den vorderen Schutzwall, was vom Meer aus wie ein Riß im Mauerwerk aussah. Ketil behauptete gegenüber Thorkel, dieser habe gepfuscht. Folglich blieb dem armen alten Thorkel nichts anderes übrig, als sich den Anker um die Beine zu binden und ins Wasser zu springen. Nebenbei bemerkt, wußten bis zu jenem Zeitpunkt nur er und mein Vater von dem geheimen Hintereingang, durch den wir hereingekommen sind. Danach hatte mein Vater merkwürdigerweise unglaubliche Probleme, jemanden für irgendwelche Ausbesserungsarbeiten zu finden, was vor allem im Winter höchst unangenehm war, wenn die Abflußrinnen leicht verstopften.«

Die Helden hatten bereits die Hälfte des verzauberten Mets ausgetrunken und sangen alte Lieder.

Der König runzelte die Stirn und sagte unwirsch: »Jedenfalls ist das hier die Festung Borve. Und jetzt lassen Sie uns wieder an die Arbeit gehen.«

Er klatschte in die Hände, und die Helden räumten sofort eine Stelle auf dem Tisch frei. Der Zauberer breitete die verschiedenen Artikel aus, die er in Wick erworben hatte, und der König legte die Drachenspange daneben. Kotkel machte sich mit einigen Werkzeugen, die er aus einer der Truhen genommen hatte, an die Arbeit, und kurz darauf war die Spange mit kurzen Kabelenden verziert, die zu einem komplizierten Muster verknüpft worden waren. Dann gab er ein Handzeichen, und Ohtar brachte ihm die Sandelholzkiste. Kotkel nahm sie in die Hand, schüttelte sie und hielt sie sich ans Ohr.

»Und was ist?« forschte der König ungeduldig nach. Der Zauberer gab ein schrilles Geräusch von sich, das von einer kleinen Drehbank hätte herrühren können.

»Das glaub ich dir nicht!« fuhr ihn der König an.

Kotkel nickte, kreischte wie ein Zahnarztbohrer und verbarg das Gesicht in den Händen.

»Das darf nicht wahr sein!« schrie der König aufgebracht. »Du Idiot ... Geh mir aus den Augen!«

Der Zauberer verschwand auf der Stelle, indem er sich in eine kleine Spinne verwandelte, die gleich darauf an einem kurzen Faden von der Decke herabhing.

»Was ist denn los?« fragte Hildy.

»Er hat sie entwischen lassen, das ist los!« fluchte der König. »Ich zeig's Ihnen. Geben Sie mir mal die Kiste!«

Er klappte den Deckel auf, aber außer den zerkauten Überresten von zwei Taschenlampenbatterien, die Hildy den beiden Geistern zum Essen hineingelegt hatte, war sie leer. Einen Moment lang herrschte absolutes Schweigen in der Felsenkammer, dann warf der König die Schachtel auf den Boden und zerstampfte sie mit den Füßen.

»Sieh dir ruhig an, wozu du mich gebracht hast!« fauchte der König die Spinne an, die an der Decke betrübt hin und her baumelte.

»Was ist denn passiert?« jammerte Hildy. Sie hatte das beängstigende Gefühl, man könnte sie vergessen.

»Ich werde Ihnen sagen, was für ein verdammter Mist hier passiert ist!« brüllte der König. »Unser idiotischer Zauberer hat diese beiden Geister entkommen lassen. Er sollte sie in seiner magischen Koboldkiste einsperren ...« Der König stieg von der magischen Koboldkiste herunter, in der jetzt nicht einmal mehr Platz für einen

Alptraum war. »Womit sollen wir die Spange jetzt einsatzfähig machen? Ohne diese Geister ist das Glück von Caithness nutzlos.«

Die Helden brachen in lautes Klagen aus, und selbst die Spinne piepste traurig vor sich hin. Der König schlug mit der Faust auf den Tisch und verlangte sofortige Ruhe.

»Wir müssen klaren Kopf behalten. Ist das klar?« schnauzte er. »Also, setzt euch hin, und laßt uns alles wie vernünftige Menschen miteinander besprechen.« Er befolgte seinen eigenen Rat als erster, und der Rest der Helden, die zwar immer noch so aufgewühlt wie das Meer unter ihnen waren, taten es ihm gleich. Die Spinne kletterte am Faden herunter und ließ sich auf dem Rand des königlichen Trinkhorns nieder.

»Also gut, Kotkel«, zischte der König die Spinne an, »das hast du uns schon alles erzählt. Du kannst dich jetzt zurückverwandeln.«

Der Zauberer erschien wieder und setzte sich mit schamgesenktem Kopf zur Linken des Königs. Die Gesellschaft, die kurz zuvor noch einer Fußballmannschaft auf der Suche nach einer Eckkneipe geähnelt hatte, war wie durch einen unterschwelligen Zauber plötzlich wieder zur Gardetruppe des Königs geworden, zu seinen Beratern in Krieg und Frieden. Durch den steinernen Rahmen der Deckenöffnung fiel eine Lichtsäule in die Kammer hinein, von der das Gesicht des Königs wie von einem Scheinwerfer hell erleuchtet wurde – Baumeister Thorkel hatte diesen Effekt bewußt mit eingeplant und dabei genau berechnet, in welchem Verhältnis zu den umliegenden Bergen die Sonne zu jenem Zeitpunkt stand, da der Burgherr von Borve normalerweise seinen Thron bestieg. Hildy fand sich durch Zufall oder mit Absicht auf dem Platz des Beraters zu seiner Rechten wieder, so daß einiges vom königlichen Glanz des Sonnenlichts auch auf ihre etwas alltäglichere Erscheinung abfiel. Ein Gefühl äußerster Ehrfurcht und Verantwortung überkam Hildy, und sie faßte den Entschluß, sich ohne Wenn und Aber in die Dienste des Königs zu stellen, komme, was da wolle.

Arvarodd von Permia, der die Harfe des Königs trug, und Angantyr Asmundarson, der Bannerträger, standen auf und verkündeten unisono: »Hrolf Ketilsson Erdenstern, unumschränkter Herrscher von Caithness und Sutherland, Gebieter der Inseln, hält nun in seiner Festung Hof, um das weitere Vorgehen zu beratschlagen. Mögen nur diejenigen sprechen, die klug und weise zu reden verstehen.«

Wie es sich für einen solch erlauchten Moment geziemte, herrschte absolutes Schweigen. Dann wurde das Schweigen fortgesetzt, und Hildy erkannte schnell die Ursache — es lag einfach daran, daß niemandem etwas Gescheites einfiel.

»Also, nun macht schon!« ermunterte der König seine Männer. »Gerade eben wart ihr noch alle so verdammt geschwätzig. Jetzt laßt schon hören!«

Bothvar Bjarki stand auf, und Hildy erinnerte sich plötzlich daran, daß er einst der Berater des berühmten Königs Kraki gewesen war und diesem unendlich viele Kriegslisten beigebracht hatte, die von ganzen Generationen nordischer Sänger überliefert worden waren.

»Wir könnten zurückgehen und nach ihnen suchen«, schlug Bothvar Bjarki vor.

»Ach, setz dich wieder hin und halt's Maul!« schimpfte der König ungeduldig. »Hat jemand einen *vernünftigen* Vorschlag?«

Bothvar setzte sich und murmelte irgendwelche Verwünschungen vor sich hin. Angantyr kicherte, und Bothvar warf ihm einen zornigen Blick zu. Hildy war völlig verwirrt und bemerkte zu ihrem eigenen Entsetzen, daß sie aufgestanden war und bereits das Wort ergriffen hatte.

»Vielleicht kann der Zauberer die beiden finden«, stammelte sie. »Gab es nicht in *Arvarodds Saga* eine

Stelle, wo ihm jemand einen Seherstein auf das rechte Auge legte?«

»Hast du einen Seherstein, Kotkel?« fragte der König gebieterisch.

Arvarodd, der Hildy gegenübersaß, schien leicht zu erröten. Er beugte sich über den Tisch und flüsterte: »Ehrlich gesagt, hab ich die Stelle selbst geschrieben. Ich wollte diese rein sachlichen und realistischen Schilderungen mit etwas mehr Mystik aufpäppeln. Wissen Sie, der gesamte dramatische Aufbau verlangte danach ...«

Hildy nickte unwillkürlich, wie sie es schon so oft auf Studentenfeten getan hatte.

Der Zauberer leerte seine Taschen komplett aus, so daß sich kurz darauf ein ganzer Haufen mit unansehnlichem Krempel vor ihm auftürmte, aus dem er schließlich einen kleinen herzförmigen Bergkristall hervorkramte, der in der Mitte ein Loch hatte. Er hauchte ihn an, grummelte ein paar unverständliche Zaubersprüche vor sich hin und klemmte sich den blauen Kristall wie eine Optikerlinse in das rechte Auge.

»Und jetzt?« fragte der König ungeduldig.

Der Zauberer gab ein Geräusch wie ein Schleifstein von sich.

»Empfangsstörungen«, flüsterte Arvarodd. »Seit es überall diese Privatsender gibt ...«

Aber der Zauberer schüttelte den Kopf und nahm den Stein heraus. Dann lehnte er sich seitlich vor und bot Hildy den Kristall an.

»Machen Sie schon! Es tut nicht weh«, ermunterte der König sie.

Hildy schloß den Mund wieder und griff nach dem Stein in der Hand des Zauberers. Er fühlte sich merkwürdig warm an, wie ein kurz zuvor verlassener Sitz in einem Zug, und Hildy faßte ihn nur zögernd an. Aber schließlich hielt sie ihn sich vors Auge und blinzelte hindurch. Zu ihrem Erstaunen und gleichzeitigen Entsetzen sah sie ein Bild, als würde sie heimlich durch das Schlüsselloch einer verschlossenen Tür spähen.

Sie sah einen Turm aus grauem Stein und Glas, der ihr zunächst völlig fremd vorkam, dann aber erkannte sie ihn als ein Bürogebäude. Als sie den Kristall stärker gegen das Auge preßte, konnte sie sogar in eins der Fenster und durch eine dahinterliegende offene Bürotür blicken. In dem Büro befand sich ein Glaskasten, ähnlich einem Aquarium, und darin waren zwei Lichtflecke. Aus dem Glaskasten führten einige Kabel in die Rückseite einer quadratischen Kiste, die sie im ersten Augenblick nicht identifizieren konnte. Eine innere Eingebung sagte ihr plötzlich, daß es sich dabei um einen Computer handelte und irgendwer die beiden Geister dazu mißbrauchte, den Stromverbrauch zu senken.

Sie glaubte, Stimmen zu hören, die allerdings sehr weit entfernt waren und aus dem Bild hinter dem Kristall zu ihr hervordrangen.

»Und zwei für seinen Kopf, macht sieben, verdoppelt«, sagte die eine Stimme. »Rücke vor bis zur Walhalla, gehe nicht über Los, ziehe keine zweihundert Kronen ein.« Die andere Stimme kicherte.

Das sind die beiden, dachte Hildy. Sie fühlte sich völlig erschöpft, als hätte sie mit den Augenmuskeln Gewichte gestemmt, und ihr Kopf schien zu platzen.

»Ich gebe auf«, sagte die erste Stimme. »Mir hat dieses Spiel noch nie gefallen.«

»Dann laß uns was anderes spielen«, schlug die zweite Stimme vor.

»Ich will nicht mehr spielen«, wehrte die erste Stimme ab. »Ich will hier raus, bevor die uns mit was anderem verkabeln. Mir macht es nichts aus, gekidnappt zu werden, aber ich hab keine Lust, womöglich zur Warmwasserzubereitung mißbraucht zu werden.«

»Wir kommen hier aber nicht raus«, widersprach die zweite Stimme. »Wir sind gefangen, und ich finde, wir sollten das Beste daraus machen.« Das erste Licht flakkerte zornig, aber das zweite ging nicht darauf ein. »Mein Wurf. Sehr gut! Das ist ein X und ein Y. Ich kann ›Oxydation‹ daraus machen, und es liegt auf einem Feld mit dreifachem Runenwert ...«

»Es gibt kein Wort, das ›Oxydation‹ heißt«, protestierte die erste Stimme, »jedenfalls nicht in der altnordischen Sprache.«

»Aber heute«, triumphierte die zweite Stimme. »Den Baum rauf, dann sechs, und ich hab dich eingeholt.«

Ihr schmerzten die Augen, aber Hildy hielt sie krampfhaft offen, wie sie es während der Vorlesungen und Seminare an der Uni schon so oft getan hatte. Mit ungeheurer Willenskraft zwang sie sich, den Kristall ein Stück vorzuschieben, um so ihr Sichtfeld zu erweitern. Jetzt sah sie wieder das Bürogebäude, das zwar in einer ihr bekannten Gegend stand, die sie aber mit keinem Namen in Verbindung bringen konnte. Dann entdeckte sie etwas, das inmitten dieser vielen Magie erstaunlich alltäglich wirkte und nur eine U-Bahn-Station sein konnte. Mit letzter Anstrengung las sie den Namen ›St. Paul's‹. Gleich darauf ließ sie den Kristall aus der Hand fallen und sackte bewußtlos über dem Tisch zusammen.

Als sie wieder zu sich kam, war sie von den Helden umringt. Hildy erzählte ihnen, was sie gesehen hatte und welche Folgerungen sie daraus zog.

Der König setzte sich wieder und vergrub das Gesicht in den Händen. »Wir werden ein großes Risiko eingehen müssen«, sagte er schließlich. »Ich muß dieses Gebäude betraten und die beiden Geister befreien, sonst gibt es keine Hoffnung für uns.«

»Das dürfen Sie nicht tun«, widersprach Hildy. »Man wird Sie festnehmen, und dann gibt es wirklich keine Hoffnung mehr.« Sie preßte die Finger auf ihre Kollegmappe, bis sie schmerzten. »Lassen Sie statt dessen mich gehen.«

Der König hob plötzlich den Kopf und lächelte sie an. »Wir werden beide gehen«, stimmte er ihr zu, wobei seine Stimme plötzlich wieder vergnügt, ja fast überschwenglich klang. »Und du auch, Kotkel. Aber dieses Mal wirst du deine Sache richtig machen, verstanden? Und dich werden wir auch brauchen, Brynjolf«, wandte er sich an den Verwandler, der sich vergeblich hinter den breiten Schultern Starkad Storvirkssons zu verstekken versuchte. »Außerdem brauchen wir zwei Freiwillige.«

Alle verharrten in der Bewegung, und keiner wagte es, sich von der Stelle zu rühren. Aber schließlich erhob sich Arvarodd, blickte in die Runde und nickte. »Ich werde mitkommen«, sagte er leise. »Schlimmer als Permia kann das auch nicht werden.« Er lachte verkniffen über seinen eigenen Witz, aber alle anderen zeigten keinerlei Gemütsregung.

Der König sah sich um und seufzte. »Ihr seid allesamt feige wie Waschweiber!«

Starkad Storvirksson stand auf. »Darf ich mitkommen?« fragte er mit leiser Stimme. Falls niemand anders bereit sei mitzukommen, bekomme er so endlich einmal die Chance, etwas anderes zu tun, als sich zu prügeln. Zwar fände er Prügeleien auf ihre Art ganz in Ordnung, aber mittlerweile sei ihm klargeworden, daß es nicht reiche, Leute zu verprügeln, um ein wirklicher Held zu sein.

»Nein, Starkad«, lehnte der König freundlich ab. »Ich weiß, daß *du* keine Angst hast. Aber diesmal geht das nicht. Ich werd's dir später erklären.«

Starkad setzte sich und blickte niedergeschlagen drein. Brynjolf klopfte ihm tröstend auf die Schulter und munterte ihn auf: »Das geht nicht, weil du so dumm bist, Starkad. Du stündest nur im Weg.«

»Ach so! Wenn das der Grund ist, kann ich das verstehen«, entgegnete er erleichtert.

»Ich werde mitkommen«, meldete sich Bothvar Bjarki plötzlich zu Wort, und alle Helden drehten sich zu ihm um und starrten ihn entgeistert an. Der König murmelte etwas Unverständliches und sagte dann, daß, genau besehen, fünf Leute eigentlich reichen müßten. Bothvar machte zwar ein böses Gesicht, aber die Helden applaudierten laut und brachten einen Toast aus — zunächst auf Odin, den Lenker von Kriegsgeschick und Todesschicksal, dann auf die mutigen Abenteurer und schließlich auf ihren Gebieter König Hrolf Erdenstern. Gleich darauf erinnerte sich Ohtar, daß es im hinteren Lagerraum noch ein zweites Faß Met mit Haltbarkeitszauber geben müsse, und alle stürmten hinaus, um danach zu suchen.

»Die anderen sollten lieber nicht in der Festung bleiben«, gab der König gegenüber Hildy zu bedenken, als die letzten Helden die Kammer verlassen hatten. »Sie werden etwas zu essen jagen und Wasser suchen müssen, und ich hab hinten an der Straße zu viele Häuser gesehen. Ich werde sie in die Berge schicken.« Aus dem hinteren Vorratsraum drangen Flüche herüber; jemand hatte — damals im neunten Jahrhundert — den oberen Faßboden nicht richtig eingesetzt, und alles Met war trotz Haltbarkeitszauber verdunstet. Der König grinste. »Auf diese Weise haben diese Kerle wenigstens noch einen anderen Grund, worüber sie sich bis zu unserer Rückkehr beklagen können.«

»Meinen Sie, die kommen allein klar?« fragte Hildy skeptisch. »Ihre Männer scheinen mir nicht sonderlich praktisch veranlagt zu sein.«

Der König nickte. »Ich denke, schon. Nehmen Sie zum Beispiel Angantyr Asmundarson. Um rechtzeitig zum Appell in Melvich anzutreten, marschierte er die ganze Nacht von Brough Head nach Burwick. Das heißt, er mußte zunächst die beiden Hauptinseln vollständig durchqueren, und da kein Boot zur Verfügung stand, schwamm er während eines Sturms von Burwick zum Festland. Danach lief er den ganzen Weg von Duncansby Head bis nach Melvich zu Fuß, und zwar am Morgen vor der Schlacht, um dann in der ersten Reihe gegen die steinernen Trolle von Finnmark zu kämpfen. Natürlich beschwerte er sich bitterlich über seine nasse Kleidung und klagte, er werde an Lungenentzündung sterben, aber so ist er nun einmal.« Der König hielt kurz inne und betrachtete gedankenversunken seine Fingernägel. »Ich meine, in gewisser Weise spricht das natürlich auch für Ihren Einwand. Denn nur ein kompletter Vollidiot würde sich freiwillig solchen Schwierigkeiten aussetzen, um an einer Schlacht teilzunehmen. Und jetzt kommen Sie, es wird Zeit, daß wir aufbrechen.«

Thorgeir Sturmhund spürte das Alter, und da er kurz vor seinem tausenddreihundertsten Geburtstag stand, war das ein durchaus ernstzunehmendes Problem. Er sann darüber nach, daß er lange Reisen nicht mehr wie früher wegstecken konnte, als für ihn ein Flug von Oslo nach Thingvellir etwas ganz Alltägliches gewesen war — wobei er stets unbequem zwischen den Schulterblättern der riesigen Möwe gehockt hatte, die von seinem Arbeitgeber eigens für ihn entwickelt worden war.

Auch heute war er alles andere als faul gewesen. Nach der anstrengenden Reise mit Zug, Auto und Helikopter, dem Gespräch mit Danny Bennett und der Gefangennahme der beiden chthonischen Geister war er rasch nach Rolfsness zurückgekehrt, um das Gelände zu räumen, auf dem sich Professor Wood und sein Archäologenteam aufgehalten hatten. Deshalb glaubte er, eigentlich eine Pause verdient zu haben. Aber jetzt war er schon wieder in London, und der Zaubererkönig hatte wieder einmal schlechte Laune — wie immer, wenn der knifflige Teil eines Vorhabens bevorstand.

Die beiden Geister waren in einem zauberspruchdichten Gefäß aus Acrylglas sicher eingesperrt, und den Professor hatte man im Britischen Museum kaltgestellt, wo er zum x-tenmal über altnordischen Texten brütete, für den Fall, daß irgend etwas übersehen worden war. Trotzdem war der Professor ein nützlicher Mann — ein

Beweis, welch praktischen Nutzen die kommerzielle Förderung archäologischer Studien haben kann. Natürlich handelte es sich um eine glückliche Fügung des Schicksals, daß ein launischer und örtlich stark begrenzter Sturm das Ausgrabungsgelände bei Rolfsness noch immer zu überschwemmen drohte. Dem Ausgrabungsteam war nichts anderes übriggeblieben, als den Grabhügel zu verschließen und die Zelte abzubauen, aber schließlich nannte man Thorgeir nicht umsonst Sturmhund. Er war froh, daß er auf diesem Spezialgebiet der alten Magie immer noch in Übung war, obwohl ihm sein Fachwissen während der vergangenen tausend Jahre fast ausschließlich bei Wetten über einen vorzeitigen Abbruch von Kricketwettkämpfen dienlich gewesen war, indem er die Spiele buchstäblich ins Wasser hatte fallen lassen. Er lehnte sich im Sessel zurück und kramte in den Papieren auf seinem Schreibtisch herum. So wie er ein Zauberer aus dem finsteren Mittelalter war, galt er heute als einer der wichtigsten Manager in einem der größten multinationalen Konzerne, und während seiner Abwesenheit hatte sich eine Menge Arbeit angehäuft. Während er einen Stapel mit der Notiz ›neu eingetroffen‹ durchblätterte, dachte er darüber nach, wie schade es war, daß er die Kunst des Delegierens noch nie beherrscht hatte.

Die Gegensprechanlage summte, und seine Sekretärin informierte ihn, daß der Chef auf der mit einem Zerhacker gekoppelten Telefonleitung sei. Thorgeir mochte dieses Chiffriergerät nicht, aber es war besser als Telepathie, über die bis vor kurzem die innerbetriebliche Kommunikation zwischen ihm und dem Zaubererkönig überwiegend gelaufen war und von der er stets Kopfschmerzen bekommen hatte.

»Also, was kommt als nächstes?« fragte der Zaubererkönig.

»Das war's. Jedenfalls im Augenblick. Ohne diese beiden Dingsbums ist das Glück von Caithness nutzlos.«

»Warum schließen die die Spange nicht einfach an normalen Netzstrom an?«

»Selbst wenn sie das könnten, würde der normale Netzstrom nicht reichen«, erläuterte Thorgeir geduldig. »Es geht aber sowieso nicht, weil sie Gleichstrom benötigen, und dazu bräuchte man einen Transformator in der Größe von Liverpool. Es gibt auf der ganzen Erde nur eine Energiequelle, die in der Lage ist, diese Spange mit Strom zu versorgen, und die befindet sich in einem Plexiglasgefäß unserer Kreditverwaltung. Ich geb dir mein Wort darauf.«

»Und was heißt das jetzt für uns?«

»Solange die Spange nicht einsatzfähig ist, schippern die praktisch wie ohne Paddel durch ein Fjord.« Thorgeir grinste in den Hörer. »Ich hatte ein ganz schön glückliches Händchen, wie?«

»Ja, das kann man wohl sagen.«

Thorgeir hörte auf zu grinsen. »Also haben wir alle Zeit der Welt, sie zu finden und zu beseitigen. Uns können diese Kerle jedenfalls nichts mehr anhaben.«

»Das hast du damals vor der Schlacht von Melvich auch gesagt.«

»Das war etwas anderes.«

»Das hier ist auch etwas anderes. Woher willst du denn wissen, daß sie die Spange nicht modifizieren können?«

»Vertrau mir ... Äh, laß es mich anders formulieren«, fügte Thorgeir rasch hinzu, weil gegenseitiges Vertrauen ein wunder Punkt zwischen ihnen war. »Verlaß dich drauf. Die können nichts machen — es sei denn, sie brechen hier ein und nehmen die beiden Kobolde mit.«

»Das sollen die mal versuchen!«

»Eben. Also, beruhige dich. Mach dir einen schönen Tag. Gründe eine neue Zeitung oder was auch immer. Die Lage ist völlig unter Kontrolle.«

»Das hoffe ich.« Der Zaubererkönig legte auf.

Thorgeir schüttelte den Kopf und machte sich wieder

an die Arbeit. Die Unterlagen über das Japan-Geschäft trudelten allmählich ein, und allein deren Anblick ging ihm bereits auf die Nerven. *Irgendwann kommt der Tag,* machte er sich Mut, *an dem ich dieses ganze verwarzte Land in einen einzigen Golfplatz verwandle, und dann werden wir mal sehen, wo die Sonne aufgeht.* Doch da klingelte erneut das Telefon. Dieses Mal war Professor Wood am Apparat, der aus einer Telefonzelle vor dem Britischen Museum anrief. Thorgeir setzte sich aufrecht hin und holte Papier und Schreiber hervor.

Nach wenigen Minuten legte er den Hörer behutsam wieder auf und las noch einmal seine Notizen durch. Allmählich nahmen die Dinge Gestalt an. In einer Sammlung gälischer Volksmärchen aus dem neunzehnten Jahrhundert hatte der Professor eine höchst interessante Geschichte entdeckt, die von einem Häuptling namens Rolf McKettle und dessen Kampf mit den Feen handelte. Sah man von den Verdrehungen und Verfälschungen ab, die bei einem Jahrtausend mündlicher Überlieferungen und hausgebranntem Whisky unvermeidlich auftraten, dann handelte es sich dabei um einen recht ordentlichen und ziemlich wahrheitsgetreuen Bericht über die Schlacht von Melvich. Das Ende der Geschichte beschrieb sogar, wo und mit wem zusammen der König beerdigt worden waren.

Der Professor wollte in etwa einer halben Stunde vorbeischauen. Thorgeir warf einen ganzen Stapel ungelesener Verträge in die Ablage für Ausgänge und machte sich auf den Weg zu seinem Chef. Als er den Fahrstuhl bestieg, dachte er laut nach. »Der Boß wird es zwar nicht sonderlich freundlich aufnehmen, daß man ihn als Fee bezeichnet hat, aber was soll's?«

Wie lange er dort genau gewesen oder wo er überhaupt herumgeirrt war, davon hatte Danny keinen blassen Schimmer. Er fragte sich nur, ob der Chefkameramann letztendlich nicht doch recht gehabt haben könnte. Er war es gewesen, der, bewaffnet mit einer Landkarte, darauf bestanden hatte, daß das große wolkenverhangene Ding zur Rechten der Ben Stumanadh sei und die Straße genau auf der anderen Seite des Bergs verlaufe. Dabei hatte Danny als ehemaliger Pfadfinder (es kostete ihn immer wieder einige Mühe sicherzustellen, daß niemand beim Fernsehen etwas davon erfuhr) ganz genau gewußt, daß diese Behauptung lächerlich war. Aber der Kameramann war offensichtlich wild entschlossen gewesen, die gesamte Crew in das trostlose und unwirtliche Landesinnere zu führen, wo Erfrieren zu den häufigsten Todesursachen zählt. Danny hatte sich mit ihm gestritten, ihn zur Räson gezwungen und ihn schließlich nur noch angebrüllt; aber der Narr hatte, wie der Rest der Crew, einfach nicht auf ihn hören wollen. Schließlich wusch Danny seine Hände in Unschuld und machte sich allein auf den Weg, um die nur wenige Meilen entfernte Straße zu suchen, die, wie er wußte, gleich links lag.

Das diesige Wetter war natürlich nicht sehr hilfreich, und je weiter er ging, desto mehr gewann Danny die Überzeugung, daß entweder die Karte irrte oder jemand die Straße verlegt hatte. Da Erschöpfung, Hunger und der Verlust beider Schuhe, die in einem Sumpfloch steckengeblieben waren, allmählich ihren Tribut forderten, neigte er immer mehr zur zweiten Erklärungsmöglichkeit, besonders nach seinem kurzen, aber aufschlußreichen Gespräch mit den beiden braunen Schafen — den einzigen Lebewesen, die er seit dem Zusammentreffen mit dem fremden Mann gesehen hatte, der sie alle in die falsche Richtung geschickt hatte. Kurz nachdem er zu dieser Überzeugung gelangt war, bekam er erste Halluzinationen und verbrachte die Nacht an einem Ort, der wie ein voll ausgerüsteter Schneideraum aussah, in dem sich sogar eine Überspielvorrichtung befand, um Filme auf Videokassetten zu kopieren. In den ersten kalten (sehr kalten) Strahlen der Morgensonne entpuppte sich der Schneideraum als eine verfallene Steinhütte, und Danny wurde von heftigem Fieber geschüttelt. Aber wenigstens war ihm auf diese Weise warm, und das war immerhin etwas.

Recht zuversichtlich versuchte er, Arme und Beine auszustrecken, aber sie versagten ihm den Dienst, so wie sein Auto nie starten wollte, wenn er zu einem besonders wichtigen Termin mußte. Er fühlte sich überraschend ruhig und sann darüber nach, daß es sich dabei wahrscheinlich um eine der kostenlosen Nebenleistungen der Natur handelte, bevor man endgültig verrückt wurde. Hätte er sich noch nicht im halluzinatorischen Endstadium befunden, das stets kurz vor dem Tod durch Erfrieren eintritt, dann hätte er sich jetzt nicht eingebildet, daß diese komischen Männer mit den grauen Anzügen gerade den Berg überquerten und direkt auf ihn zukamen.

»Wie in alten Zeiten«, sagte einer von ihnen. »Man irrt schutzlos durchs Hochmoor und hat nichts zu beißen außer Kaninchen und stinkendem Lachs. Wenn ich noch mehr Lachs essen muß, seh ich bald selbst wie 'n Fisch aus.«

Was er bereits tat, zumal er über seinem Anzug einen silberglänzenden Schuppenpanzer trug; aber da dieser Mann nicht wirklich da war, wie Danny meinte, konnte er das natürlich nicht wissen. Danny stöhnte leise und sackte hinter der Steinmauer noch ein wenig mehr zusammen. Wenn er schon Wahnvorstellungen haben mußte, hätte er gern nicht ganz so extreme Trugbilder gesehen.

»Wenn du nicht so verdammt pingelig wärst«, schimpfte ein anderer Mann, »hätten wir jetzt eins dieser beiden verirrten Schafe.«

»Er hat gesagt, wir sollen uns keine unnötigen Probleme aufhalsen«, verteidigte sich der Lachsmann. »Das Stehlen von Schafen wäre solch ein unnötiges Problem. Das war schon immer so.«

»In dem Wald, wo wir vorbeigekommen sind, könnte es Rehe geben«, schlug ein dritter Mann vor.

»Also noch einmal: Es gibt dort keine Rehe!« brüllte der Lachsmann, der ein ziemlich mieser Typ zu sein schien. Danny beschloß, daß er ihn nicht mochte, und versuchte, ihn durch ein hübsches Mädchen zu ersetzen, was aber offensichtlich nicht funktionierte. »Und falls ihr glaubt, ich renne durch den Wald, weil ihr euch einbildet, daß es dort Wild gibt, dann irrt ihr euch gewaltig.« Die anderen ersparten sich eine Antwort, was Danny guthieß.

»Das dahinten würde doch für uns reichen!« rief einer der Männer und deutete auf die Hütte. Danny begriff sofort, daß sie bei ihm ihr Lager aufschlagen wollten. Das war schade, da er seine letzten Stunden auf der Erde lieber in ruhiger Meditation verbringen wollte als mit einem Haufen gespenstischer Erscheinungen von der Milchvermarktungsbehörde. *Das widerstrebt mir sogar zutiefst,* sagte sich Danny. Selbst eine zusammengefallene alte Hütte ist und bleibt für einen Engländer seine Burg, auch wenn sie sich in Schottland befindet.

»Haut ab!« hauchte er mit letzter Anstrengung. Aber kaum hatten diese Worte seine Lippen verlassen, versiegten sie im Wind, und er drehte sich mit dem Gesicht resigniert zur Steinmauer.

»Da drinnen ist jemand«, sagte Starkad Storvirksson.

»Wirklich? Vielleicht hat er ja Lust auf eine Prügelei«, frohlockte Ohtar.

»Wir sollten ihn vorher lieber fragen«, schlug Angantyr vor. »Es gehört sich einfach nicht, sich mit Leuten zu prügeln, ohne sie zu fragen.«

»Ich dachte, uns ist jede Prügelei verboten worden«, wandte Starkad ein.

»Wenn wir uns verteidigen müssen, nicht«, widersprach Ohtar, allerdings nur halbherzig, denn der Mann sah nicht so aus, als hätte er Lust auf eine Prügelei. Genaugenommen wirkte er sogar völlig am Boden zerstört, und Ohtar drehte ihn vorsichtig mit dem Fuß herum.

»Frag ihn, ob er etwas zu essen dabei hat«, flüsterte Angantyr. »Sag ihm, wir tauschen zwei Kaninchen und einen Lachs gegen alles, was ähnlich wie Käse schmeckt.«

»Jetzt mal halblang, ja?« fauchte Ohtar. »Das ist dieser Zauberer aus dem Lieferwagen, der Kerl, der mit Bothvar nicht kämpfen wollte.« Er drehte sich zu seinen Kameraden um und sagte lächelnd: »Jungs, es geht bergauf. Wir haben einen Gefangenen.«

7. Kapitel

Nehmen Sie doch noch etwas von dem Kaninchen«, bat Ohtar freundlich. Obwohl Danny die ganze Nacht über nichts anderes getan hatte, als Kaninchen und Lachs zu essen, hatte er das Gefühl, daß eine Ablehnung unhöflich gewesen wäre. Offensichtlich waren die Fremden stolz auf ihre Gastfreundschaft.

»Sind Sie sicher, daß für Sie noch genug da ist?« fragte er verzweifelt, als Ohtar ihm zwei weitere verkohlte Keulen reichte, die noch mit verbrannten Fellresten gesprenkelt waren. Der Mann, den sie Angantyr nannten, stieß einen seltsam schnaubenden Laut aus.

»Kümmern Sie sich nicht um ihn«, meinte Ohtar, »es ist genug davon da.«

»Na, wenn das so ist ...« Danny grub seine Zähne in das verkohlte Fleisch und versuchte, dabei nicht daran zu denken, wie sehr er sein zahmes Hauskaninchen Dimbleby als Kind ins Herz geschlossen hatte. »Das schmeckt sehr gut«, nuschelte er, während er seine schmerzenden Kiefer zum Kauen zwang.

»Wirklich?« Ohtar strahlte. Fast während seiner gesamten Dienstzeit war er Feldkoch König Hrolfs gewesen, und dies war das erstemal, daß er aufgrund seiner Kochkünste von jemandem gelobt wurde. »Warten Sie hier«, forderte er Danny freudestrahlend auf. Dann nahm er eine Schlinge und eine Handvoll Kieselsteine und verschwand.

»Sie haben ihm den Tag gerettet«, sagte Angantyr. Er setzte sich neben Danny und griff geistesabwesend nach der zweiten Keule. »Ich persönlich hasse Kaninchen«, fuhr er mit vollem Mund fort, »aber es ist immer noch besser als Möwe. Haben Sie schon mal Möwe gegessen?«

»Nein«, antwortete Danny.

»Sehr klug von Ihnen«, pflichtete Angantyr ihm bei und spuckte ein paar Knöchelchen aus. »Nicht, daß Sie mich falsch verstehen, denn mit heller Soße und etwas Fenchel kann man durchaus was daraus machen. Ich bin nur nicht so wild aufs Essen wie einige andere, die ich kenne. Fünf anständige Mahlzeiten am Tag sind alles, was ich brauche, und den einen oder anderen Krug mit etwas Flüssigem, damit es besser rutscht. Aber, was Algen angeht, da ist bei mir Sense«, behauptete er felsenfest, »außer in Cremespeisen natürlich.«

»Natürlich«, stimmte Danny ihm zu.

Nachdem er sich davon überzeugt hatte, daß nirgends mehr etwas von dem Kaninchen herumlag, lehnte sich Angantyr an die verfallene Hüttenwand und schob den Helm ins Gesicht. »Ach ja, das ist besser als arbeiten«, seufzte er genüßlich. »Was machen Sie überhaupt, wenn ich fragen darf? Ich weiß, daß Sie eine Art Zauberer sind, aber das kann vieles heißen, nicht wahr?«

»Ich bin Produzent«, antwortete Danny.

»Wie schön für Sie. Ich bin genaugenommen Konsument.« Die fahle Morgensonne schien schwach durch ein Loch in den Wolken, und der Held war guter Dinge. »Das war schon immer das Problem in diesem Land, zu wenige Produzenten und zu viele Konsumenten. Ich bewundere Leute wie Sie, ehrlich. Bei Wind und Wetter draußen hinter dem Pflug oder im Schnee die Schafe nach Hause treiben ... Harte Arbeit ist das, sag ich immer.«

»Nein, nein, ich bin kein Bauer«, wehrte sich Danny. »Ich bin Produzent. Fernsehproduzent.«

Angantyr richtete sich auf, und eine seiner raupenähnlichen Augenbrauen hob sich. »Was ist denn das?«

»Wissen Sie«, antwortete Danny verlegen, »ich arbeite die Pläne aus, beaufsichtige meine Mannschaft, solche Dinge eben.«

»Sie meinen, Sie sind Maat auf dem Vorderdeck?« Angantyr fühlte sich auf den Arm genommen. »Also, raus damit, das sind Sie doch nie und nimmer, oder?«

»Nicht diese Art von Mannschaft«, entgegnete Danny, der sich wünschte, das nie erwähnt zu haben. »Kameraleute, Filmteams. Techniker, Kabelträger, Beleuchter, solche Leute. Ich mache Fernsehprogramme.«

»Ach, eigentlich ist mir das egal«, gab Angantyr nach einer langen Pause auf. »Ich hab über tausend Jahre lang geschlafen.«

»Aber jetzt mal im Ernst.« Danny nahm seinen ganzen Mut zusammen, um die Frage zu stellen, die ihm allmählich den Verstand raubte. »Wer sind Sie nun wirklich?«

Angantyr sah ihn scharf an und erinnerte sich, daß der Mann ein Zauberer war. Aber eigentlich wirkte er harmlos, und schließlich hatten sie alle seine magischen Instrumente in der Lieferwagen-Schlacht zerstört.

»Wenn ich Ihnen das verrate«, sagte Angantyr mit gesenkter Stimme, »dann werden Sie sich aber nicht in einen Vogel oder so was verwandeln und einfach davonfliegen, wie? Geben Sie mir Ihr Ehrenwort!«

»Ehrenwort«, versicherte Danny. Seines Erachtens hatte der Mann tatsächlich keine Ahnung, was ein Fernsehproduzent war, sonst hätte er einen anderen Schwur verlangt.

»Wir sind die Männer von König Hrolf«, flüsterte Angantyr. »Wir haben in dem Schiff geschlafen und sind nun aufgeweckt worden, um die letzte Schlacht zu schlagen.«

»Sie meinen das Schiff in Rolfsness?« fragte Danny. Irgend etwas in seinem Hinterkopf konnte darin sogar einen Sinn erkennen, obwohl er sich wünschte, daß es nicht so wäre. Da war ihm im Grunde selbst der Gedanke, langsam verrückt zu werden, noch sympatischer.

»Richtig«, bestätigte Angantyr geduldig. »Zwölfhundert Jahre haben wir in dem Schiff geschlafen, und jetzt hat man uns aufgeweckt.«

Danny schloß die Augen. »Und was ist mit den grauen Anzügen?«

»Sie meinen die Kleidung? Die hat Hildy für uns besorgt. Sie sagt, wir sehen darin weniger verdächtig aus.«

»Hildy Frederiksen?«

»Hildy Frederiks*tochter.* Frederiksen kann sie nicht heißen, weil sie eine Frau ist. Ist doch klar, oder?« Angantyr schüttelte den Kopf. »Eine komische Person ist sie. Aber klug, das kann ich Ihnen sagen. Es war Glück, daß wir sie getroffen haben, wirklich, sie kennt sich mit Sagen und dem ganzen Kram gut aus. Unter uns gesagt«, flüsterte er Danny ins Ohr, »ich glaube, der alte Arvarodd hat sich ein bißchen in sie verknallt. Über Geschmack läßt sich streiten, finde ich. Also, ich hab da mal in Hlidarend ...«

»Könnten wir das Ganze noch mal von vorn durchgehen?« unterbrach ihn Danny. »Sie und die anderen Männer hier waren tatsächlich auf oder *in* dem Schiff, als Miß Frederiksen in den Grabhügel kam?«

»Natürlich waren wir das.« Plötzlich kam Angantyr der Gedanke, daß für den Gefangenen das alles nur schwer zu glauben war, wenn er die Geschichte nicht kannte. Also erzählte er sie ihm. Aber selbst als er damit fertig war, schien der Gefangene äußerst mißtrauisch zu sein.

»Tut mir leid«, sagte Danny, als Angantyr ihn darauf ansprach. »Ich glaube nicht, daß Sie ein Lügner sind, wirklich nicht, aber dieser ganze Zauberkram. Wissen Sie ...«

»Moment mal«, unterbrach ihn Angantyr, denn ihm war eingefallen, daß er während einer Unterhaltung zwischen dem König und Hildy zufällig ein Wort aufgeschnappt hatte, das ihm seither nicht mehr aus dem Kopf gegangen war. »Heutzutage nennt man das anders, Technologie oder so ähnlich.«

»Nein, das ist etwas ganz anderes«, widersprach Danny. Er hatte das furchtbare Gefühl, daß an seiner folgenden Argumentationskette irgend etwas nicht stimmte. »Mit Technologie heilt man Kranke, läßt man Dinge vollautomatisch ablaufen und so weiter. Zauberei ist ...«

»Sehen Sie her!« unterbrach ihn Angantyr und holte einen kleinen Rehlederbeutel aus seiner Tasche hervor. »Das hier ist ein Stückchen Technologie. Ich hab's mir oben in Lappland während eines Beutezugs geschnappt.« Er schüttete den Inhalt des Beutels auf den Boden und nahm zwei kleine Knochen und einen Kieselstein in die linke Hand. Dann zog er sein Messer und schnitt sich mit einem gewaltigen Hieb die linke Hand direkt über dem Gelenk ab. Danny wollte schreien, aber bevor sich seine Kehlkopfmuskulatur vom ersten Schock erholen konnte, hob Angantyr die abgeschnittene linke Hand mit der rechten auf und legte sie auf Dannys Knie.

»Würden Sie die bitte mal halten?« bat er Danny gutgelaunt. Dann steckte er schnell den Kieselstein in den Mund, nahm die abgeschnittene Hand wieder an sich und stülpte sie wie einen Handschuh über den linken Armstumpf. Schließlich nahm er den Kieselstein mit der *linken* Hand wieder aus dem Mund, wischte ihn am Hosenbein ab und warf ihn in den Beutel zurück. »Na, ist das keine Technologie?« fragte er erfreut. »Oder wollen Sie's mal selbst ausprobieren?«

Danny versicherte ihm, kein Interesse daran zu haben.

»Das ist ein bißchen wie Apfelbäume pfropfen«, sagte Angantyr, »nur geht's schneller. Was war das andere, was Sie gesagt haben? Ach ja, Dinge vollautomatisch machen.«

Er warf die beiden kleinen Knochen hoch in die Luft und pustete sie im Hinunterfallen an. Der eine leuchtete hellorange auf, und der andere verwandelte sich mit einem lauten Puffen in eine riesige tosende Flamme.

Angantyr blies den zweiten Knochen noch einmal an, und die Flamme wurde kleiner, als würde man einen Gasherd herunterdrehen. Dann pfiff er, und die Flamme erlosch.

»Das ist nur die tragbare Ausführung«, sagte er und steckte die Knochen in den Beutel zurück. »Es gibt sie auch größer, dann kann man damit ein ganzes Haus erleuchten oder große Mahlzeiten kochen. Und diese Dinger sind feiner einzustellen als ein offenes Feuer, eignen sich also bestens zum Dünsten oder leichten Anbraten. Ideal zum Kochen, könnte man sagen.«

In diesem Moment kam Ohtar zurück und ließ einen großen Sack zu Boden fallen. Angantyr drehte sich um und sah ihn in banger Erwartung an.

»Ich konnte leider keine Kaninchen auftreiben«, entschuldigte sich Ohtar. Dann setzte er sich hin und öffnete den Sack. »Wäre Möwenfleisch auch in Ordnung?«

Den Hinweisschildern in Melvich zufolge waren die Bauarbeiten auf der A 9 bei Berriedale gerade beendet worden, und die Hauptstraße entlang der Küste schien somit wieder intakt zu sein. Hildy war erleichtert. Sie hatte sich nicht gerade darauf gefreut, noch einmal die Straße nach Lairg fahren zu müssen, zumal sie sicher war, daß der Feind, wenn er von ihnen etwas wußte, diese und vermutlich die Straße nach Helmsdale beobachten würde. Die Hauptstraße kam ihr wesentlich sicherer und außerdem schneller vor.

Zwar hatte sie immer noch Zweifel, ob es richtig gewesen war, den Rest der Helden sich selbst zu überlassen, so gut sich diese auch in der Wildnis von Strathnaver auskennen mochten, aber sie tröstete sich mit dem Gedanken, daß es noch viel gefährlicher gewesen wäre, sie nach London mitzunehmen. Ganz zu schweigen von den Kosten für Verpflegung, Unterbringung und U-Bahn-Fahrkarten. Während ihr diese Fragen durch den Kopf gingen, wurde ihr voller Stolz bewußt, daß sie nun zur eigentlichen Anführerin der Gruppe geworden war. Und während sie weiterfuhr, ertappte sie sich dabei, wie sie die ersten Zeilen ihrer eigenen Saga entwarf. »Es war einmal eine Frau namens Hildy Frederiksen ...«

»Passen Sie auf!« rief der König plötzlich. »Sie fahren mitten auf der Straße!«

»Verzeihung«, murmelte Hildy verlegen. Sie kam sich vor, als nähme sie bei ihrem Vater Fahrstunden. Selbst heute noch — sieben Jahre, nachdem sie die Prüfung bestanden hatte — konnte er es nicht lassen, ihr Ratschläge zu erteilen. ›Warum fährst du nicht im dritten Gang?‹ ›Um Gottes willen, fahr doch langsamer!‹ Und das, obwohl sie auf Landstraßen nie schneller als fünfzig Kilometer pro Stunde fuhr. Sie stellte *Hildar Saga Frederiksdottur* rasch in ihr geistiges Bücherregal zurück und konzentrierte sich lieber auf die richtige Straßenseite.

Hildy hatte das Gefühl, daß sich der König bemerkenswert schnell im zwanzigsten Jahrhundert zurechtfand. So stellte er zu den verschiedensten Dingen, die sie im Vorbeifahren sahen, scharfsinnige Fragen oder kommentierte sie mit intelligenten Bemerkungen. Selbst als sie durch Inverness fuhren, schien ihn der erste Anblick einer größeren Stadt keineswegs umzuwerfen. Als sie ihn danach fragte, antwortete er nur, er habe in seinem Leben weit merkwürdigere Dinge gesehen, besonders in Finnmark. Insgeheim hoffe er aber, noch sehr viel seltsamere Dinge zu sehen, und das wiederum glaubte Hildy ihm persönlich garantieren zu können. Große Containerlastzüge schienen ihn zu faszinieren, wohingegen er Flugzeuge unbrauchbar und in gewisser Weise ziemlich altmodisch fand. Sein Hauptkritikpunkt aber galt dem ›Niedergang der Zivilisation‹. So etwas von einem Wikinger zu hören, empfand Hildy zwar als leicht überzogen, aber der König blieb strikt bei seiner Meinung. Soweit sie mitbekam, regte er sich in erster Linie über das primitive Geschwätz der Adligen auf, wie man es in wissenschaftlichen Abhandlungen über die viktorianische Zeit findet.

Um nicht das Risiko einer Hotelübernachtung einzugehen, verließen sie bei Penrith die Autobahn und suchten sich eine verlassene Ecke in der Nähe von Martindale Common, wo der König zu Hildys großer Verwunderung irgendwann einmal eine Schlacht gegen die Sachsen geschlagen hatte.

»Ein Menschenschlag, mit dem ich nie etwas anfangen konnte«, fügte der König hinzu, während das unvermeidliche Kaninchen geröstet wurde. »Apropos, was ist aus denen eigentlich geworden?«

Hildy erzählte es ihm, und er antwortete, daß ihn das nicht im geringsten wundere. »Ein Volk von Krämern«, murmelte er. »Irgendwie schaffen die's immer wieder.«

Hildy hatte einmal ein Referat über den frühen Handel der Sachsen geschrieben und hätte über das Thema noch gern weiter diskutiert, aber der König schien nicht in der richtigen Stimmung zu sein. Eigentlich hatte er sich nach Hildys Empfinden schon den ganzen Tag etwas merkwürdig verhalten. Irgend etwas schien ihn zu beschäftigen.

Nachdem sie am nächsten Morgen an einer Tankstelle getankt hatten (Hildy hatte jetzt genügend Gutscheine für eine geschliffene Glaskaraffe zusammen, nur wollte sie keine), fuhren sie in Richtung London weiter. Hinten spielten Arvarodd und der Zauberer dieselbe komplizierte Schachvariante, mit der sie sich bereits den ganzen Tag zuvor beschäftigt hatten, und die Fahrt schien sie dabei nicht im geringsten zu stören. Erst als sie kurz hinter Birmingham noch einmal anhielten, um zu tanken und Sandwiches zu besorgen, fiel Hildy auf, daß der Verwandler nirgends zu sehen war.

»Nicht schon wieder!« murmelte sie vor sich hin. Dann fragte sie die anderen, wo er geblieben sei.

»Hier unten!« rief eine der Schachfiguren.

»Wir haben den schwarzen Turm zu Hause vergessen«, erklärte Arvarodd.

»Macht Ihnen das nichts aus?« fragte Hildy den schwarzen Turm, der daraufhin nur mit den steifen Schultern zuckte.

»So vergeht wenigstens die Zeit«, antwortete er. »Außerdem werden Schachfiguren nicht reisekrank.«

»Komisch ist nur, daß Schwarz andauernd gewinnt«, merkte Arvarodd an. Sie hatten vor dem Spiel die Farben ausgelost, und er spielte Weiß. »Natürlich ist mir das ziemlich egal, denn gegen Kotkel verliere ich grundsätzlich immer.«

»Kriegen Schachfiguren eigentlich auch Hunger?« fragte Hildy. Die Sandwiches, die sie besorgt hatte, reichten nur für vier.

»Diese hier schon«, meldete sich der Turm mit Nachdruck. Dann ergriff der Zauberer die Figur beim Kopf und schlug damit Arvarodds Dame.

Sie erreichten London am späten Abend. Hildy fiel erst jetzt ein, daß sie sich keine Gedanken über eine geeignete Unterkunft gemacht hatte.

»Das ist nicht schlimm«, bemerkte der König. »Wir können in diesem Ding hier schlafen.«

Hildy wollte ihm die Bedeutung von Parkverboten, Parkplatzwächtern und vorsätzlicher Herumtreiberei erklären, aber der König hörte ihr nicht zu und blickte mit finsterer Miene aus dem Fenster.

»Das alles kommt Ihnen bestimmt völlig fremd vor, nicht wahr?« fragte Hildy fürsorglich.

»Überhaupt nicht. Es kommt mir in fast bedrückender Weise bekannt vor.«

»Das kann doch nicht wahr sein«, warf Hildy ungläubig ein.

»Ich versichere Ihnen, daß es so ist. Stimmt's, Jungs?«

Arvarodd blickte vom Schachbrett auf. »Und ob«, stimmte er dem König zu. »Ich bin auch schon mal hiergewesen. Es ist genau wie ... wie ...«

»Genau wie Geirrodsgarth«, ergänzte der König. »Dort hatte der Zaubererkönig seine erste Festung. Er hat ganz Geirrodsgarth vom Erdboden verschwinden lassen, so daß nicht einmal die Fundamente übriggeblieben sind.«

Hildy schüttelte den Kopf. »Ehrlich gesagt, kann ich Ihnen nicht ganz folgen ...«

»Ich hab mir schon in Wick den Kopf darüber zerbrochen, aber das hätte auch purer Zufall sein können«, fuhr der König fort. »In Inverness war ich mir dann sicher. Alle anderen Städte, durch die wir gefahren sind, haben meinen Verdacht erhärtet. Der Feind hat seine neue Stadt als perfektes Abbild der alten gebaut, nur daß sie viel größer und wesentlich primitiver ist.«

»Primitiver?«

»Ja, und zwar entschieden. Zunächst einmal war das gesamte Geirrodsgarth mit einem Glasdach versehen. Daß London nicht überdacht wurde, liegt wahrscheinlich daran, daß der Zaubererkönig nur Einfluß auf die Gesamtgestaltung dieser Stadt hatte, so daß sie nicht ganz seinen Vorstellungen entspricht. Aber sämtliche Gebäude in Geirrodsgarth sahen genauso wie diese viereckigen Türme dahinten aus.« Er deutete auf eine geballte Ansammlung von Wohntürmen in der Ferne. »Ich nehme an, die Sachsen haben sich ihm gegenüber wesentlich sturer verhalten als die Finnen. Sie sind und bleiben nun mal ein Volk von Krämern.«

Schließlich parkte Hildy in einer Seitenstraße in Hoxton, direkt am Regent's Canal. Weiter in die Innenstadt hineinzufahren, wäre irgendwie nicht sicher gewesen. Hildy spürte eine unbestimmte, aber lokalisierbare Bedrohung, und dem König und dem Zauberer schien es ähnlich zu ergehen. Sie hockten hinten im Lieferwagen zusammen und unterhielten sich leise miteinander. Hildy stellte enttäuscht fest, daß Kotkel den Sprachzauber aufgehoben hatte, so daß sie nicht verstand, worüber gesprochen wurde. Sie kam sich verraten und überflüssig vor. Mit angespannter Stimme sagte sie etwas davon, daß sie losgehen und etwas zu essen besorgen wolle, und öffnete die Tür. Der König schaute sofort auf und brummelte etwas vor sich hin, von dem Hildy natürlich kein Wort verstand. Arvarodd übersetzte für sie.

»Er sagt, Sie sollten lieber nicht gehen.«

»Aber ich hab Hunger«, erwiderte Hildy zickig. »Und ich bin sicher, das geht in Ordnung.«

Der König sagte noch etwas. »Er sagt, wenn Sie unbedingt gehen müssen, sollten Sie wenigstens den Verwandler mitnehmen.«

»Hab ich bei der ganzen Sache vielleicht auch noch ein Wörtchen mitzureden?« mischte sich der schwarze Turm ein. »Zwei Züge noch, und dann ist Schach.«

Arvarodd hob den Turm auf und reichte ihn Hildy. »Stecken Sie ihn einfach in die Tasche.«

»Nein, danke«, sagte sie mit näselnder Stimme. »Ich bin keine Spielverderberin.«

»Bitte, mir zuliebe!« bettelte Arvarodd. Geistesabwesend nahm Hildy den Turm und steckte ihn in die Tasche. Dann öffnete sie die Tür und schlüpfte hinaus.

Es dauerte eine Weile, bis sie einen Fish'n'Chips-Laden gefunden hatte, und sie hatte nicht übel Lust, dem König und dem Zauberer nichts mitzubringen. Aber schließlich bestellte sie fünfmal Dorsch und Pommes, fünf Hähnchen mit Schinkenpastete und für sich selbst als Trostpflaster eine Minisalami. Sie bemerkte nicht, daß die beiden jungen Männer mit den Lederjacken, die sich die ganze Zeit am Glücksspielautomaten verdingt hatten, ihr nach draußen gefolgt waren. Als Hildy etwa die Hälfte der Strecke zum Lieferwagen zurückgelegt hatte, traten sie in Aktion. Der eine versperrte ihr den Weg, wobei er mit einem kurzen Messer herumfuchtelte, während der andere nach ihrer Tasche griff. Hildy erstarrte vor Angst, drückte das Essenspaket an die Brust und stieß ein quietschendes Geräusch aus.

»Los, kleine Lady, Tasche her!« schrie der Junge mit dem Messer. »Sonst stechen wir dich ab, verstanden?«

Er machte einen Schritt nach vorn, und im selben Augenblick fiel etwas aus Hildys Tasche und rollte in den Rinnstein. Er schaute zur Seite und ließ plötzlich das Messer fallen. Wie aus dem Nichts tauchte eine furchterregende Gestalt vor ihm auf. Zuerst sah sie wie ein riesiger Bär aus, im nächsten Moment wie ein Wolf mit roten Augen und heraushängender Zunge, und schließlich verwandelte sich das Wesen in einen turmhohen, grimmig dreinschauenden Mann, der eine breite Axt schwang. Einen Moment lang glotzten die beiden jungen Männer nur blöde, dann rannten sie davon, wobei sie das Gefühl hatten, ihnen säße ein riesiger schwarzer Adler im Nacken. Sie liefen immer schneller und verschwanden um die Ecke.

»Ich wußte doch, daß der Stoff, den du mir verkauft hast, gepanscht war!« rief der eine dem anderen zu.

»Sind Sie okay?« erkundigte sich Brynjolf besorgt, als er zurückgeflogen kam und sich auf dem Außenspiegel eines Autos niederließ. Er ordnete mit dem Schnabel die zerzausten Federn und verwandelte sich dann in eine Schachfigur zurück. »Tut mir leid, daß ich so lange gebraucht hab«, entschuldigte er sich. »Ich konnte mich einfach nicht entscheiden. Mit dem Bären klappt so was normalerweise gut, aber der Wolf ist bequemer.«

»Das war toll«, murmelte Hildy. Sie atmete schwer, und ihr neuer Anorak war voller Essig. »Danke.«

»Keine Ursache«, sagte eine Stimme in ihrer Manteltasche. »Übrigens, wer war das überhaupt?«

»Irgendwelche Straßenräuber, nehme ich an«, antwortete Hildy. »So was wie Diebe.«

»Kenn ich nicht«, sprach ihre Manteltasche. »Na ja, diese jungen Leute heutzutage.«

»Erzählen Sie aber bitte dem König nichts davon«, bat Hildy. »Er würde sich nur unnötige Sorgen machen.«

»Wie Sie meinen.«

Nach ihrer Rückkehr erzählte Hildy dem König nichts von dem Überfall, aber sie reichte Brynjolf die Minisalami. Das war ihres Erachtens das mindeste, was sie tun konnte.

Am nächsten Morgen ließen sie den Lieferwagen stehen und machten sich zunächst zu Fuß auf den Weg. Dann fuhren sie mit der U-Bahn von Old Street nach Bank und stiegen dort in den Zug nach St. Paul's Cathedral um. Grundsätzlich schien die U-Bahn weder für den König noch für den Zauberer irgend etwas Beunruhigendes zu haben, aber Brynjolf und Arvarodd gefiel der Anblick der Schächte überhaupt nicht.

»Weißt du, was das meiner Vermutung nach ist?« flüsterte Arvarodd dem Verwandler zu.

»Was denn?«

»Eine Grabkammer«, antwortete der Held von Permia, »wie diese Säulengräber auf Orkney, nur größer. Die hier müssen meilenlang sein.«

»Und worin befinden wir uns dann? In einem Sarg?« Brynjolf sah sich im Abteil um. »Ich sehe gar keine Leichen.«

»Dann muß es sich um die Gruft eines Königs handeln«, meinte Arvarodd. »Sieh mal, da ist ein Diagramm oder so was, da oben an der Seite.«

Brynjolf stand auf und studierte den Plan. »Ich vermute, du hast recht«, sagte er, als er auf seinen Platz zurückkehrte. »Ich glaube, hier liegen mehrere Königshäuser begraben. Diese farbigen Striche, die die Namen miteinander verbinden, das müssen die Stammbäume sein. Du meine Güte, haben die lustige Namen! Sieh mal, hier liegt das ganze Haus von Kensington begraben: South Kensington, West Kensington, High Street Kensington ...«

»Und sogar Kensington Olympia«, warf Arvarodd ein. »Das muß aber eine mächtige Königsfamilie gewesen sein.«

»Die Parks aber auch«, fuhr Brynjolf fort. »Und dann die Actons draußen im Westen. Natürlich alle hoffnungslos miteinander verwandt oder verschwägert«, fügte er hinzu, als er die diversen Überschneidungen der farbigen Linien in Euston entdeckte. »Kein Wunder, daß die an Größenwahn gelitten haben.«

Hildy bekam das Ende dieser Unterhaltung mit, entschied sich aber, sich nicht einzumischen; eine vollständige Erläuterung des Londoner U-Bahn-Netzes wäre ihr zu kompliziert gewesen. Zudem hatte sie als erfahrene Archäologin das Gefühl, daß die Erklärungsversuche der beiden viel besser waren als die sonst üblichen.

In der Station ›St. Paul's Cathedral‹ stiegen sie aus und gingen zur Rolltreppe. Hildy hatte das Gefühl, ihnen diese technische Errungenschaft der Neuzeit erklären zu müssen, aber die Helden schienen das Prinzip sofort zu begreifen — es mußte in Geirrodsgarth auch welche gegeben haben. Vor der Rolltreppe blieb Arvarodd stehen und las das Hinweisschild.

»›Auf der Rolltreppe müssen Hunde getragen werden‹«, las er laut vor. »O Mann, hätten wir doch einen Hund mitgenommen! Jetzt müssen wir die ganzen Treppen *hochlaufen!*«

»Also gut«, stöhnte Brynjolf. »Überlaß das mir.« Er seufzte tief und verwandelte sich in einen kleinen Terrier. Arvarodd hob ihn auf und klemmte ihn unter den Arm. »Aber wenn du deine Fahrkarte verloren hast, bist du selbst schuld.«

Als sie den Ausgang zur Straße erreichten, war das Objekt ihrer Suche schon sichtbar. Bevor Hildy darauf zeigen und es als das Gebäude identifizieren konnte, das sie durch den Bergkristall hindurch gesehen hatte, bestaunten ihre Begleiter bereits den gewaltigen schwarzen Wolkenkratzer, der alle anderen Gebäude von Cheapside überragte.

»Das ist typisch für ihn, keine Spur von Originalität«, mäkelte der König.

»Gehen wir jetzt gleich rein oder was?« fragte Arvarodd voller Tatendrang, und seine Hand spannte sich um den Griff der Sporttasche, in der er sein Kettenhemd und das Kurzschwert verstaut hatte.

»Nein«, entschied der König.

»Und warum nicht, verdammt noch mal?« beschwerte sich Arvarodd.

Hildy fiel auf, daß Arvarodd stark schwitzte. Aber er hatte keine Angst. Es war etwas Geheimnisvolles, Gefährliches an ihm, und sie zog sich vorsichtshalber ein Stückchen von ihm zurück.

»Weil wir nicht einmal durch das Eingangstor kommen würden«, antwortete der König ruhig, der in diesem Augenblick eiskalt wirkte. Er stand regungslos da, doch seine Augen huschten rasch hin und her, während er das Gebäude genau musterte, damit ihm auch nicht der geringste Hinweis entging. »Vielleicht würden wir es sogar schaffen, aber das könnte für uns alle schlecht ausgehen. Ich glaube nicht, daß körperliche Gewalt angebracht ist.«

»Ich sehe nicht allzu viele Möglichkeiten für uns«, murmelte Brynjolf nachdenklich. »Es sei denn, du willst, daß ich ...«

»Das will ich mit Sicherheit nicht«, fiel ihm der König ins Wort, »deine Zauberkraft würde da drinnen nicht funktionieren.« Plötzlich machte er auf dem Absatz kehrt und zog sich mit dem Zauberer ein paar Schritte zurück.

»Was ist denn jetzt los?« fragte Hildy verblüfft. »Er wird doch jetzt nicht aufgeben wollen, oder?«

Arvarodd schüttelte den Kopf. »Er ist der König«, war alles, was er sagte.

Hrolf Erdenstern und der Zauberer tuschelten miteinander, und sie schienen sich schließlich auf etwas geeinigt zu haben, denn der König kam zurück und ging direkt auf Hildy zu.

»Verraten Sie mir bitte: Wie gelangt die Kraft, die all diese Maschinen antreibt, in das Gebäude hinein?« fragte er.

Hildy erzählte ihm von der öffentlichen Stromversorgung und den unterirdischen Kabeln. Er nickte nachdenklich und lächelte plötzlich.

»Und alle die Häuser und Gebäude in der Stadt sind wirklich an ein und dieselbe Energiequelle angeschlossen?« hakte er nach.

»Ich denke schon«, antwortete Hildy verunsichert. »Genau weiß ich das natürlich auch nicht.«

»Also brauchen wir ein Gebäude«, stellte der König fest.

»Den Baum runter, vier Felder überspringen, und das ist Matt.«

Die Stromversorgung des Computers schwankte plötzlich. Der grimmig dreinschauende Mann erhob sich von seinem Schreibtisch und schlug wütend mit der Faust auf den Acrylglasbehälter.

»Einmal noch«, schimpfte er laut, »und ich nehme euch das Spiel weg!«

»Entschuldigung«, sagten die schwach glühenden Wesen im Innern des Behälters im Chor.

»Also gut«, beruhigte sich der grimmig dreinschauende Mann. »Aber paßt ab jetzt gefälligst auf, daß das nicht zu oft geschieht.«

Er runzelte die Stirn und kehrte an seinen Schreibtisch zurück.

»Es fehlt nicht mehr viel, und ich laufe direkt an seinem Arm hoch und erledige ihn mit einem Stromschlag«, flüsterte Prexz.

»Das traust du dich ja doch nicht«, zischte Zxerp verächtlich. »Außerdem trägt er vielleicht Gummisohlen, und was dann?«

»Wie ich bereits gesagt hab«, preßte Prexz zwischen den Zähnen hervor, »Matt.«

»Wen interessiert das schon?« Zxerp streckte die Hand aus und warf seine Koboldfigur als Zeichen der Aufgabe um. »Wie ist der Spielstand?«

Prexz sah auf der Karte nach. »Das macht neunundneunzigtausendneunhundertneunundneunzig Sätze und acht Spiele für mich und vier Spiele für dich.«

»Mit diesem Spiel?«

»Ohne«, antwortete Prexz und machte einen weiteren Strich auf die Karte. »Also brauche ich jetzt nur noch ein Spiel bis zum Matchgewinn. Da hast du noch einiges aufzuholen.«

»Dann kann ich ja genausogut aufgeben«, resignierte Zxerp. Er legte sich auf den Rücken, stemmte die Füße gegen die Behälterwand und verschränkte die Arme hinter dem Kopf. »Dann können wir wieder von vorn anfangen.«

»Sei doch nicht immer so verdammt pessimistisch!« schimpfte Prexz. »Ich hab zwar sehr gute Chancen zu gewinnen, da stimme ich dir zu, aber noch ist alles offen.«

»Wir hätten lieber das Damespiel mitnehmen sollen. Außerdem hab ich Hunger«, stöhnte Zxerp.

»Du hast immer Hunger. Ist noch was von der statischen Aufladung da, oder hast du alles ausgesoffen?«

»Bedien dich!« Es folgten ein schwaches knisterndes Geräusch und ein paar blaue Funken. »Diese Trickkiste da drüben saugt aus einem aber auch alles raus«, fuhr Zxerp fort. »Wenn wir das Ding weiter am Laufen halten sollen, brauche ich mehr als die eine oder andere statische Aufladung, um meine Elektronen und Neutronen zusammenzuhalten.«

Prexz drehte sich um und glotzte den Computer an. Der zwinkerte ihm mit einem grünen Licht zu und begann irgend etwas auszudrucken. In diesem Moment spürte Prexz eine Vibration in dem Draht, der in sein linkes Ohr führte. Zxerp fühlte das gleiche. Er wollte sich gerade beschweren, doch Prexz zischte ihn an, er solle gefälligst still sein, und flüsterte: »Es kommt durch das Hauptkabel rein.«

»Schmeckt prima«, freute sich Zxerp, »eine Idee zu salzig vielleicht ...«

»Du darfst das Zeug nicht essen, du Blödmann! Das ist eine Nachricht.«

»Du meinst, der alte ›Feile-im-Kuchen-Trick‹?«

»So was in der Richtung.« Prexz schloß die Augen und versuchte sich zu konzentrieren. »Ich glaube, es ist der Zauberer.«

»Kotkel?« Zxerp beugte sich vor.

»Er spricht durch das Hauptkabel in die Maschine, an die wir angeschlossen sind. Ehrlich, dem fällt aber auch immer was ein.«

Die beiden Geister lagen völlig regungslos da. »Wir versuchen, euch rauszuholen«, hörten sie, »also haltet euch bereit. Aber es wird nicht einfach sein. Versucht nicht zu antworten, sonst unterbrecht ihr den Stromkreis. Bon appétit.«

»Sehr geschmackvoll ausgedrückt«, flüsterte Zxerp. Dann rülpste er laut.

Der Hotelportier warf Hildy einen äußerst merkwürdigen Blick zu, als sie an ihm vorbeiging, und sie konnte es ihm nicht einmal verübeln. Schließlich war sie erst vor knapp einer Stunde mit vier seltsam aussehenden Männern hereingekommen, hatte ein Zimmer gemietet und verließ nun mit ihnen wieder das Hotel. Immerhin war es diesen peinlichen Moment wert gewesen, denn dem Zauberer war es gelungen, durch die Badezimmersteckdose mit den beiden gefangenen chthonischen Geistern zu sprechen. Hildy hatte zwar keine Ahnung, wie er das geschafft hatte, aber sie schienen auf diese Weise tatsächlich eine Nachricht von ihm erhalten zu haben. Jetzt kam es darauf an, schnell von hier fortzukommen, falls Kotkels Nachricht abgehört und zurückverfolgt worden war.

Der Lieferwagen stand immer noch dort, wo sie ihn abgestellt hatte (wieso überraschte sie das eigentlich? Es ging lediglich um einen ganz normalen Lieferwagen, geparkt in einer ganz normalen Straße). Sie stiegen alle ein und fuhren davon, ohne die geringste Ahnung zu haben, wohin sie fahren sollten und warum. Der König saß mit dem Zauberer und dem Verwandler hinten und war mit den beiden in eine mystische Diskussion vertieft. Aber Arvarodd saß vorn, und er schien ungewöhnlich frohen Mutes zu sein.

»Sie brauchen keine Angst zu haben«, beruhigte er sie, als sie durch Highgate fuhren. »Wir haben schon viel tiefer in der Patsche gesessen als jetzt, glauben Sie mir.«

»Zum Beispiel?« In Gedanken blickte Hildy auf die Heldensagen Skandinaviens zurück und suchte nach Parallelen, aber die Suche war vergebens. Normalerweise hatten die alten Helden ihre unglaublichen Bewährungsproben entweder mittels brutaler Gewalt oder dank kindisch anmutender Tricks überstanden.

»So ganz spontan fällt mir leider kein Beispiel ein«, antwortete Arvarodd mit unbarmherziger Fröhlichkeit. »Aber für mich sieht es so aus, als würde es sich um ein einfaches ›Uneinnehmbare-Festung-Problem‹ handeln. Darüber brauchen wir uns jetzt nicht den Kopf zerbrechen.«

»Und warum nicht?« fragte Hildy verdrossen. Ihres Erachtens waren die Worte ›einfach‹ und ›uneinnehmbare Festung‹ nur schwer miteinander in Einklang zu bringen.

»Sie machen sich zuviel Sorgen«, antwortete Arvarodd, und Hildy ärgerte sich sichtlich darüber. »Das kommt davon, wenn man kein Vertrauen zum König hat. Schließlich sind Könige dazu da, damit sich Leute wie wir keine Sorgen zu machen brauchen.«

Hildy, die sich hatte überreden lassen, die Demokraten zu wählen, konnte nicht zustimmen. »Der König scheint nicht zu begreifen, daß er ...«

»Der König begreift alles«, unterbrach Arvarodd sie. »Und wenn nicht, wer will das schon wissen?« Der Held von Permia gähnte und verschränkte die Arme. »Wenn der König sagt: ›Greift die Armee dort drüben an‹, und du fragst: ›Welche Armee?‹, und er antwortet: ›Die, die uns zahlenmäßig zwanzigfach überlegen ist. Dahinten in der uneinnehmbaren, natürlichen Verteidigungsstellung gleich unterhalb des Hügels mit den Schafen darauf‹, dann tust du das. Und wenn es klappt, sagst du: ›Welch hervorragender Feldherr unser König doch ist‹, und wenn nicht, dann kommst du nach Walhalla. Auf diese Weise ist jeder ein Sieger, wirklich.«

»Bezeichnen Sie so etwas als einfaches ›Uneinnehmbare-Festung-Problem‹?«

»Genau. Man hat immer zwei Möglichkeiten. Man kann eine scharfsinnige Strategie ausarbeiten, um ins Innere zu gelangen, dazu noch eine ähnlich scharfsinnige Strategie, um hinterher wieder rauszukommen, oder man nimmt eine Axt und schlägt die Tür ein. Wir nennen das die ›Methode sicherer Tod‹. Letztendlich ist die zweite Vorgehensweise leichter und konsequenter als dieses ganze Herumgerede, aber man muß eben so tun, als ob.«

»Also glauben Sie, daß es dazu kommen wird?« fragte Hildy aufgeregt.

»Keine Ahnung, nicht mein Problem.«

Nachdem sie noch einmal getankt hatte — Hildy fragte sich, ob man für genügend Gutscheine auch einen Challenger-Panzer bekommen würde, der unter den gegebenen Umständen sicherlich ganz praktisch gewesen wäre —, parkten sie in einer Seitenstraße am Rande von Hampstead Heath und hielten Kriegsrat.

»Ich sehe die Lage folgendermaßen«, begann der König, »der große Turm, der übrigens selbst dann uneinnehmbar wäre, wenn wir ihn angreifen könnten — was nicht der Fall ist —, wird Tag und Nacht bewacht. Unser Feind hat die beiden chthonischen Geister in seiner Gewalt, die äußerst wichtig für uns sind. Ohne sie haben wir keine Aussicht zu überleben, geschweige denn zu siegen. Wegen der Gefahr, entdeckt zu werden, und weil eine Entdeckung zum jetzigen Zeitpunkt die sichere Niederlage bedeuten würde, können wir die Örtlichkeiten nicht genauer erkunden. Folglich wissen wir absolut nichts über den Turm, was uns bei irgendeinem Plan oder Vorhaben behilflich sein könnte. Wir wissen weder, wie wir hineingelangen können, noch, wie wir wieder rauskommen. Wenn wir etwas unternehmen wollen, müssen wir dieses gerade wegen der Gefahr, entdeckt zu werden, sofort tun. Deshalb will ich nur vernünftige Vorschläge hören.«

»Warum greifen wir nicht einfach an?« schlug Brynjolf vor. »Dann kämen wir alle nach Walhalla und hätten dort 'ne Menge Spaß.«

Der Zauberer machte ein Geräusch wie eine abgenutzte Scheibenbremse. Der König nickte und übersetzte: »Der Zauberer meint, daß die Lage noch nicht ganz aussichtslos sei, daß Mut und Weisheit gemeinsam Stein zerbrechen und Stahl verbiegen könnten und wir eine Aufgabe zu erfüllen hätten. Außerdem sei Walhalla heutzutage ziemlich heruntergekommen, weil keiner mehr hingehe. Seiner Ansicht nach sind die Handtücher in den Badezimmern mit Sicherheit durchgescheuert, und er hat es nicht eilig, dorthinzukommen. Er hat mir gesagt, er wisse das alles von Odins Raben, Hugin und Munin, die ihm jeden Morgen die neuesten Nachrichten bringen, und die müssen es ja wissen. Noch jemand?«

Bevor noch jemand etwas sagen konnte, füllte sich der Innenraum des Lieferwagens mit einem schrillen Pfeifen, und Hildy merkte, daß es aus ihrer Tasche kam.

Zuerst dachte sie, es sei das kleine Alarmgerät, das sie zu ihrer eigenen Sicherheit häufig bei sich trug, aber das machte *piep-piep*, und außerdem hatte sie es in St. Andrews gelassen.

»Das ist der Seherstein!« rief Brynjolf laut, um sich Gehör zu verschaffen.

»Sie meinen, so eine Art Funkrufempfänger?« Hildy wühlte in der Tasche herum und kramte schließlich den kleinen blauen Bergkristall hervor. Er war wieder warm, und das Geräusch ging eindeutig von ihm aus. Voll ängstlicher Erwartung führte sie den Stein ans Auge und sah ...

»Wirklich, wir werden mitkommen, ohne Widerstand zu leisten«, versicherte Danny dem Polizisten.

Der Sergeant stützte sich schmerzvoll auf einem seiner Ellbogen ab. »Ach, das tun Sie ja doch nicht«, stöhnte er. »Das haben Sie schon mal gesagt.«

»Sie hätten eben nicht versuchen sollen, ihm Handschellen anzulegen«, tadelte Danny. »Das hat ihm nicht gefallen.«

»Das habe ich gemerkt«, nuschelte der Sergeant und spuckte einen Zahn aus. »Wenn Sie alle so sind, muß ich losgehen und Verstärkung anfordern.«

»Weigern Sie sich etwa, unsere Kapitulation anzunehmen?« fuhr Ohtar ihn wütend an.

»Ja«, entgegnete der Sergeant gefaßt, »die nähme ich nicht mal geschenkt.«

»Wie Sie wollen.« Ohtar tippte mit den Fingern auf einen großen Stein. »Der letzte, der sich geweigert hat, meine Kapitulation anzunehmen, wurde zum Langzeitpatienten. Und ich weiß nicht einmal, ob er überhaupt wieder gesund wurde.«

Der Sergeant betrachtete seine zerschundenen und blutenden Kollegen und die acht grimmig dreinschauenden Lachsdiebe, die direkt neben ihnen standen. Er schien kaum eine Wahl zu haben.

»Also gut, wenn Sie sich sicher sind«, willigte er ein.

»Wir sind uns sicher«, entgegnete Ohtar ungeduldig. »Schließlich hat man uns befohlen, uns keine unnötigen Probleme aufzuhalsen.«

»Das sind die anderen«, sagte Hildy. »Sie haben ernste Probleme.«

8. Kapitel

Von London nach Bettyhill sind es zwar fünfhundertzwanzig Meilen Krähenluftlinie, aber wenn es sich bei der fraglichen Krähe um einen durchtrainierten Verwandler handelt, der es zudem eilig hat, dauert die Reise nur etwas länger als zwei Stunden.

Brynjolf ließ sich auf der Fensterbank der Polizeiwache nieder und glättete die zerzausten Federn. Abgesehen von einer Turbulenz über Derby und einem unangenehmen Moment über Dornoch, als ein Bussard seine Bahn kreuzte, war der Flug relativ ereignislos verlaufen, und er wußte, daß der verzwickte Teil seiner Mission noch vor ihm lag. Vorsichtig spähte er durch das Fenster und lauschte.

»Nein, ich weiß nicht, wer diese Leute sind«, sagte der blaugekleidete Mann, »aber sie haben uns mächtig eingeheizt. Vielleicht solltet ihr einen Wasserwerfer oder so was hochschicken.«

Die Antwort auf dieses Ersuchen war offensichtlich nicht die, die der blaugekleidete Mann erwartet hatte, denn er antwortete nur »Ach … sehr witzig« und knallte den Hörer auf die Gabel. Brynjolf hüpfte vom Fensterbrett, breitete die Flügel aus und segelte im Gleitflug davon, um darüber nachzudenken, was es als nächstes für ihn zu tun gab.

Sehr verzwickt, das Ganze, sagte er sich und wetzte den

Schnabel an einem flachen Stein, um seinen Gedanken auf die Sprünge zu helfen. Die Verwandlung in eine andere Körperform war jedoch eine rein äußerliche Erscheinung, und so gab er das Schnabelwetzen schnell wieder auf. Die Helden zu befreien, wäre an sich kein Problem; das konnten sie sogar leicht selbst erledigen. Aber sie dort unauffällig herauszubekommen, um kein weiteres Aufsehen zu erregen, würde sehr viel schwieriger werden. Er ging seine geistige Bibliothek nach entsprechenden Präzedenzfällen für Helden durch — Heldenrettung durch einen plötzlichen Sturm, einen zufällig vorbeikommenden Drachen oder göttliches Eingreifen —, aber irgendeine innere Eingebung sagte ihm, daß solche Effekte das Gegenteil bewirken könnten. Als Alternative bot sich die Geschichte mit dem falschen Kurier an, aber die erforderte eine gewisse Kenntnis der örtlichen Gegebenheiten, damit sie gelang. Zudem hatte er keine Ahnung, von wem die blaugekleideten Männer ihre Befehle erhielten, wie ihre Befehlshaber aussahen und welche Freund-Feind-Kennung man benötigte. Er hatte schon fast beschlossen, sich in den Zellenschlüssel zu verwandeln und es auf diese Art zu erledigen, als ihm die Lösung einfiel, auf die er eigentlich als erstes hätte kommen müssen: die Sache mit der doppelten Verwirrung oder der ›Drei-Trolle-Trick‹.

Zuerst verwandelte er sich in eine Fliege und krabbelte durch das Schlüsselloch der Hintertür ins Innere des Gebäudes. Einmal drinnen, schwirrte er aufmerksam durch die Räume, bis er die Zelle gefunden hatte, in der die Gefangenen festgehalten wurden. Es war eine kleine Zelle, und sie schienen sich alle äußerst unwohl zu fühlen. Brynjolf drehte eine zweite Runde und zählte die blaugekleideten Männer. Es waren nur drei; genau die richtige Anzahl.

Der Drei-Trolle-Trick, der so heißt, weil Trolle immer darauf hereinfallen, ist im Grunde genommen sehr einfach. Der Verwandler wartet, bis einer der Wärter nach den Gefangenen sieht. Dann verwandelt er sich in das genaue Ebenbild von einem der beiden zurückgebliebenen Wärter, geht dem ersten Wärter hinterher, behauptet, Anweisungen von einer höheren Stelle erhalten zu haben, und läßt die Gefangenen frei, die zusehen, daß sie schleunigst wegkommen. Anschließend verschwindet er und überläßt es den anderen Wärtern, den Irrtum zu bemerken und denjenigen zusammenzustauchen, der ihrer Vermutung nach seine Pflicht verletzt hat. Zu Brynjolfs Zeiten hätte der vermeintliche Verräter nicht lange genug gelebt, um das Mißverständnis aufklären zu können. Obwohl sich die Sitten und Bräuche im Lauf der Jahre drastisch verändert hatten, rechnete Brynjolf dennoch damit, daß man den Fehler einem Irrtum in der Verwaltung zuschreiben und somit geheimhalten würde. Er machte sich an die Arbeit, und wie gewöhnlich funktionierte das System tadellos. Der große Wärter gab ihm seinen Zellenschlüssel, die Tür schwang auf, und die ziemlich mürrisch dreinblickenden Helden marschierten heraus.

Was Brynjolf übersehen hatte, war die Tatsache, daß sich durch den fast dreistündigen Arrest in einer überfüllten Zelle und eine endlose Flut witziger Bemerkungen von Angantyr Bothvar Bjarkis Laune, der man selbst in den besten Zeiten ständig auf die Sprünge helfen mußte, nicht gerade gebessert hatte. Zudem hatte Brynjolf versehentlich das Aussehen desjenigen Polizisten angenommen, der zuvor so dumm gewesen war, mit einem gezielten Faustschlag gegen Bothvars Kinn die Prügelei auszulösen. Als nun Brynjolf, der in seiner Rolle voll aufging, Bothvar Bjarki in den Rücken stieß und in bester Wachtpostenmanier grunzte: »Jetzt beweg dich schon, du Penner!« war es unausweichlich, daß Bothvar sich umdrehte und ihm nun seinerseits einen knallharten Schwinger verpaßte. Genauso unausweichlich war es, daß Brynjolf vergaß, nur eine Rolle zu spielen. Er hatte Bothvar nämlich noch nie richtig ausstehen können, weil dieser die Angewohnheit besaß, sich jedesmal beim Essen mit einer Axt die Fußnägel zu schneiden. Folglich nahm er wieder seine ursprüngliche Gestalt an und zahlte den Schlag mit Zins und Zinseszins zurück. Der Umstand, daß er sich mit drei zusätzlichen Armen rematerialisiert hatte, war auf einen reinen Reflex zurückzuführen.

Brynjolf wurde zwar im selben Moment klar, was er angerichtet hatte, aber da war es schon zu spät. Die anderen beiden blaugekleideten Männer waren, alarmiert durch den Aufruhr, längst herbeigeeilt, und standen nun mit offenen Mündern da.

»Das kommt davon, wenn man versucht, besonders schlau zu sein«, keuchte Bothvar, während er ohne Hilfe wieder auf die Beine kam.

»Mit dir befasse ich mich später«, zischte Brynjolf. Die drei Polizisten, die überlegten, mit wem er sich wohl zuerst befassen wollte, flohen zur Tür, aber die massige Gestalt von Starkad Storvirksson versperrte ihnen den Weg. Nach einem recht einseitigen Handgemenge landeten die Polizisten auf einem Haufen am Boden. Starkad, der sich an seine guten Manieren erinnerte, schloß die Tür.

»Hört mal!« rief eine Stimme hinten im Raum. »Laßt mich die Angelegenheit regeln.«

Brynjolf drehte sich um und suchte nach der Quelle. »Ist das auch einer von denen?« fragte er und zeigte auf Danny Bennett.

»Nein, das ist dieser Zauberer aus dem Lieferwagen, als du dich in einen Adler verwandelt hast«, klärte Ohtar ihn auf.

»Der?« rief Brynjolf ungläubig. »Wie kommt der denn hierher?«

»Wir haben ihn im Moor gefunden«, erklärte Angantyr und legte den baumgleichen rechten Arm um die Schulter seines neuen Freundes. »Ein komischer Kauz. Ein richtiges Leckermäulchen, ist ganz wild auf Möwenfleisch. Aber er ist jetzt auf unserer Seite. Sie werden das bestimmt für uns regeln, nicht wahr?« Er klopfte Danny freundschaftlich auf den Rücken, wobei er ihm fast das Schlüsselbein brach.

Danny trat vor und beugte sich über die Polizisten. »Ich fürchte«, begann er verlegen, »es hat da ein kleines Mißverständnis gegeben.«

»Ach, was Sie nicht sagen«, stöhnte der Sergeant.

»Wissen Sie«, fuhr Danny fort, »meine ... meine Freunde hier haben keine Lachse gewildert. Genauso wie ich verabscheuen sie jegliche Art von Jagdsport.« Der Sergeant prustete verächtlich, aber Danny fuhr unbeeindruckt fort: »In Wahrheit gehören sie einem Spezialtrupp an, der einer bösartigen Verschwörung auf der Spur ist, mit der unsere Demokratie ausgehöhlt werden soll. Wirklich, wir brauchen Ihre Hilfe.«

Der Sergeant blieb von dieser Bitte merkwürdig unberührt. Er stöhnte leise, rollte sich auf den Bauch und lag nun mit dem Gesicht auf dem Boden. Danny seufzte; er war an das störrische Verhalten von Polizisten gewöhnt.

»Wenn Sie nichts dagegen haben, gehe ich jetzt einfach nach vorn und benutze Ihr Telefon.« Danny stieg über die am Boden liegenden Polizisten und verließ den Raum.

»Ist das jetzt alles geklärt?« fragte Angantyr die Polizisten. »Ihr nehmt uns das hoffentlich nicht übel, oder?«

Einer der Polizisten hob den Kopf und deutete sein Einverständnis an. »Gut. Wir fesseln euch nur noch schnell, und dann verschwinden wir und stehen euch nicht länger im Weg rum.«

Mittlerweile war Danny zu seinem Chef in London durchgekommen.

»Was, zum Teufel, machen Sie da oben?« schimpfte der Boß. »Ich hatte gerade einen äußerst seltsamen Anruf von einem Kamerateam. Die behaupten, von Irren zusammengeschlagen worden zu sein und in einer verlassenen Hügellandschaft festzusitzen. Die haben auch gesagt, daß Sie irgendwann abgehauen und wahrscheinlich an Unterkühlung gestorben sind. Ich vermute, die klagen deshalb noch eine Entschädigung wegen des schmerzlichen Verlustes eines Mitarbeiters ein.«

»Hören Sie, ich hab nicht soviel Zeit und ...«

»O nein«, unterbrach ihn der Chef. »Sie werden doch wohl nicht wieder vom Fischministerium verfolgt, oder? Ich dachte, mit dem Kram wären wir durch.«

»Es ist nicht das Fischministerium, es ist ...« Danny überprüfte sich selbst. Das wichtigste war jetzt, die Nerven zu behalten. »Ich bin diesmal an einer wirklich großen Sache dran.«

»Wo auch immer Sie dran sind, legal ist es bestimmt nicht«, warf der Chef ein.

»Diese Story hat alles«, fuhr Danny fort, »multinationale Konzerne, Atomkraft, Spiritismus, Wikingergräber, einfach alles.«

»Was ist mit Tieren?«

Danny dachte an den Adler, der die Lieferwagen angegriffen hatte. »Kommen auch vor. Es gibt sogar einen eindeutigen Tierweltaspekt. Auch Ökologie und Polizeibrutalität.«

Der Chef war einen Moment lang still. »Und es hat überhaupt nichts mit Milch zu tun?«

»Das hier ist größer als Milch«, schwärmte Danny. »Es geht um ein weltumfassendes Problem.« Irgendwie hatte Danny den Eindruck, daß sein Herr und Meister nicht überzeugt war. Verzweifelt spielte er seinen letzten Trumpf aus. »Sie wollen sich diese Story doch wohl nicht entgehen lassen wie damals, als Sie die Sache mit dem Goldhamster dieses kleinen Mädchens, der in Porton Down verlorenging, nicht verfolgt haben und die Konkurrenz sich darauf gestürzt hat, oder? Am Ende wurde daraus eine eigene Serie. Erinnern Sie sich?«

»Also gut«, willigte Dannys Chef ein. »Erzählen Sie mir mehr von Ihrer Story.«

»Warum hast du so lange gebraucht?«

Die Krähe ließ sich müde vom Dach des Lieferwagens fallen und setzte sich auf das Handgelenk des Königs.

»Hab mich verflogen«, murmelte sie und faltete die regendurchnäßten Flügel zusammen. »Meine eigene Dummheit. Nächstes Mal fliege ich als Taube.« Die Krähe verschwand und wurde durch einen erschöpften Verwandler ersetzt.

»Und? Wie ist es gelaufen?« fragte der König neugierig und bot dem Verwandler die verzauberte Bierdose an. Brynjolf nahm ein paar kräftige Züge und wischte sich den Mund mit dem Ende seines Barts ab.

»Nicht so gut, fürchte ich. Ich hab zwar alle befreien können, aber es hat Komplikationen gegeben.« Er berichtete dem König in knappen Worten, was geschehen war, und fuhr dann fort: »Aber da ist noch etwas. Erinnerst du dich an diese komischen Zauberer in den Lieferwagen, die wir auf Hildys Rat hin aufhalten sollten?«

»Was ist mit denen?«

»Einer von denen, der Chefzauberer, ist wieder aufgetaucht. Anscheinend haben die Jungs ihn gefangengenommen, als er in den Bergen herumirrte. Angantyr glaubt, daß er jetzt auf unserer Seite ist.« Er machte eine Pause, damit der König seine eigenen Schlußfolgerungen ziehen konnte.

»Und? Ist er auf unserer Seite?«

»Wer weiß? Nach der Rauferei ist er rausgegangen und hat eins dieser Telefondinger benutzt. Kann sein, daß er wirklich auf unserer Seite ist, aber ich würde nicht darauf wetten.«

»Das werden wir bald wissen«, mischte sich Hildy ein und schaute auf die Uhr. »Wir müssen nur irgendwo einen Fernseher auftreiben.«

Erst im dritten Pub, das sie besuchten, gab es einen Fernseher, aber dort lief gerade eine Folge des ›Denver Clan‹. Als Hildy umschaltete, hagelte es zunächst Proteste, denen sich Brynjolf sogar anschloß. Aber als der König aufstand und den Blick durch den Schankraum schweifen ließ, schien niemand mehr auf seiner Meinung beharren zu wollen. Die Neun-Uhr-Nachrichten kamen. Hildy ergriff den Stiel ihres Glases und wartete gespannt.

Zuerst wurde ein Bericht aus dem Nahen Osten gezeigt, dann eine Reportage über das Gesundheitswesen und ein Interview mit dem zuständigen Minister (»Mensch, den kenn ich von irgendwoher!« platzte Arvarodd los und beugte sich vor. »Hat der nicht in der Nähe von Brattahlid Landwirtschaft betrieben?«). Schließlich folgten etwas längere Beiträge über die Begrenzung der durch die Regierung erhobenen Gemeindesteuer und einen kleineren Spionagefall. Dann gab es noch einen Bericht über einen gestrandeten Wal in der Nähe von Plymouth — die Wikinger leckten sich instinktiv die Lippen — und zum Schluß die Sportnachrichten. Hildy entspannte sich allmählich.

»Soeben erreicht uns noch eine aktuelle Nachricht«, sagte der Sprecher mit versteinertem Gesicht. »Im Norden Schottlands wurde eine Großfahndung ausgelöst, die in gewissem Zusammenhang mit der Entdeckung eines Wikingergrabs und dem spurlosen Verschwinden einer amerikanischen Archäologin namens Hildegard Frederiksen steht.«

Es folgte ein Panoramablick auf einen unidentifizierbaren Berg.

»Zehn Männer, die vermutlich gewalttätig sind, entkamen heute aus dem Polizeigewahrsam in Bettyhill. In ihrer Begleitung befindet sich ein BBC-Produzent, den die Unbekannten höchstwahrscheinlich als Geisel nahmen. Die Polizei ist bereits mit Spürhunden auf der Suche nach den Männern, die anscheinend mit Schwertern, Äxten und Speeren bewaffnet sind. Berichte, denen zufolge die Männer Mitglieder einer extremistischen Gruppe von Kernkraftgegnern sind, die sich gegen den schnellen Brüter in Caithness wenden, wurden bisher nicht bestätigt. Auch ihre Verbindung zu einem Grabhügel, der in der Nähe von Rolfsness entdeckt wurde und in dem sich ein wertvoller Wikingerschatz befindet, beruht lediglich auf Vermutungen. Ein Sprecher der Kriegsgräberfürsorge lehnte jeden Kommentar dazu ab. Bei dem Mann, der als Geisel festgehalten wird, handelt es sich um Danny Bennett, unseren Zuschauern bestens bekannt durch seine volksnahen Reportagen über das Leben in Cotswold, zu denen auch ›Das Landleben am Donnerstag‹ gehört sowie ›Ein Mann und sein Traktor‹, der für die Goldene Iris als bester Dokumentarfilm nominiert wurde.«

»Ich wußte gar nicht, daß Sie spurlos verschwinden können, Hildy«, murmelte Brynjolf bewundernd. »Benutzen Sie dazu einen Talisman oder nur Runen?«

Als sie wieder im Lieferwagen saßen, diskutierten der König und seine Gefährten, was sie am besten tun sollten.

»Ich bin immer noch der Meinung, wir sollten einen Angriff starten und die Sache endlich hinter uns bringen«, schlug Arvarodd vor. »Wir sollten uns auf unsere eigene Stärke verlassen und uns von diesen komischen Leuten fernhalten. Wenn wir jetzt abwarten, bis der Feind zu uns kommt, dann sind wir erledigt.«

»Da bin ich mir nicht sicher.« Die Augen des Königs leuchteten, wie sie es seit der Abreise von der Festung Borve nicht mehr getan hatten. »Ich glaube, der Feind könnte durch diesen Kurzbericht genau auf die falsche Fährte gelockt worden.«

»Wie meinst du das?«

»Denkt mal nach«, fuhr der König lächelnd fort. »Erweckt das nicht den Eindruck, als ob wir alle immer noch da oben sind und von diesen Soldaten — oder was immer die sind — über die Hügel gejagt werden? Der Feind kann der Versuchung nicht widerstehen, fährt dort hinauf und sucht nach uns, um uns zu erledigen.

Schließlich hat er von uns nichts zu befürchten, solange er die Geister hier in Sicherheit wähnt.«

»Er könnte sie mitnehmen«, gab Hildy zu bedenken.

»Das tut er garantiert nicht, denn er riskiert es niemals, daß sie uns in die Hände fallen. Wenn er aber glaubt, wir wären da oben auf der Flucht, oder noch besser, wenn er glaubt, wir wären so geschwächt, daß wir uns von diesen Idioten, von denen uns Brynjolf erzählt hat, durch die Berge scheuchen lassen« — der König grinste beunruhigend —, »dann wird er sich nicht einmal sonderlich darum scheren, was wir gegen ihn unternehmen könnten. Vielmehr wird er sich darauf konzentrieren, was er gegen uns unternehmen kann. Und das ist unsere große Chance, gerade hier in London.«

Wenn der König so etwas unter einer Chance verstand, dann hörte sich das für Hildy gar nicht gut an. »Aber was ist mit den anderen?« fragte sie. »Was ist, wenn er sie fängt?«

»Die werden auf sich selbst aufpassen müssen«, entgegnete der König knapp, und Hildy sah, daß er sich Sorgen machte. »Schlimmstenfalls bedeutet das Walhalla. Das spielt jetzt aber keine große Rolle.«

»Und *ob* das eine Rolle spielt ...«, begann Hildy, aber Arvarodd trat ihr unmißverständlich auf den Fuß. Der Schmerz war selbst durch ihren Moonboot hindurch qualvoll. »Vielleicht haben Sie recht«, murmelte sie verlegen.

»Und in der Zwischenzeit«, verkündete der König plötzlich, »gibt es für uns eine Menge Arbeit.«

Halb vier Uhr morgens. Die Fenster des Gerrards Garth House waren immer noch erleuchtet; wie ein Krokodil schlief es mit offenen Augen. Zwei der Lichter, denen es nicht gelungen war, das Telexgerät in ein Gespräch zu verwickeln, spielten Koboldzähne.

»Bist du wirklich sicher?« fragte Prexz.

Zxerp lächelte. »Ja. Matt.«

»Aber was ist, wenn ...?« Prexz hob vorsichtig den Spielstein und stellte ihn gleich wieder hin. Er war besorgt.

»Neunundneunzigtausendneunhundertneunundneunzig Sätze und neun Spiele für dich und *fünf* Spiele für mich«, jubelte Zxerp. Sollte sich sein Glück tatsächlich zum Guten wenden?

Prexz warf beleidigt seine Koboldfigur um. »Also gut«, warf er so beiläufig wie möglich hin, »ich nehme deine Aufgabe an.«

»Wer hat denn hier aufgegeben?« Zxerp stellte die Figuren wieder hin.

»Nach dem letzten Spiel hast du angeboten aufzugeben. Ich nehme an.«

»Ich habe die Aufgabe aber zurückgenommen«, widersprach Zxerp heftig und mischte die Zauberspruchkarten.

»Das darfst du nicht«, beharrte Prexz. »Regel Nummer siebenundfünfzig.«

»Das darf ich doch. Regel Nummer zweiundsiebzig hebt es wieder auf.«

Mißmutig würfelte Prexz und machte seinen Eröffnungszug. ChuChullainns Sprung; defensiv, aber absolut sicher. Es gab keine bekannte Möglichkeit, nach ChuChullainns Sprung ein Break zu schaffen.

»Matt!« rief Zxerp.

Unten auf der Straße hatte ein Lieferwagen vor den schweren Stahltüren angehalten. Der König löste sein Kurzschwert in der Scheide und zog das Jackett darüber.

»Also, Sie und Arvarodd warten hier unten, verhalten Sie sich ruhig und unternehmen Sie nichts«, ordnete er mit leiser Stimme an. »Aber halten Sie sich bereit, uns eventuell beim Verlassen des Gebäudes zu helfen.«

Hildy nickte, aber Arvarodd unternahm einen letzten Versuch und sagte: »Denk an Thruthvangir!«

Der König zuckte zusammen, dann entgegnete er gefaßt: »Das war etwas ganz anderes. Da haben die Aufzüge nicht funktioniert.«

»Sie könnten auch jetzt nicht funktionieren«, versuchte Arvarodd ihn zu überreden. »Wo würdet ihr dann bleiben?«

»Zum letztenmal«, sagte der König unbeirrt, »du und Hildy Frederikstochter, ihr bleibt im Wagen und verhaltet euch ruhig. Wenn wir Hilfe brauchen, geben wir euch ein Zeichen.«

Er öffnete die hinteren Türen und sprang leichtfüßig auf die Straße, gefolgt vom Zauberer und vom Verwandler. Lautlos liefen sie zu den Türen hinüber — Hildy war erstaunt, wie gewandt sich der Zauberer dabei bewegte — und hockten sich seitlich neben sie. Der Zauberer hatte etwas aus seiner Tasche geholt und führte es in das Schloß ein.

»Ist das ein Zauber zum Türöffnen?« flüsterte Hildy aufgeregt.

»Nein«, antwortete Arvarodd gelassen, »das ist eine Haarnadel.«

Die große Tür öffnete sich plötzlich, und Hildy machte sich auf den schrillen Ton der Alarmanlage gefaßt. Aber es blieb still, und die Tür schloß sich hinter ihnen.

»Das war's«, sagte Arvarodd. »Jetzt sind sie auf sich allein gestellt.« Er zuckte mit den Achseln und aß den letzten Keks.

»Ich verstehe das immer noch nicht. Warum gerade heute nacht?«

»Ist doch klar«, nuschelte Arvarodd mit vollem Mund. »Der Feind, so hoffen wir, ist nach Schottland gefahren. Möglicherweise ist er morgen schon zurück, nachdem er festgestellt hat, daß wir nicht dort sind. Also ist das jetzt unsere einzige Chance.«

»Aber das stimmt nicht damit überein, was der König vorher gesagt hat.«

»Ach, der … der ändert seine Meinung doch alle fünf Minuten«, grunzte Arvarodd.

»Der König hat gesagt, es sei jetzt noch zu gefährlich, um da reinzugehen«, beharrte Hildy. »Deswegen war er ja so froh, daß die anderen uns ein wenig Zeit verschafft haben.«

Arvarodd seufzte. »Also gut, wenn Sie es unbedingt wissen wollen: Er macht sich Sorgen um die anderen. Er glaubt nicht, daß sie der Aufgabe allein gewachsen sind. Vielleicht hat er recht. Er weiß, daß er sie einfach ihrem Schicksal überlassen sollte, aber andererseits ist er der König und in erster Linie ihnen verpflichtet. Es wird wieder genau wie in Thruthvangir sein.«

»Und was ist in Thruthvangir passiert?«

»Die Aufzüge funktionierten nicht.« Arvarodd blickte finster auf die Stahltüren. »Deshalb hat er mich draußen gelassen. Mein Befehl ist, nach Schottland zurückzukehren und zu versuchen, die anderen zu retten, falls er es nicht schafft, da heil herauszukommen. Ich müßte mich eigentlich geschmeichelt fühlen.«

Das also war es gewesen, was sie sich untereinander zugeflüstert hatten, während Hildy getankt hatte. »Arvarodd, wie gefährlich, glauben Sie, ist die ganze Angelegenheit?«

»Äußerst gefährlich. Wie meine Mutter zu sagen pflegte:

›Fürchte die Pranke eines Bären, die Kinder eines Prinzen,
das grasbewachsene Heideland, Glut, die noch glüht,
das Schwert eines Mannes, das Lächeln eines Mädchens.‹

Das geht noch viel weiter«, fuhr er fort. »Hat mir als Kind immer schreckliche Angst eingejagt.«

Hildy, die, der Macht der Gewohnheit folgend, ihr Notizbuch hervorgeholt hatte, steckte es wieder ein. Die Verse deuteten auf einige faszinierende Einblicke in verschiedene textliche Probleme in der Älteren Edda hin, aber dies war weder der richtige Zeitpunkt noch der richtige Ort, um sich damit auseinanderzusetzen.

»Wenn es so gefährlich ist, dann sollten wir hinterhergehen und den anderen helfen«, schlug sie vor.

»Aber, wir ...« Arvarodd fuchtelte nervös mit den Händen.

»Schließlich ist er der König«, nahm Hildy Arvarodds Argument von vorhin geschickt auf. »Wir sind ihm verpflichtet und müssen ihn beschützen.«

»Fangen Sie bloß nicht so an«, murrte Arvarodd. Er knüllte das Kekspapier zusammen und warf es gegen die Windschutzscheibe.

Hildy saß ruhig da, nahm dann den Seherstein aus der Tasche und klemmte ihn sich ins Auge. Sie sah, wie der König und seine Gefährten gerade ein mit Teppichboden ausgelegtes Büro durchquerten. Sie sahen nicht, daß zwei Männer in blauen Overalls, Gewehre in den Händen, jeden Moment den Raum betreten würden. Hildy wollte etwas rufen und sie warnen. Als die Tür am anderen Ende des Büros geöffnet wurde, rief der König irgend etwas und zog sein Schwert. Ein Schuß fiel. Hildy schrie auf, aber der König stand immer noch auf den Beinen; einer der beiden Männer hatte ihm das Schwert aus der Hand geschossen. Der Zauberer kreischte den einen oder anderen Zauberspruch, aber keiner davon wirkte, und Brynjolf starrte mit Entsetzen auf seine Füße, die sich weder in die Pranken eines Bären noch in die Krallen eines Adlers verwandelt hatten. Die Wächter lachten. Langsam hoben der König und seine Begleiter die Hände und legten sie über den Kopf.

»Können Sie was sehen?« flüsterte Arvarodd ängstlich, dem allein schon wegen Hildys Reaktionen der Schweiß ausgebrochen war.

»Ja. Es sieht nicht gut aus. Man hat sie gefangengenommen, ihre Zauberkünste sind dort anscheinend wirkungslos.« Hildy blickte nach hinten, aber Arvarodd war verschwunden. Er hatte sich seinen Bogen geschnappt und rannte bereits auf die Stahltüren zu. »Warten Sie auf mich!« rief Hildy und rannte hinter ihm her.

Die Tür stand immer noch offen. Hildy versuchte, mit Arvarodd Schritt zu halten, als er die Treppen hinaufsprang, aber er war zu schnell. Keuchend verharrte sie auf dem ersten Treppenabsatz, dann blickte sie durch die Halle und entdeckte den Aufzug. Entgegen ihren Befürchtungen funktionierte er. Sie drückte auf die 4 — sie hatte keine Ahnung, woher sie wußte, daß es der vierte Stock war — und lehnte sich gegen die Fahrstuhlwand, um wieder zu Atem zu kommen. Die Türen glitten auf, und sie sprang hinaus.

Was, um alles in der Welt, hatte sie hier eigentlich vor?

Sie wollte wieder in den Aufzug steigen, aber die Türen hatten sich bereits geschlossen, und vom anderen Ende des Flurs drangen hastige Schritte herüber. Sie öffnete die nächstbeste Bürotür und schlüpfte hinein.

Es war ein kleiner Raum, und überall an den Wänden hingen kleine Stahlschränke, die wie Gaszähler oder Sicherungskästen aussahen. Hildy hatte plötzlich eine Idee: Wenn es ihr gelänge, das Licht auszuschalten, könnte der König vielleicht im Dunkeln entkommen. Mit Hilfe ihrer Taschenlampe überflog sie die Beschriftungen. Unten in einer Ecke entdeckte sie einen kleinen Glasbehälter.

›MAGIE-VERSORGUNG — NICHT BERÜHREN!‹ stand auf dem Etikett. Und darunter, in kleineren Buchstaben: ›Bei Stromausfall Scheibe einschlagen und Knopf drücken. Dadurch wird der aus der Hauptversorgung gespeiste Zauber deaktiviert. Der Notzauber beginnt automatisch nach sieben Minuten zu wirken.‹

Mit dem hinteren Ende ihrer Taschenlampe zerschlug Hildy das Glas und drückte kräftig auf den Knopf. Gleich darauf verwandelten sich die Gewehre der Wachposten unerklärlicherweise in Narzissensträuße.

»Narzissen?« fragte der König verdutzt, während er

zwei Köpfe gegeneinanderschlug. Der Zauberer zuckte mit den Achseln und gab ein Geräusch wie die sanitäre Einrichtung eines Hotels von sich.

»Na ja, ganz hübsch«, murmelte der König. »Aber jetzt laßt uns abhauen.«

Sie rannten den Weg, den sie gekommen waren, zurück und stießen dabei fast mit Arvarodd zusammen, der ihnen auf der Treppe entgegenkam.

»Was ist passiert?« fragte er.

»Erst hat unsere Zauberkunst versagt, dann die der anderen«, antwortete der König. »Keine Ahnung, warum.«

»Habt ihr Hildy gesehen?« In diesem Moment erschien Hildy und lief auf sie zu. »Schnell!« keuchte sie. »Uns bleiben nur noch drei Minuten.«

Als sie davonfuhren, prallte vom Asphalt ein Schuß aus einer ehemaligen Narzisse ab.

»Es liegt mir fern, Kritik zu üben«, sagte Thorgeir und hielt sich mit beiden Händen am Sicherheitsgurt fest, »aber fährst du nicht ziemlich schnell?«

Der Zaubererkönig grinste nur und sagte: »Ja.« Dann fuhr er noch schneller.

Kindisch, sagte sich Thorgeir, *aber so ist er eben. Geistiges Alter siebzehn Jahre. Nur ein permanent Pubertierender würde Stunden seiner kostbaren Zeit dafür verwenden, einen Mini-Cooper mit einem Zauber zu belegen, nur um einen Porsche an Ampeln abzuhängen.*

»Ich will so schnell wie möglich nach London zurück«, fuhr der Zaubererkönig fort.

»Und warum sind wir dann nicht geflogen?« fragte Thorgeir.

»Wenn du möchtest, können wir das tun. Gar kein Problem«, entgegnete der Zaubererkönig schelmisch.

»Hör auf, so anzugeben«, wehrte Thorgeir ab. Ein am Boden haftender Mini-Cooper war schon schlimm genug. »Offensichtlich gefällt dir unsere Situation.«

»Ganz im Gegenteil«, widersprach der Zaubererkönig und gab Vollgas, »deshalb habe ich ja so gute Laune.«

»Du scheinst die Tatsache übersehen zu haben, daß sie entkommen sind!« rief Thorgeir gegen das Heulen des gequälten Motors an. Er schloß die Augen und murmelte einen alten finnischen Stoßdämpfer-Verbesserungs-Zauberspruch vor sich hin.

»Nur durch Dusel«, entgegnete der König. »Beim nächsten Mal haben sie nicht so ein Glück, dann sind wir nämlich da.«

»Glaubst du, es gibt ein nächstes Mal?«

»Es muß eins geben.« Der Zaubererkönig hob den Stoßdämpfer-Verbesserungs-Zauberspruch auf und fuhr absichtlich über die in die Straße eingelassenen rückstrahlenden Fahrbahnmarkierungen. »Was bleibt ihm anderes übrig?«

Thorgeir, dessen Kopf gerade schmerzhaften Kontakt mit dem Wagendach aufnahm, antwortete nicht.

Der Zaubererkönig lachte in sich hinein und schaltete in den vierten Gang. »Das Problem bei dir ist, daß du dich nicht wohl fühlst, wenn du dir nicht über irgend etwas Sorgen machen kannst«, fuhr er fort. Thorgeir, der sich sowohl Sorgen machte als sich auch zutiefst unwohl fühlte, schüttelte den Kopf, aber wenigstens guckte der Zaubererkönig jetzt auf die Straße. »Du glaubst nicht an Happy-Ends. Sieh es mal so«, sagte sein Chef und überholte einen lächerlichen Ferrari, »wenn die irgend etwas in der Hinterhand gehabt hätten, warum haben sie dann letzte Nacht versucht, diese Nummer abzuziehen? Die sind erledigt, und das wissen sie auch. Das war ein typisches Gunnar-in-der-Schlangengrube-Ding, sozusagen eine Freifahrt nach Walhalla. Nicht, daß ich denen das mißgönne, natürlich nicht«, sagte der Zaubererkönig großmütig. »Wenn die unbedingt nach Walhalla wollen, laß sie doch. Wahrscheinlich ist der Aufenthalt dort ganz angenehm, auch wenn das Essen heutzutage aus einer Mikrowelle kommt und die Wunschmädchen bestimmt nicht mehr die jüngsten sind. Ein bißchen wie einer von diesen heruntergekommenen Herrenklubs in Pall Mall, wenn du mich fragst.«

Thorgeir gab auf und lenkte seine ganze Energie auf das Besorgtsein um die Verkehrspolizei. Er entsann sich, daß sich der Zaubererkönig beim letzten Mal gleich von mehreren Streifenwagen von Coalville bis nach Watford Gab hatte jagen lassen und dann sämtliche Polizisten in Pferdebremsen verwandelt hatte. Ihre Rückverwandlung in Polizisten war ein hartes Stück Arbeit gewesen, insbesondere bei der Bremse, die von einer Schwalbe verschluckt worden war.

»Jetzt sei doch nicht gleich eingeschnappt«, feixte der Zaubererkönig.

»Ich bin nicht eingeschnappt«, widersprach Thorgeir. »Ich nehme die Sache nur ernst. Übrigens, wem hast du eigentlich während unserer Abwesenheit die Verantwortung übertragen?«

»Diesem jungen Fortescue. Da er bereits in die ganze Sache eingeweiht ist, können wir aus ihm auch etwas Nützliches machen ... oder einen Frosch. Was auch immer.«

Thorgeir schauderte. Sosehr er auch unnötige Zauberei mißbilligte, hatte er doch das Gefühl, daß die Froschlösung am sichersten wäre.

Tatsächlich aber verrichtete der zukünftige Gouverneur von China seinen Dienst im Gerrards Garth House tadellos. So hatte sich Fortescue bereits um den Ausbau und die Ersetzung des Anti-Magie-Schaltkreises gekümmert, eine Einsatzbesprechung mit den Wachen abgehalten und einen Bericht verfaßt, und das alles an einem einzigen Morgen. Er hatte das Gefühl, daß er bei diesem Tempo bald als unentbehrlich gelten würde.

Nachdem er kurz in der Kreditverwaltung vorbeigeschaut hatte, nur um feststellen zu müssen, daß die Gefangenen entkommen waren, ließ er den Abteilungsleiter zu sich kommen und fragte ihn, wie weit man die Verfolgung des Fluchtwagens der Einbrecher vorbereitet habe. Ihm wurde gesagt, man bräuchte nur den Polizeicomputer in Hendon anzuzapfen, um den Namen und die Adresse des Besitzers herauszubekommen. Danach wäre es ein leichtes, das Autokennzeichen in die Liste gestohlener Wagen zu übertragen und den Polizeifunk abzuhören, bis irgendein Ordnungshüter mit Adleraugen den Lieferwagen entdecken würde.

»Aber was passiert, wenn diese Einbrecher verhaftet werden?« fragte Kevin.

»Dann wissen wir immerhin, wo sie sind«, antwortete der Abteilungsleiter. »Ganz einfach.«

»Und was soll daran einfach sein? Ohne eine glaubwürdige Identität oder so was bewilligt ihnen niemand eine Kaution. Außerdem widersetzen sie sich wahrscheinlich der Verhaftung und bleiben schon deshalb hinter Gittern. Und wir können keine Polizeiwache stürmen, um sie in die Hände zu bekommen; das wäre viel zu riskant.«

Das schiefe Grinsen des Abteilungsleiter war ein fürchterlicher Anblick. »Kein Problem«, sagte er. »Denen kann eine Menge zustoßen. In den Arrestzellen, in der Untersuchungshaft, bei der Überführung, auf dem Weg zum Gericht, wo immer Sie wollen. Das einfachste wäre zu warten, bis sie verurteilt und eingesperrt sind. Wir haben keinerlei Probleme, zu ihnen ins Gefängnis zu gelangen. Aber ich glaube nicht, daß der dritte Stock so lange warten will. Das beste ist, wenn sie sich der Verhaftung gewaltsam widersetzen. Leichen«, fügte er süffisant hinzu. »Ich halte unsere Polizei für sehr verläßlich.«

Kevin Fortescue war erleichtert, wieder in sein Büro zurückzukommen, denn der Abteilungsleiter verursachte bei ihm eine Gänsehaut. *Aber im Geschäftsleben muß man eben hart sein, wenn man vorankommen will,* sagte er sich. Er verdrängte diesen Gedanken und holte seinen abgegriffenen *Oxford Schulatlas* aus der Schreibtischschublade.

»Ein Winterpalais in Chungking«, murmelte der Gouverneur von China vor sich hin. »Nicht zu kalt und ein herrlicher Blick auf die Berge.«

Danny Bennett wurde in der Festung Borve herumgeführt.

»Allerdings ist es im Winter sterbenskalt und ein grauenhaft langer Weg, um einen Liter Milch zu holen«, sagte Angantyr Asmundarson, als Danny höfliche Bewunderung äußerte. »Selbstverständlich hatten wir unsere eigenen Hauskühe. Natürlich verzauberte Kühe. Drei Jerseyrinder waren das. Aber die gaben Met, Honig und obergäriges Bier, was an sich ja sehr schön sein mag, aber zusammen mit Porridge nur schwer verdaulich ist.«

Danny zog den Kopf ein, als sie unter einen Felsvorsprung kamen. Das einzige, was er sich jetzt wünschte, war ein Fernsehapparat. Denn sollte seine Story überhaupt gebracht werden, geschähe das just in diesem Moment. Und zu hoffen, daß irgend jemand die Sendung für ihn aufzeichnen würde, grenzte an Kühnheit.

»Unter diesem Vorsprung befinden sich der Metsaal und der Tisch des Königs«, erklärte Angantyr. »Direkt daran grenzen die Lagerräume und Vorratskammern an.«

Dieser Mann gäbe einen guten Immobilienmakler ab, dachte Danny. Er nickte anerkennend und lächelte. Warum hatte er sich bloß keinen dieser Minifernseher gekauft, wie er sie bei Maklern an der Börse gesehen hatte, die diese Dinger am Handgelenk trugen?

»Wie lange, glauben Sie, können wir uns hier aufhalten?« fragte er.

»Unendlich lange«, antwortete Angantyr. »Wie Sie sehen, liegt diese Festung völlig versteckt. Es sei denn, man weiß, wie man sie findet ...«

»Sicher«, unterbrach ihn Danny. »Aber gelegentlich

müssen Sie doch rausgehen, um Wasser, Nahrung und andere Dinge zu besorgen.«

»Nicht nötig. Es gibt eine natürliche Wasserquelle. Sie ist noch da, wir haben nachgesehen. Und zu essen gibt es jede Menge Möwen. Sie können von Glück reden, denn Sie mögen ja Möwenfleisch«, erinnerte ihn Angantyr.

Danny unterdrückte ein Schaudern. »Eigentlich hab ich das nur so ge …«, begann er.

»Beim letzten Mal, als wir hier drinnen belagert wurden«, fuhr Angantyr fort, »haben wir neun Monate durchgehalten, bis der Feind vor lauter Langeweile erst durchgedreht und dann abgezogen ist. Uns hingegen erging es ganz gut, denn wir hatten daran gedacht, ein paar Schachspiele mitzunehmen.«

»Ich kann kein Schach.«

»Ich werd's Ihnen beibringen. Es ist ganz leicht, wenn man erst mal begriffen hat, daß der Springer über die anderen Figuren rüberspringen darf. Natürlich kann man auch noch ganz andere Sachen machen. Zum Beispiel haben wir früher aus den Möwenfedern Collagen gemacht. Egal, vermutlich werden wir diesmal nicht allzulange hierbleiben. Es wird bald vorbei sein, auf die eine oder die andere Weise. Ach, da fällt mir etwas ein …« Angantyr eilte plötzlich in einen der hinteren Räume.

Danny setzte sich auf einen Steinsitz und zog sich die Schuhe aus. Seine Füße brachten ihn nach dem Gewaltmarsch von Bettyhill hierher förmlich um. Die Wikinger gingen sehr schnell.

Als Angantyr zurückkam, hielt er einen Helm und eine Kettenrüstung in den Händen, und unter den Armen klemmten ein Schwert und ein Speer. »Probieren Sie diese Sachen mal an«, forderte er Danny auf. »Die müßten klein genug sein. Sie wurden extra für den König angefertigt, als er zwölf war.«

Danny probierte die Sachen an. Sie waren viel zu groß und so schwer, daß er sich darin kaum bewegen konnte. »Danke«, keuchte er, während er sich aus dem Kettenhemd wieder herauskämpfte, »aber das werde ich ohnehin nicht brauchen, oder?«

»Seien Sie doch nicht so pessimistisch«, sagte Angantyr. »Bei einer Belagerung gibt es immer ein bißchen was zu kämpfen. Ich erinnere mich, als wir sechs Monate in Tongue festsaßen, da ...«

»Sie verstehen mich nicht«, unterbrach ihn Danny. »Ich bin ein Nichtkämpfer. Presse«, erklärte er. »Und sollte es tatsächlich zu irgendwelchen gewalttätigen Auseinandersetzungen kommen, würde das Zeug hier auch nichts nützen.«

»Wie meinen Sie das?« fragte Angantyr verblüfft.

Danny klärte ihn auf und erzählte ihm von Tränengas und Betäubungsgranaten, von Schrotkugeln bis hin zu Maschinenpistolen.

»Ach so! Sie meinen diese Spezialeffekte«, stieß Angantyr erleichtert hervor. »Über diesen Unfug brauchen Sie sich nun wirklich keine Sorgen zu machen. Unsere Rüstungen sind allesamt zauberresistent.«

»Zauberresistent?«

»Garantiert. All das Zeug, das Sie erwähnt haben«, sagte er und tat alle menschlichen Anstrengungen von Berthold Schwartz bis hin zur Napalmbombe mit einer einzigen Handbewegung ab, »ist jetzt veraltet.«

»Nein, das ist es nicht«, wandte Danny empört ein.

»Jedenfalls *war* es das. Erzählen Sie mir nicht, daß man heutzutage noch immer an die weißglühende Hitze der Magie und diesen ganzen Unsinn glaubt. Sehr altmodisch. Nein, unsere gesamte Ausrüstung ist total zauberresistent. Es sei denn, die andere Seite verfügt über den einen oder anderen Abwehrzauber.«

»Abwehrzauber?« Das alles erinnerte Danny an irgend etwas.

»Abwehrzauber. Natürlich wurden die meisten davon nach den MALT-Gesprächen wegen des magischen Gleichgewichts abgeschafft. Aber als der Feind damit begann, uns zu hintergehen, und die Abwehrzauber wieder einsetzte, da wurde es ungemütlich, zumal wir unsere Zauberwaffen allesamt abgerüstet hatten. Also mußten wir die Spange benutzen. Das war der größte Abwehrzauber von allen, müssen Sie wissen.«

»Ich verstehe.« Danny kratzte sich am Kopf. Er verstand zwar gar nichts, witterte aber den Stoff für eine weitere Story. Allerdings verspürte er keine Neigung, persönlich darin verwickelt zu werden.

»Natürlich besitzt der Feind immer noch seine sämtlichen Abwehrzauber«, fuhr Angantyr fort. »Gegenüber konventionellen Waffen sind wir deshalb hin und wieder durchaus verwundbar. Aber das macht die ganze Sache nur noch etwas spannender.«

»Trotzdem bin und bleibe ich ein Nichtkämpfer«, wandte Danny ein. »Ich weiß nicht mal, wie man mit Schwertern und solchen Sachen umgeht.«

Angantyr zuckte die Achseln. »Machen Sie, was Sie wollen. Trotzdem halte ich es für besser, wenn Sie die Rüstung tragen würden.«

Danny beschloß, daß es leichter wäre zuzustimmen. »Ich werde sie später anlegen.«

In diesem Moment kam Starkad, den sie als Wache zurückgelassen hatten, die schmale Wendeltreppe heruntergelaufen. Er rief irgend etwas von einer riesigen Metallmöwe mit Flügeln, die sich immer im Kreis drehten. Einen Augenblick später nahm Danny das Geräusch von Rotorblättern wahr, das sich tief über sie hinwegbewegte und in der Ferne allmählich schwächer wurde.

»Drachen?« fragte Angantyr.

Danny erzählte ihm von Hubschraubern. »Das bedeutet, daß sie nach uns suchen«, sagte er. »Vielleicht haben sie diese Dinger mit Infrarotstrahlern an Bord, die schon auf Körperwärme reagieren. Es sei denn, so etwas zählt als Zauberei.«

Aber Angantyr hatte noch nie von dergleichen gehört, und Danny empfand sogar ein wenig Stolz, daß sich das zwanzigste Jahrhundert wenigstens durch eine völlig neue Erfindung auszeichnete.

»Mir gefällt das überhaupt nicht«, murmelte Angantyr.

»Genau das wollte ich Ihnen klarmachen«, sagte Danny. »Diese Festung mag ja einst uneinnehmbar gewesen sein, aber heutzu ...«

Angantyr schüttelte den Kopf. »Das ist sie immer noch«, unterbrach er Danny. »Ich hab etwas ganz anderes gemeint. Es geht um das Geräusch, das dieses Ding macht. Damit verscheucht es doch alle echten Möwen.«

»Was machen wir denn jetzt?« fragte Arvarodd.

»Also, ich für meinen Teil nehme den Pfannkuchen mit Ahornsirup«, entschied sich der König. »Was ist eigentlich Ahornsirup?« fragte er Hildy.

Sie saßen in einem menschenleeren *Little Chef*, mitten in der Grafschaft Buckinghamshire. Hildy hatte keine Ahnung, wie sie dort hingekommen waren. Sie wußte nur, daß sie einfach immer weitergefahren war, bis sie an der nächstbesten Tankstelle angehalten hatte, um Benzin und etwas zu essen zu besorgen. Ihr heldenhafter Einsatz in der letzten Nacht hatte ihr die letzten Nerven geraubt, und sie wollte nur noch nach Hause, zurück in den Schoß ihrer Familie auf Long Island.

»Das ist so ein klebriges süßes Zeug, das man aus einem Baum gewinnt«, sagte sie abwesend. »Was machen wir eigentlich als nächstes?«

»Ich hab nicht die leiseste Ahnung«, antwortete der König. Er nimmt alles ganz gelassen, dachte Hildy. Was, wenn ich nicht gewesen wäre ...?

»Wenn Sie nicht gewesen wären«, fuhr der König unvermittelt fort, »hätte allein Odin gewußt, was gestern passiert wäre. Sie haben sehr schnell und klug reagiert.«

»Ach, das war reines Glück«, wehrte Hildy bescheiden ab.

»Sicher«, stimmte ihr der König zu. »Trotzdem haben

Sie schnell reagiert. Fünf Pfannkuchen, bitte«, bestellte er. »Alle mit Ahornsirup.«

»Glauben Sie, die werden uns verfolgen?« fragte Hildy.

»Sie werden es zumindest versuchen, allerdings nicht allzu intensiv. Zuerst müssen wir den Lieferwagen loswerden. Sind diese Nummern, die vorn und hinten draufstehen, nicht so eine Art Identifizierungsrunen? Die haben sie bestimmt gesehen. In der nächsten Stadt werden wir den Wagen verkaufen und uns ein anderes Gefährt besorgen.«

Hildy erschrak; ihr wurde klar, daß sie daran hätte denken müssen. Ohne sich etwas anmerken zu lassen, fragte sie: »Und was machen wir danach?«

»Danach tun wir das, was wir als erstes hätten tun sollen.«

»Und was ist das?«

»Wir schnappen uns diesen verdammten Zauberer«, sagte der König, »und halten ihm den Kopf unter Wasser, bis ihm etwas einfällt.« Der Zauberer gab mit dem Temperament einer Wanderdüne ein knirschendes Geräusch von sich, aber niemand ging darauf ein. »Schließlich hat er uns diesen ganzen Schlamassel eingebrockt.«

Jetzt starrten alle mit bösem Blick den Zauberer an, der plötzlich ein inniges Interesse an seinen Pfannkuchen entwickelte. Trotzdem schien er den Appetit verloren zu haben und legte den Löffel auf den Tisch.

»Nun mach schon!« forderte der König ihn auf. Der Zauberer knurrte etwas vor sich hin und hielt sich eine Papierserviette über den Kopf. Es herrschte ein besorgtes Schweigen; dann drang hinter der Serviette ein sehr lange andauerndes Geräusch wie von einer Kaffeemühle hervor.

»Bist du sicher?« fragte der König. Das Kaffeemühlengeräusch begann von vorn.

»Bestimmt?« hakte der König nach.

Die Serviette nickte.

»Was hat er gesagt?« wollte Hildy wissen.

»Also«, begann der König und beugte sich vor, »er glaubt, daß es eine Brosche mit einem Zauberstromkreis gibt — ähnlich unserer Drachenspange —, die in der Lage sei, den Zauber innerhalb des Turms aufzuheben, und es müßte möglich sein, sie aus einer viel schwächeren Kraftquelle zu speisen, zum Beispiel aus einer Autobatterie.«

»Woher weiß Kotkel etwas von Autobatterien?« fragte Hildy.

»Er hat sie von Anfang an mit entwickelt«, klärte der König sie auf. »Jedenfalls hätten wir eine Chance, wenn wir an diese Brosche kämen. Wie Kotkel sagt, wurde sie von Sitrygg Sow gefertigt, und zwar nach einem Originalentwurf von Odin höchstpersönlich. Aber Sitrygg Sow hat sie nur ein einziges Mal gesehen und nie selbst ausprobiert. Es ist also eine sehr riskante Geschichte.«

»Und Gott allein weiß, wo diese Brosche geblieben ist«, gab Hildy zu bedenken. »Selbst wenn sie noch existiert, ist sie vielleicht irgendwo unauffindbar vergraben.«

»In dem Fall brauchen wir nichts weiter als eine Schaufel und eine Karte. Sie gehörte nämlich einem König der Sachsen unten in Ost-Anglia und wurde mit ihm zusammen begraben. Einer der Wuffing-Könige, ich weiß nicht mehr welcher. Aber er war der einzige, der in einem Schiff begraben wurde, das weiß ich genau. Gleich fällt mir der Name des Ortes wieder ein.«

»Sutton Hoo«, murmelte Hildy.

»Genau!« rief der König erstaunt. »Woher wußten Sie das?«

»Hat diese Brosche ebenfalls die Form eines Drachen?« fragte sie, und plötzlich war da ein helles Leuchten in ihren Augen, und ihre Hände zitterten.

»Richtig, allerdings mehr wie ein feuerspeiender Drache. Strygg hatte einfach keinen Geschmack.«

»Goldeinlagen mit Granatsteinen?«

»Ja.«

»Dann weiß ich, wo sie ist. In London. Im Britischen Museum.« Hildy wühlte in ihrer Tasche nach dem *Journal skandinavischer Studien* und hielt dem Zauberer das aufgeschlagene Magazin unter die Nase. »Ist es diese?« fragte sie.

Der Zauberer deutete auf Tafel 7a und nickte.

»Ist das gut oder schlecht?« wollte der König wissen.

9. Kapitel

Ursprünglich war man der Ansicht, daß es sich hierbei um das Banner des Königs handelte, um das sich seine Truppen in Kriegszeiten sammelten«, sagte der Museumsführer. »Nun aber hat man festgestellt, daß es lediglich als Hutständer diente.«

Er betrachtete seine Zuhörer. Wie ihm auffiel, befanden sich heute ausnahmsweise einmal ein paar intelligente Gesichter darunter. Eins davon, das einem großen Mann mit Bart gehörte, nickte zustimmend, und der Museumsführer entschloß sich, ein passendes Zitat aus dem *Beowulf* anzubringen.

»Natürlich irrt er sich«, flüsterte Brynjolf Hildy zu, »aber das kann er nicht wissen. Nur Idioten wie die Ostsachsen würden einen Hutständer als Schlachtenbanner benutzen.«

Hildy seufzte. Der tadellos begründete Artikel, der für die Oktoberausgabe des *Heimdall* vorgesehen war und in dem sie den Beweis erbracht hatte, daß es sich beim Chelmsford-Banner in Wirklichkeit um einen Toastständer handelte, würde ad acta gelegt werden müssen.

»Diese Funde hier«, sagte der Museumsführer und deutete auf eine Glasvitrine, »gehören zu den ältesten aus der skandinavischen Siedlungsperiode in Sutherland und Caithness. Der Melvich-Armreif ...«

Arvarodd riß die Augen auf. Hildy stieß ihn heftig in die Rippen, aber er schien es nicht zu bemerken und flüsterte: »Das ist meiner.«

»Sind Sie ganz sicher?« fragte Hildy.

»Natürlich bin ich mir sicher. Ich hab ihn gekriegt, als ich meinen ersten Wolf erlegt hatte. Sicher, er ist nur aus Bronze, aber er hat einen großen ideellen Wert.«

»Sprechen Sie leise!« zischte Hildy.

»Bergthora hat mir gesagt, wenn ich ihn nicht wegschmeiße und einen neuen besorge, dann verschenkt sie ihn an ein Museum«, fuhr der Held von Permia fort. »Ich hätte nie gedacht, daß sie das wirklich tun würde.«

»Wer war Bergthora?« fragte Hildy, und Arvarodd errötete.

»Obwohl die Handwerksarbeit grobschlächtig und armselig ausgeführt wurde«, fuhr der Museumsführer fort, »und überhaupt nicht repräsentativ für den späten Urnes-Stil ist, der bald darauf ...«

»Allmählich geht mir der Typ auf die Nerven«, flüsterte Arvarodd. Hildy warf ihm einen finsteren Blick zu.

Der Museumsführer ging weiter und erzählte den Zuhörern etwas über eine Reihe von Trinkhörnern. Der König und seine Gruppe blieben zurück.

»Denkt daran«, ermahnte er die anderen, »wir sind nur hier, um nachzusehen. Also übertreibt es nicht. Wir kommen später noch einmal zurück, wenn es nicht so voll ist.«

»Und hier haben wir das Prachtstück unserer Sammlung des frühen Mittelalters«, verkündete der Museumsführer stolz, »den Schatz von Sutton Hoo. Bis vor kurzem war dies der wertvollste Fund, der je auf dem britischen Festland gemacht wurde. Nun jedoch ist es der kürzlich entdeckte Schatz von Rolfsness ...«

Arvarodd murmelte etwas vor sich hin, aber der Zauberer zeigte auf einen ganz bestimmten Gegenstand, und der Museumsführer tat es ihm gleich.

»Diese Drachenbrosche«, sagte er gerade, »ist eins der interessantesten Stücke des gesamten Schatzes von Sutton Hoo.«

Als der Führer zum Schluß des Rundgangs wissen wollte, ob noch jemand Fragen habe, gelang es Hildy nur mit Mühe, Arvarodds Aufmerksamkeit abzulenken, und schließlich verließen der König und seine Begleiter das Museum, um ein Pub aufzusuchen. Sie hatten das Gefühl, sich eine Stärkung verdient zu haben.

»Ich nenne das schlicht und einfach Diebstahl«, beschwerte sich Arvarodd. »Wie gefiele es ihm wohl, wenn ich ihm einfach seine Uhr wegnähme, sie in eine Glasvitrine legen und witzige Bemerkungen darüber machen würde?«

»Jetzt hör endlich auf mit deinem Armreif!« fuhr ihn der König an. »Die haben meinen gesamten Schatz in ihrem Keller, und ich beschwere mich auch nicht. Nun ja, fast den gesamten. Da fällt mir etwas ein.« Er zog sich einen schweren Goldring vom Finger, den Hildy aus den Augenwinkeln heraus oft bewundert hatte. »Solange wir noch hier sind, sollten wir den lieber verkaufen. Ich nehme an, daß nicht mehr allzu viel Geld da ist.«

Hildy, in ihrer Funktion als Schatzmeisterin, nickte betrübt. Zwar verabscheute sie den Gedanken, daß solch ein Meisterwerk einem skrupellosen Sammler in die Hände fallen sollte, aber durch den Kauf des neuen Wagens waren sie mehr oder weniger pleite. Dabei hatten sie sich nur ein fürchterliches altes Wrack leisten können, das lediglich durch Spachtelmasse und — nachdem sich der Zauberer damit befaßt hatte — Hexerei zusammengehalten wurde. Sie nahm den Ring und steckte ihn ins Portemonnaie.

»Zurück zum Geschäftlichen«, fuhr der König fort. »Sobald wir diese Brosche haben, müssen wir uns beeilen. Ich mache mir immer noch Sorgen um die anderen ...«

In diesem Augenblick kündigte der Fernseher über der Bar die Neun-Uhr-Nachrichten an.

»Bei der im Norden Schottlands laufenden Fahndung der Polizei nach acht bewaffneten, mutmaßlichen Entführern einer Archäologin und eines BBC-Produzenten kam es zu einer neuen dramatischen Entwicklung«, sagte der Nachrichtensprecher. »Hubschrauber, ausgerüstet mit Infrarotsensoren ...«

Es folgte ein Bild der Festung Borve.

»Machen Sie sich keine Sorgen«, sagte Angantyr Asmundarson.

Aber Danny machte sich große Sorgen. Er hatte gesehen, wie Scharfschützen der Polizei den ganzen Vormittag über in Stellung gegangen waren, und die Art, wie Angantyr die Bogensehne prüfte, stellte ihm die Haare zu Berge.

»Was schätzt ihr, wie viele das da draußen sind?« fragte Hjort über die Schulter hinweg, während er die Klinge seiner Axt fleißig mit einem Wetzstein bearbeitete.

»Ungefähr zehn für jeden von uns«, antwortete Angantyr. »Wenn wir allerdings etwas warten, tauchen vielleicht noch ein paar mehr auf.«

»So etwas nenne ich knickerig«, empörte sich Hjort. »Kaum das Schärfen der Axt wert.«

»Jedenfalls gehört der mit der Trompete mir«, machte Bothvar Bjarki seine Ansprüche geltend.

»Nein, gehört er nicht«, widersprach Hjort.

»Wir haben gelost«, beklagte sich Bothvar.

»Du hast aber geschummelt. Du schummelst immer.«

»Hab ich nicht!« protestierte Bothvar aufgebracht, wobei er heimlich seine zweiköpfige Münze in Dannys Tasche gleiten ließ. »Ausgerechnet du mußt so was sagen ...«

Danny hörte nicht zu. Er dachte darüber nach, ob er sich vielleicht unbeobachtet davonschleichen könnte, während sich die Helden zankten. Aber selbst wenn er es schaffen sollte, könnte er immer noch von der Polizei erschossen werden. Und wenn er eins der Kettenhemden anzog, würde ihn die Polizei möglicherweise für einen der Helden halten und ihn erst recht abknallen.

»Hier spricht der Einsatzleiter Mackay«, hörte man eine Stimme von draußen. »Sie sind ganz und gar von bewaffneten Polizisten umstellt. Werfen Sie die Waffen weg und kommen Sie heraus!«

Angesichts der Tatsache, daß die Helden mit Speeren und Wurfbeilen bewaffnet waren, hätte man das nach Dannys Meinung viel besser formulieren können. Er duckte sich hinter die Brüstung und legte die Hände über den Kopf.

»Du hast nicht getroffen!« höhnte Bothvar, während Hjort einen weiteren Speer ergriff.

»Natürlich hab ich nicht getroffen«, verteidigte sich Hjort und stand auf, um erneut zu werfen. Eine Gewehrkugel prallte harmlos pfeifend von seinem Helm ab und landete direkt vor Dannys Füßen. »Es sind so wenige von denen da, daß wir sie nur in einem Hagel von Wurfspießen zerschnetzeln können ...«

»Ich glaube, die haben das nicht so gemeint!« rief Danny. »Die wollen, daß Sie sich *ergeben!*« Eine Tränengasgranate schwirrte über die Brüstung, zischte und erlosch.

»Ergeben?« Hjort machte unter dem juwelenbesetzten Visier ein langes Gesicht. »Sind Sie sicher?«

»Für mich sieht es nicht danach aus«, frohlockte Angantyr, während er eine mit Betäubungsgas gefüllte Granate mit der linken Hand auffing. Er sah sie an, warf sie von der linken in die rechte Hand und schleuderte sie zurück. Sie explodierte. »Wenn die wollen, daß wir uns ergeben, sollten sie nicht auf uns schießen.«

»Sie haben aufgehört«, beklagte sich Hjort. »Nennen die so etwas eine Belagerung?«

»He, Danny! Ist das heutzutage so üblich?« fragte Angantyr.

Aber Danny war nicht da. Als das Schießen eingestellt wurde, hatte er sich davongeschlichen und war auf allen vieren in die Halle zurückgekrochen. Verzweifelt knöpfte er sich das Hemd auf, das man als relativ weiß bezeichnen konnte, wenn einen die Essensreste einer geschmorten Möwe auf der Vorderseite nicht störten, und knotete die Ärmel an einem Speerschaft fest. Dann schaute er sich nach allen Seiten um — keiner der Helden konnte ihn sehen, weil sie sich alle an der Brüstung versammelt hatten — und kletterte im Geheimgang vorsichtig die Wendeltreppe hinauf.

»Soeben erreicht uns die Meldung«, sagte der Nachrichtensprecher, »daß die Polizei einen Versuch unternommen hat, die alte Festungsruine zu stürmen, in der sich die zehn Männer verbarrikadiert haben. Den Berichten zufolge ist der Versuch fehlgeschlagen. Über Verluste wurde bisher noch nichts bekannt. Ein Sprecher des Ausschusses für historische Gebäude ...«

Der König ballte die rechte Faust und drückte sie gegen die Handfläche der linken Hand. Sein Gesicht war ausdruckslos. »Oh, ich hasse diesen Job«, fluchte er laut.

Hildy hatte den Seherstein hervorgeholt, aber der König befahl ihr, ihn wieder einzustecken. »Ich will es nicht wissen. Meine Männer müssen auf sich selbst aufpassen.«

»So, wie ich die kenne«, warf Brynjolf ein, »haben die einen Mordsspaß dabei.«

»Und denkt daran«, ermahnte der Einsatzleiter seine Männer, »wir wollen auf keinen Fall ein Blutbad anrichten.«

Der Mann im schwarzen Pullover grinste ihn an, und seine weißen Zähne blitzten dabei aus der schwarzen

Fettschminke hervor, die das Gesicht bedeckte. »Selbstverständlich«, zischelte er und steckte sich eine weitere Granate als Glücksbringer in den Gürtel. Er hatte sich nicht den ganzen Weg von Hereford hierher in einem Hubschrauber durchschütteln lassen, um eine Horde Terroristen zu fragen, ob sie vielleicht die Güte besäßen, friedlich mitzukommen. »Wie viele von denen sind da drin?«

»Nach unseren Informationen zehn«, antwortete der Einsatzleiter.

»Also nur einer für jeden«, stellte der Mann im schwarzen Pullover enttäuscht fest.

In diesem Moment hörte man das Klicken von Gewehrkolben. Eine einsame Gestalt mit einer weißen Fahne war auf der Klippe aufgetaucht.

»Verdammter Mist!« fluchte der Mann im schwarzen Pullover.

»Legen Sie die Hände auf den Kopf«, dröhnte es aus dem Megaphon, »und kommen Sie langsam hier herüber!« Der Mann ließ die weiße Fahne fallen und tat, was ihm gesagt worden war.

»Seid vorsichtig!« sagte der Mann im schwarzen Pullover. »Das könnte eine Falle sein.« Aber er war nicht mit dem Herzen dabei und holte bereits die Granaten aus dem Gürtel.

»Das ist dein verdammter Zauberer«, murmelte Hjort und starrte über die Brüstung hinaus. »Er ist zum Feind übergelaufen.«

»Hat er das tatsächlich getan?« fragte Angantyr grimmig. »Dann werde ich mich mal gleich darum kümmern.« Er spannte den großen Bogen aus Steinbockhorn und nahm Danny mit dem Pfeil ins Visier.

»Laß das lieber!« riet ihm Hjort. »Du verscheuchst sie sonst noch. Und da sind gerade noch welche angekommen … ganz in Schwarz«, fügte er anerkennend hinzu.

»Was ist los?« fragte Bothvar und ließ sich neben die anderen fallen. Er hatte überall nach der magischen

Hellebarde von Gunnar gesucht, die er seinerzeit vor dem Gang in den Grabhügel irgendwo in der Festung verstaut hatte. Schließlich war er zufällig hinter den Schatztruhen darauf gestoßen. »Wenn die Leute doch nur nicht andauernd meine Sachen verlegen würden!«

»Wir sind gerade von einem Verräter im Stich gelassen worden«, weihte Angantyr ihn ein.

»Das erinnert mich schon eher an früher«, entgegnete Bothvar.

»Und jetzt haben wir eine Live-Schaltung zur bewaffneten Belagerung in Schottland«, verkündete der Nachrichtensprecher. »Unsere Reporterin vor Ort ist Moira Urquhart.«

Der Zaubererkönig beugte sich vor und drehte die Lautstärke höher. »Nimmst du das auf?«

Thorgeir nickte. »Ich muß dafür zwar das Band mit den ›Ja, Herr Minister‹-Folgen opfern, aber das ist es mir wert.«

»Ich nehme an, daß die Folgen bald sowieso wiederholt werden«, sagte der Zaubererkönig. »Sieh mal, ist das nicht Bothvar Bjarki?« Die Kamera zeigte in Nahaufnahme einen behelmten Kopf, der hinter der Brüstung hervorguckte. »Diesen Helm würde ich überall erkennen.«

»Ich habe gerade an etwas gedacht«, sagte Thorgeir nachdenklich. »Diese Rüstungen, die sie tragen ...«

»Einer der Terroristen scheint etwas zu rufen«, berichtete die Reporterin zur Nahaufnahme des behelmten Kopfes. »Wir versuchen aufzuschnappen, was er sagt ... Irgend etwas über eine Möwe ... Möglicherweise verlangen sie, daß ihnen etwas zu essen gebracht wird.«

»Ich konnte Möwenfleisch noch nie ausstehen«, sagte der Zaubererkönig angeekelt und spießte eine Olive auf. »Außer vielleicht in einer Kasserolle geschmort und mit viel Koriander.«

»In Paniermehl gebraten schmeckt es gar nicht mal schlecht«, meinte Thorgeir. »Ist das neben ihm nicht Angantyr Asmundarson?«

»Es scheint so, daß uns die Terroristen in Wirklichkeit klarmachen wollen, daß sie genug zu essen haben«, fuhr die Reporterin fort. »Gerade teilen sie uns mit, daß sie in der Lage sind, einer langen Belagerung standzuhalten, und fordern uns auf, die Festung zu erstürmen. Und jetzt haben sie sogar damit begonnen, rhythmisch in die Hände zu klatschen.«

»Kindisch«, bemerkte der Zaubererkönig.

»Aber da im Augenblick nicht viel zu passieren scheint«, sagte die Reporterin, »werde ich jetzt ein paar Worte mit dem BBC-Produzenten Danny Bennett wechseln, der von den Terroristen als Geisel festgehalten wurde und dem es vor wenigen Minuten gelang, ihnen zu entkommen. Sagen Sie mir, Danny ...«

»Was macht der denn da?« rief Thorgeir erstaunt.

»Woher soll ich das wissen?« entgegnete der Zaubererkönig.

»Das sind überhaupt keine Terroristen«, gab Danny Bennett gerade einen ersten Kommentar ab. »Diese Leute sind mehr so was wie ... Also, das ist eine lange Geschichte. Unglaublich zwar, aber sehr lang.« Er wischte sich die Augenbrauen mit der Ecke einer Wolldecke ab, die man ihm unbedingt um die Schultern hatte legen wollen. »Und sie haben mich auch nicht einmal gekidnappt.«

»Wollen Sie damit sagen, Sie haben sich diesen Leuten freiwillig angeschlossen?«

»So ähnlich«, antwortete Danny. »Das heißt, sie haben mich gerettet, als ich mich hoffnungslos in den Bergen verlaufen hatte. Ich war vom Rest der Crew getrennt worden, verstehen Sie? Und dann haben sie mir alles erzählt, und es ist eine solch ungeheure Story, daß ich beschloß, bei ihnen zu bleiben. Natürlich nur so lange, bis die Schießerei begann.«

»Ich verstehe.« Die Reporterin versuchte, einen Blick auf Dannys Hinterkopf zu werfen, um zu sehen, ob er dort irgendwo einen schweren Schlag erlitten hatte. Dennoch hielt sie seine Äußerungen für ausgesprochen telegen.

»Ich kann zu diesem Zeitpunkt noch nicht viel von der Story erzählen«, fuhr Danny fort, »weil das alles reichlich unglaubliches Zeug ist. Na ja, außerdem hab ich Derek das meiste bereits telefonisch berichtet, von der Polizeiwache in Bettyhill aus ...«

»Sie meinen, Sie standen zur Zeit des Ausbruchs in Kontakt mit der BBC?« Das Interesse der Reporterin war jetzt erst richtig geweckt. »Wollen Sie damit sagen, es hat so etwas wie eine Vertuschung gegeben?«

»Woher, zum Teufel, soll ich das wissen?« fauchte Danny in die Kamera. »In der verdammten Höhle da oben gibt es keinen Fernseher.«

»Wollest du eben etwas zu ihren Rüstungen sagen?« fragte der Zaubererkönig.

»Ach ja«, erinnerte sich Thorgeir Sturmhund. »Diese Dinger sind doch bestimmt verzaubert, oder?«

»Scheiß drauf«, prustete der Zaubererkönig abfällig. »Warte, da passiert gerade was ...«

»Verdammt noch mal!« krächzte Bothvar; vom vielen Schreien war er völlig heiser geworden. »Wenn die vorhaben, nur blöde herumzusitzen, obwohl sie über den Geheimgang und alles andere Bescheid wissen, dann ...«

»Vielleicht wissen sie trotzdem nichts davon«, wandte Angantyr ein. »Kann doch sein, daß dieser Danny denen gar nichts erzählt hat.«

Bothvar lachte, aber Angantyr war sich wirklich nicht so sicher, denn Danny war ihm nicht wie ein Verräter vorgekommen. »Vielleicht ist er ja auch nur gegangen, um mit denen zu verhandeln.«

»Ohne uns etwas davon zu erzählen?«

»Wir hätten ihn nicht gehen lassen, wenn er es uns

gesagt hätte«, verteidigte Angantyr seinen Standpunkt. Bothvar dachte darüber nach.

»Das ist wahr«, stimmte auch Ohtar zu, der gerade die Schneide seines Schwerts mit dem Daumen prüfte. »Außerdem hat er gesagt, daß ich gut koche. Also kann er nicht so verkehrt sein.«

»Was soll das schon beweisen?« fragte Bothvar. »Entweder ist dieser Mann ein Lügner oder ein Idiot. Übrigens, wie sieht es mit den Wurfspeeren aus?«

»Werden allmählich knapp«, meldete Held Hring, der die Funktion des Quartiermeisters einnahm. »Wie ihr ja selbst seht, werfen sie die Speere nicht zurück.«

»Das ist aber gegen die Spielregeln«, schimpfte Bothvar. »Wenn die so weitermachen, können wir sie bald nicht mehr bewerfen. Allerdings sind noch Steine da.«

»Ich glaube, er ist nur gegangen, um mit denen zu verhandeln«, beharrte Angantyr Asmundarson auf seiner Meinung. »Sonst hätten die längst einen Sturmangriff durch den Geheimgang versucht.«

»Kann sein«, sagte Hjort, denn auch er fand keine andere mögliche Erklärung für die mangelnde Aktivität des Feindes. »Schließlich sind sie uns mindestens ums Achtfache überlegen!« verkündete er laut, weil er hoffte, daß der Feind ihn hören würde. Man mußte den Belagerern offensichtlich Mut zusprechen.

»Außerdem hat er versucht, uns vor den großen Metallmöwen zu warnen, die sie benutzt haben, um uns zu finden. Und vor diesen Spezialeffekten«, fuhr Angantyr fort. »Ich glaube, er hat nur Angst gekriegt und ist rausgegangen, um mit denen zu verhandeln.«

»Angst?« warf Bothvar skeptisch ein. »Wovor?« Er pflückte sich eine verschossene Kugel aus dem Bart und warf sie weg.

»In dem Fall haben sie einen Unterhändler von uns gefangengenommen«, stellte Hring fest.

»Das ist wahr«, stimmte Bothvar erfreut zu. »Also müssen wir etwas dagegen unternehmen.«

»Der König hat gesagt, wir dürfen uns nur verteidigen«, mischte sich zum erstenmal Egil Kjartansson ein, genannt der Tänzer, meistens aber nur der Spielverderber. »Kein Angriff, so lautete sein Befehl.«

»Aber das hier ist etwas ganz anderes«, widersprach Angantyr. »Die Gefangennahme eines Unterhändlers ist dasselbe wie ein Angriff. Und daß man seine Unterhändler befreien muß, ist doch wohl klar, oder? Wo kämen wir denn da hin?«

Darauf gab es natürlich keine gegenteilige Antwort.

»Also gut«, willigte sogar Egil Kjartansson ein. Einschränkend fügte er hinzu: »Aber gebt nicht mir die Schuld, wenn wir in Schwierigkeiten geraten.«

»Himmel, Arsch und Zwirn! Endlich unternehmen wir was.« Hjort rieb sich erwartungsvoll die Hände und steckte den linken Arm durch die Schlaufen seines Schilds. »Starkad! Hroar! Kommt her, wir greifen an!«

Die übrigen Helden eilten zur Brüstung, während Hring die Speere verteilte. Starkad Storvirksson, königlicher Berserker, hob sein großes beidhändiges Schwert und stimmte einen Lobgesang auf Odin an.

»Hör auf mit dem Scheiß!« fuhr Bothvar ihn an. »Wie es aussieht, haben wir schon genug Zeit vergeudet.«

Wie ein Wolf sprang Starkad Storvirksson mit einem gewaltigen Satz auf die Brüstung und schwang sein Schwert. Dann hüpfte er wieder herunter.

»Mist«, murmelte er etwas verlegen. »Ich hab meinen Schlachtruf vergessen, Bothvar.«

»Er lautet ›Starkad‹, Starkad«, erinnerte ihn Bothvar entnervt. »Können wir jetzt endlich anfangen?«

Mit einem ohrenbetäubenden ›Starkad‹-Gebrüll schwang sich der königliche Berserker erneut über die Brüstung und führte den Ausfall an. Hinter ihm kam Bothvar, Gunnars Hellebarde schwingend, dicht gefolgt von Angantyr Asmundarson und Hroar, der ihm fast auf die Fersen trat. Dann tauchte Egil Kjartansson auf, dessen Schild ihm beim Laufen wie ein Vorschlaghammer gegen das Kettenhemd krachte. Hring und Hjort rannten hinter ihm her wie Spürhunde, die einem verführerischen Duft auf den Fersen sind. Schließlich kam Ohtar angetrottet, der inzwischen den Möwenfleischkuchen allein aufgegessen hatte, weil keiner mehr davon wollte. Das hatte die entsprechenden Verdauungsbeschwerden zur Folge. In ihren Händen blitzten die Schwerter wie die Gischt auf dem Kamm der Wellen, die sich an den Felsen brachen, und unter ihren Füßen schien die Erde zu beben. Ein Mann mit einem Megaphon sprang auf, als er sie angreifen sah, besann sich aber gleich darauf eines Besseren und ging wieder in Deckung. Einen Sekundenbruchteil später schlug Bothvars Speer genau dort ein, wo der Mann gerade noch gestanden hatte, wobei sich die Speerspitze fast bis zum Schaft in den dichten elastischen Torf bohrte.

»Das reicht!« rief der Mann im schwarzen Pullover. »Zeigt es ihnen!« Seine Männer legten ihre automatischen Gewehre an und eröffneten das Feuer. »Ihr braucht nicht über ihre Köpfe hinwegzuschießen!«

»Das tun wir ja gar nicht!« brüllte einer seiner Männer mit besorgter Miene zurück.

»Ich hab's dir ja gesagt!« fauchte Thorgeir und zeigte auf den TV-Schirm. Das Bild wackelte fürchterlich, als ob der Kameramann rennen würde: Eine Nahaufnahme eines Helden war zu sehen, der beim Angriff eine nicht explodierte Granate mit den Füßen vor sich hertrieb.

»Ich kann schließlich nicht an alles denken, oder?« verteidigte sich der Zaubererkönig. »Jedenfalls können wir das später in Ordnung bringen.«

»Es ist unglaublich!« keuchte die Reporterin. »Sämtliche Kugeln, Bomben und Geschosse scheinen überhaupt keine Wirkung zu haben. Sie greifen einfach an ... und die Polizisten rennen davon ... Um Gottes willen! Holt mich hier raus! Hier spricht Moira Urquhart, BBC Nachrichten, Festung Borve.«

Das Bild kippte brutal um, und auf einen Schlag war nichts mehr zu sehen. Jemand hatte die Kamera hinfallen lassen.

»Schade«, grummelte der Zaubererkönig, »grade hat's mir richtig gefallen.«

Bothvar Bjarki stützte sich auf seine Hellebarde und rang nach Atem. »Gemeinheit«, keuchte er.

»Du hast einfach keine Kondition mehr, das ist alles«, bemerkte Hjort und wischte sich mit dem Saum seines Umhangs den Schweiß von der Stirn.

Über ihnen verschwanden die von Speeren und Pfeilen durchlöcherten Hubschrauber in der Ferne. Mit Höchstgeschwindigkeit flogen sie ungefähr in Richtung Hereford.

»Feiglinge!« brüllte Hjort ihnen hinterher. Dann machte er in den Lauf eines liegengebliebenen Gewehrs einen Knoten und setzte sich wutentbrannt hin.

»Mist! Fast hätte ich den Anführer dieser schwarzgekleideten Männer am Kragen gehabt«, schimpfte Starkad Storvirksson. »Ich dachte schon, er würde sich stellen, aber dann ist er mit den anderen in eine dieser Metallmöwen gesprungen.« Er ließ die Hubschrauberlandekufe fallen, die er bei sich getragen hatte, und half Hring beim Aufsammeln der Pfeile.

»Das macht doch nichts«, ermunterte Angantyr seine Mitstreiter. »Es war ein Sieg, oder?«

»Das nehme ich auch an«, stimmte ihm Bothvar gähnend zu. »Es kann allerdings sein, daß sie zurückkommen.« Um seinen Gefühlen Luft zu machen, zerkleinerte er eine Fernsehkamera. »Oh, sieh mal, in diesen Dingern ist Glas drin.«

Angantyr steckte sein Schwert in die Scheide. »Weißt du, was wir vergessen haben?«

»Was?«

»Wir haben den Unterhändler nicht befreit. Das ist nicht gut, oder?«

»Vielleicht war er überhaupt kein Unterhändler, sondern nur ein Verräter«, gab Ohtar zu bedenken. Er hatte ein Eßpaket gefunden, das jemand auf der Flucht verloren hatte, und untersuchte gerade dessen Inhalt. »Jedenfalls haben wir unser Bestes getan.«

Trotzdem begab sich Angantyr auf die Suche und wurde zu seiner eigenen Verwunderung schon bald fündig. Mit einem enttäuschenden Mangel an Phantasie war Danny Bennett auf den nächstbesten Baum geklettert, wobei er beim Erreichen der Krone hatte feststellen müssen, daß es sich dabei um ein undefinierbares Dorngewächs handelte, welches man getrost als unbewohnbar bezeichnen konnte.

»Hallo, was machen Sie da oben?« fragte Angantyr verdutzt.

»Hilfe, ich hänge fest!« schrie Danny.

Mit ein paar Schwerthieben schlug Angantyr den Stamm in der Mitte durch und warf den Baum um.

Danny kroch irgendwo unter den Ästen hervor und brach am Boden zusammen. »Was ist eigentlich passiert?« stammelte er.

»Wir sind gekommen, um Sie zu befreien. Sie haben sich doch bestimmt aus der Festung geschlichen, um mit denen zu verhandeln, nicht wahr?« fügte er hinzu, und Danny versicherte ihm, daß es genau so gewesen sei. »Und Sie haben denen auch wirklich nichts von dem Geheimgang erzählt?«

»Natürlich nicht«, beteuerte Danny — zwar hatte er genau das verzweifelt versucht, aber leider hatte ihm niemand zugehört.

»Dann ist ja alles gut«, freute sich Angantyr. »Da stecken noch überall Dornen ...«

Danny folgte Angantyr zu dem Platz, wo die anderen Helden saßen, und dankte ihnen für seine Rettung. Zwar empfand er alles andere als Dankbarkeit, aber nachdem er die Helden in Aktion erlebt hatte, hielt er es für angebracht, taktvoll vorzugehen.

»Keine Ursache«, sagte Ohtar. Er biß in eine Rolle Schokolade, die er in dem Eßpaket gefunden hatte, und spuckte sie wieder aus. »Das schmeckt ja ekelhaft.«

»Sie müssen erst die Folie entfernen«, klärte ihn Danny auf.

»Vergoldetes Essen!« staunte Ohtar voll Bewunderung. »Das hat wirklich Stil.«

Der Sprecher der Highlands- und Inselentwicklungsgesellschaft lehnte jeden Kommentar ab, und Thorgeir schaltete den Fernseher aus.

Der Zaubererkönig zählte irgend etwas mit den Fingern ab und sagte schließlich: »Fehlen noch vier. Der König, der Zauberer, Arvarodd von Permia und Brynjolf der Verwandler.«

»Plus diese Archäologin. Macht fünf«, korrigierte ihn Thorgeir. »Das Problem ist, daß wir nicht die leiseste Ahnung von ihrem Aufenthaltsort haben.«

»Du machst dir mal wieder unnötige Sorgen.« Der Zaubererkönig drehte sich zu seinem Schreibtisch um und gab einen Code in den Computer ein.

»Willst du dich wieder in den Hendon-Computer einklinken?« fragte Thorgeir.

Der Zaubererkönig schüttelte den Kopf und zeigte auf den Bildschirm. Vor einem grünen Hintergrund flitzten kleine Wikingerfiguren hin und her und versuchten vergeblich, den zwei beutehungrigen Wölfen zu entkommen, die sie durch ein stilisiertes Labyrinth jagten. »Das hat Fortescue heute morgen bereits für mich erledigt. Der Junge kennt sich mit Computern wirklich gut aus.«

Thorgeir schüttelte betrübt den Kopf und schwieg. In einem der altnordischen Dialekte hatte es einmal ein Wort gegeben, das genau auf den Zaubererkönig zutraf. »Yuppie«, murmelte er vor sich hin und verließ das Büro, um sich mit irgend etwas anderem zu beschäftigen.

Trotz der Tatsache, daß der neue Wagen nichts als ein nutzloses altes Wrack war, hatte er ein Radio eingebaut, und der König und seine Begleitung hörten gerade die Nachrichten.

»Die Suche nach den zirka zehn Männern, die gestern in einer offenen Schlacht im Norden Schottlands Polizei- und Sondereinsatzkräfte in die Flucht schlugen, wird fortgesetzt«, sagte der Nachrichtensprecher. »Man nimmt an, daß sie sich immer noch im Bezirk Strathnaver aufhalten. Die Polizeikräfte wurden durch zwei Kompanien der Royal Marines verstärkt, und auf dem Luftwaffenstützpunkt Lossiemouth stehen Harrier-Bomber in Bereitschaft. Im Unterhaus weigerte sich der Verteidigungsminister, vor dem endgültigen Abschluß der Operation auf Anfragen der Opposition zu antworten.«

Der König zuckte die Achseln. »Das können wir getrost unseren Jungs überlassen. Sie scheinen der Lage gewachsen zu sein.«

»Sie hätten mir ruhig etwas über die Rüstungen erzählen können«, warf Hildy ihm vor.

»Und Sie hätten mir ruhig etwas über die Spezialeffekte erzählen können«, hielt ihr der König entgegen. »Jetzt sehen Sie, was ich mit dem Niedergang der Zivilisation meine. Aber wir dürfen jetzt nichts auf die lange Bank schieben. Alles hängt nun davon ab, was er tut. Wenn er da hochgefahren ist oder jemanden hingeschickt hat, um die Jungs mit einem Gegenzauber zu belegen, ist alles innerhalb weniger Minuten vorüber. Natürlich muß er sie erst einmal finden. Aber mit Glück ...«

Hildy parkte den Wagen. Sie betete inständig, daß niemand in der zweiten Reihe halten würde, während sie in dem Museum waren, weil das fürchterliche Folgen auf ihre genau geplante Flucht haben könnte. Andererseits konnte nach ihrem Dafürhalten bei diesem verrückten Unternehmen so viel schiefgehen, daß es eigentlich völlig sinnlos war, sich über irgend etwas den Kopf zu zerbrechen.

Der König, der Zauberer, Arvarodd und Brynjolf hatten sich kurze Schwerter umgehängt und trugen ihre Kettenhemden unter langen Regenmänteln, die sie am Nachmittag von einem Teil des Erlöses des königlichen Rings gekauft hatten. Hildy wurde ein kleiner flacher Bergkristall in die Hand gedrückt, in den eine Rune eingeritzt war und der angeblich eine ähnliche Wirkung wie ein verzaubertes Kettenhemd haben sollte. Sie wickelte den Kristall in zwei Taschentücher und einen Schal ein, um sich vor den Nebenwirkungen (ununterbrochenes Niesen) zu schützen, und steckte ihn in die Tasche. Dabei stieß sie auf die magischen Glücksbringer, die Arvarodd ihr bei ihrer ersten Reise nach London geliehen hatte, und wollte sie ihm zurückzugeben. Aber Arvarodd lächelte nur und sagte ihr, sie könne sie vorläufig behalten.

Ohne irgendwelche Schwierigkeiten schlüpften sie an den Wachen vor der großen Drehtür vorbei. Nur noch das Haupttreppenhaus hinauf und durch die ägyptische Galerie, dann weiter durch einen Raum voller griechischer Vasen, und sie waren da.

Der Museumsführer war gerade bei der Nachmittagsführung. Diesmal bestand seine Zuhörerschaft aus fünf Deutschen: drei Schuljungen, einer Frau mittleren Alters und deren kleinem aufmüpfigen Neffen. Keine Veranlassung für den Museumsführer also, an das *Beowulf*-Zitat auch nur zu denken.

»Also, wie lautet der Plan?« fragte Brynjolf, als sie vor der Glasvitrine standen, in der sich der Schild, die Harfe und der Helm befanden.

»Wer braucht einen Plan?« Der König schüttelte den Kopf. »Wir werden einfach warten, bis die Leute weitergegangen sind.«

»Daran ist aber auch wirklich alles falsch«, empörte sich Arvarodd, als er einen Helm betrachtete, den irgendwelche Gelehrten aus zerbrochenen und rostigen Fragmenten rekonstruiert hatten. »Stellt euch doch einmal vor, ihr müßtet solch einen Blumentopf aufsetzen… «

Unglücklicherweise faßte der Führer, der sich gerade den Ausstellungsstücken von Sutton Hoo näherte, das als Frage auf. Schließlich war das ein Kommentar, mit dem er schon oft konfrontiert worden war, und mittlerweile hatte er darauf eine treffende und gut formulierte Antwort parat. Während er sie gab, hörten ihm die anderen ungeduldig zu.

Als der Museumsführer fertig war, bat ihn Arvarodd, ihm seinen Bleistift und einen Zettel zu geben. Dann legte er das Blatt Papier auf die Vitrine und fertigte eine schnelle Skizze an, wie der Helm wirklich hätte aussehen müssen. »Versuchen Sie's mal auf diese Weise«, schlug er vor.

»Aber das … das ist ja ganz hervorragend«, jubilierte der Führer, der seine Zuhörer völlig vergessen hatte. »Ach, dazu diente also dieser kleine Bommel …«

»Ist doch logisch.«

Der Führer strahlte. »Sagen Sie, Mister …«

»Arvarodd«, sagte Arvarodd.

Der Führer starrte ihn an. Vielleicht war es der Blick dieses merkwürdigen Mannes, jedenfalls hatte er etwas an sich, wovon sich ihm die Nackenhaare sträubten. Die Innenflächen der geballten Hände des Museumsführers wurden feucht, und das Atmen fiel ihm schwer. Er zog die Augenbrauen zusammen und stammelte: »Arvarodd?«

»Richtig«, sagte Arvarodd.

Der Führer holte tief Luft. »Sind Sie nicht der Arvarodd, der nach Permia gefahren ist?«

Arvarodd schlug ihn zu Boden.

»Das ist dafür, daß du meinen Armreifen gestohlen hast«, rechtfertigte er sich. Dann ging er mit großen Schritten zur Glasvitrine hinüber, zog sein Kurzschwert und zertrümmerte das Glas. Überall im Gebäude wurde der Alarm ausgelöst.

»Wir müssen uns beeilen«, bemerkte der König unnötigerweise, schlug mit dem eigenen Schwert die Vitrine entzwei, in der die Brosche lag, griff danach und steckte sie sich an den Mantelkragen. Die Frau mittleren Alters kreischte auf, und ihr kleiner Neffe trat ihm gegen das Schienbein. »Alles klar. Und jetzt nichts wie weg von hier!« rief der König den anderen zu.

Aber Arvarodd starrte gedankenverloren seinen Armreif an und strich mit den Fingern über das geliebte Metall — er hatte noch das Bild seines ersten Wolfs vor Augen, wie er ihn damals am Berghang oberhalb von Crackaig in die Enge getrieben hatte und ... Der Museumsführer wischte sich das Blut von der Nase und kam taumelnd auf die Beine.

»Ist das *Ihr* Armreif?« fragte er verwundert.

»Und ob«, zischte Arvarodd und drehte sich zu ihm um, wobei seine Hand den Schwertgriff noch fester umschloß. »Hast du was dagegen?«

»Aber der stammt aus dem achten Jahrhundert«, sagte der Führer, »und Sie aus dem siebten.«

»Wen nennst du hier siebtes Jahrhundert?«

»Aber Ihre Saga« — ohne auf die Gefahr für Leib und Leben zu achten, ergriff der Führer Arvarodds Ärmel — »spielt definitiv im siebten Jahrhundert in Norwegen.«

»Ich weiß«, sagte Arvarodd betrübt, »diese verdammten Lektoren ...«

Plötzlich war die Galerie voll von Männern in blauen Uniformen. Bevor Hildy sie zurückhalten konnte, liefen sie schon auf den König zu. Glasvitrinen krachten zu Boden.

»O nein!« jammerte Hildy, als ein Kasten mit silbernem Geschirr unter einem betäubten Wachposten zerquetscht wurde. »Doch nicht hier!« Plötzlich fielen ihr Arvarodds magische Glücksbringer ein. Sie fingerte in der Tasche herum und zog den Knochensplitter heraus, der ihr unwiderstehliche Überredungskraft verleihen sollte, und schnappte sich sofort den nächsten Wärter.

»Kein Diebstahl«, log sie ihn an. »Feuer.«

Der Museumswärter blickte Hildy in die Augen. Sie umfaßte den Knochensplitter noch fester. »Feuer!« wiederholte sie laut. »Das ist ein Feueralarm.«

»Oh«, murmelte der Wärter leicht benommen. »Sie haben recht, Miß.« Dann eilte er davon, um seinen Kollegen Bescheid zu geben, und die Kampfhandlungen wurden umgehend eingestellt.

»Und warum hat er dann die Glasvitrine zerschlagen?« erkundigte sich der Chefwärter.

»Sie wissen doch, was auf den Hinweisschildern steht«, antwortete Hildy verzweifelt. »Im Brandfall Scheibe einschlagen.«

Gleich darauf stürmten die Wärter davon, um die Ausstellungsräume zu evakuieren.

Genau wie Hildy befürchtet hatte, war der Wagen in zweiter Reihe zugeparkt worden. Aber der König war nicht in der Stimmung, wegen einer solchen Kleinigkeit große Umstände zu machen. Mit ein paar gezielten Schwerthieben zerschlug er das gelbe Blech in mehrere Teile und schnippte die Trümmer beiseite. Nach etlichen Beifallsbekundungen vorbeifahrender Verkehrsteilnehmer sprangen der König und seine Begleiter schließlich in den Lieferwagen und fuhren davon.

»Das war wieder klug und schnell reagiert«, sagte der König anerkennend, als Hildy auf der Waterloo Bridge Gas gab.

»Was denn?«

»Die Art, wie Sie die Wärter losgeworden sind.«

»Ach, das war doch nichts«, wehrte Hildy bescheiden ab. »Das lag allein an diesem Kieferknochen, den ich von Arvarodd bekommen hab.«

Der König lächelte sie an. »Trotzdem haben Sie meiner Meinung nach mittlerweile so viel geleistet, daß Sie sich einen Namen verdient haben.«

»Einen Namen?« Hildy atmete tief ein. »Sie meinen, einen richtigen Heldennamen?« Sie errötete vor Freude.

»Ja«, antwortete der König feierlich. »Wie Harald Blauzahn oder Sigurd der Fette oder wie … Arvarodd von Permia«, fügte er abfällig hinzu. »Ist es nicht so, Jungs?«

Auf dem Rücksitz brachten die Helden und der Zauberer ihre Zustimmung zum Ausdruck. Tatsächlich hatte sich Arvarodd schon seit einiger Zeit mit dem Problem eines passenden Namens für Hildy beschäftigt; aber selbst der beste, der ihm eingefallen war — Schwanen-Hildy —, schien ihm völlig unpassend zu sein.

»Von nun an«, sagte der König feierlich, »soll unsere Schwester Hildy Frederikstochter also Vel-Hilda genannt werden, und wir sind von nun an deine Brüder.«

»Vel-Hilda?« Hildy runzelte die Stirn. »Das verstehe ich nicht. Was heißt das?«

Der König grinste. »Wie du besser weißt als ich, ist das altnordische Wort *vel* schön kurz und bedeutet ›gut‹. Dasselbe, Hildy Frederikstochter, kann man von dir sagen. Daher …«

»Oh, ich verstehe«, sagte Hildy verlegen.

10. Kapitel

»Matt!«

Hätte jemand mit einem Fernglas die verdunkelten Fenster des Gerrards Garth House beobachtet, hätte er den Eindruck gewonnen, jemand gebe mit einer Taschenlampe Lichtzeichen. In Wirklichkeit war der flakkernde kleine Lichtpunkt natürlich Prexz, der ungläubig mit den Augen zwinkerte.

»Neunundneunzigtausendneunhundertneunundneunzig Sätze und neun Spiele für dich«, stellte Zxerp fest, der vor boshaftem Vergnügen fast aus dem Häuschen geriet, »und *neun* Spiele für mich. Alles Neunen«, fügte er kichernd hinzu.

»Du schummelst«, murmelte Prexz.

Aber Zxerp lächelte nur und entgegnete nachsichtig: »Bei ›Koboldzähne‹ kann man nicht schummeln. Glaub mir, ich hab es oft genug versucht. Nein, alter Knabe, du mußt dich einfach mit der Tatsache abfinden, daß ich eine Glückssträhne hab. Und jetzt hör auf herumzunörgeln.«

»Laß uns ›Schnappdrachen‹ spielen, das ist mal was anderes.«

»Du bist dran.«

»Oder ›Kerker und Drachen‹. Du mochtest doch immer ›Kerker und Drachen‹.«

»Ist es dir vielleicht lieber, ich fange ausnahmsweise mal an?« Zxerp grinste breit.

Wütend knallte Prexz die Würfel hin und rückte mit seinem Springer sechs Felder vor.

»›Gehe direkt nach Jotunheim‹«, las Zxerp laut vor. »Pech für dich. Wirklich schade. Macht nichts. Ich bin dran. Auch 'ne Sechs. Ich gewöhne mich allmählich daran. Ich glaube, ich werde deinen Turm schlagen.«

»Ich nehme an, das hat etwas mit diesen Dingern da zu tun«, murrte Prexz und zeigte auf die endlose Reihe von Computern.

»Könnte sein, aber ...« Zxerp zitierte die Regel Nummer 138, und Prexz murmelte gleich darauf etwas von Täuschungsmanövern und versuchte dann vergeblich, seinen Springer aus Jotunheim herauszubekommen.

»Und jetzt dein anderer Turm«, kicherte Zxerp. »Das ist schlimm, wenn man beide Türme verliert. Erinnerst du dich daran, daß das bei mir früher immer genauso war?«

Plötzlich wurde der ganze Raum hell. Irgendwoher von unten aus dem Flur drangen laute Stimmen und das Klirren von Metall herauf. Zxerp schaute kurz hoch, und Prexz stupste mit dem Zeigefinger schnell seine Königin auf ein schwarzes Feld vor.

»Du bist dran«, sagte er.

Aber Zxerp hörte nicht zu. »Irgendwas ist da passiert«, flüsterte er.

»Ich weiß«, antwortete Prexz. »Du bist dran.«

»Halt doch mal wenigstens für einen Moment das Maul!« zischte Zxerp. »Da kommt jemand.«

Die Tür des Büros flog auf. Fünf Männer in Overalls stolperten in den Raum und schlugen dabei vergeblich mit Sträußen von Ringelblumen und Tulpen auf einen riesigen Bären ein. Mit einem Hieb seiner gewaltigen Pranke schleuderte der Bär sie in die Computer, die sofort in tausend Stücke zersplitterten. Der Bär blieb stehen, knabberte einen Moment lang an den Tulpen und stampfte dann auf seine verängstigten Angreifer zu, die hinter dem Plexiglasbehälter der Geister in Deckung gingen. In diesem Augenblick kamen der König, Hildy und der Zauberer hereingestürmt.

»Hier sind sie!« rief Hildy. Der Bär verschwand, und an seiner Stelle erschien Brynjolf der Verwandler und spuckte Tulpenblütenblätter aus. »Wo wart ihr denn so lange?« fragte Brynjolf.

Der König schaute auf seinen Mantelkragen, um sich zu vergewissern, daß die Sutton-Hoo-Brosche noch da war, und zog das Kurzschwert. Während er zu dem Glasbehälter hinüberging, hielten sich die Männer in den Overalls die Augen zu und winselten um Gnade, aber er beachtete sie nicht. Schließlich zerschmetterte er mit einem kräftigen Hieb aus dem Handgelenk das Glas.

»Schnell!« rief er dem Zauberer zu.

In der Tür tauchte Arvarodd auf. Er hielt in jeder Hand einen Wachposten, und seine Ärmel waren voller Blütenstaub. »Alles klar«, sagte er, »der Rest hat Reißaus genommen. Ich glaube aber nicht, daß die uns noch Schwierigkeiten machen werden.«

Der Zauberer hatte bereits die Drähte von den Kehlen der Geister entfernt und ersetzte sie nun durch seine eigenen. Prexz wehrte sich einen Moment lang, aber Zxerp war viel zu sehr damit beschäftigt, die Spielsteine in die Schachtel zu stopfen, um auch nur geringsten Widerstand zu leisten. Überall im Gebäude heulten Sirenen.

»Gut, das wäre also auch erledigt«, stellte der König fest. »Es wird Zeit, daß wir wegkommen.«

An einem Ende des Korridors kauerte Thorgeir Sturmhund hinter einer Feuerschutztür und horchte. Er hatte noch spät gearbeitet, weil er in der Sache mit dem Japan-Geschäft etwas aufzuholen hatte. Ihm war sofort klar gewesen, was hier vor sich ging, und er hatte sich sofort auf den Weg nach unten gemacht. Auf diese Weise bekam er mit, wie der König und seine Idiotenbande von den automatischen Waffen der Schuldeneintreiber zunächst in das Reich der Volkssagen zurückgeschlagen wurden. Dann mußte er von seinem Versteck aus mit ansehen, wie die Gewehre in Blumensträuße verwandelt wurden und Arvarodd und Brynjolf die verwirrten Wachen auseinandertrieben. Er erkannte die Sutton-Hoo-Brosche an der Brust des Königs, was ihn daran erinnerte, daß er trotz seiner Bemühungen nie den Prototyp des ›Glücks von Caithness‹ hatte finden können.

Nach seinem Empfinden waren ihm nur zwei Möglichkeiten geblieben. Eine wäre gewesen, dem Gegner entgegenzutreten und zu kämpfen, die andere wegzulaufen. Für die letztere sprach so gut wie alles, aber leider hatte er sie verpaßt. Er seufzte und betrachte seine Krokodillederschuhe, den Savile-Row-Anzug aus reiner Schurwolle und seine Handrücken, die jetzt mit einem zottigen grauen Pelz bedeckt waren. Die Nägel waren wieder zu Krallen geworden, und die Reißzähne, die ihm aus dem Oberkiefer wuchsen, drückten allmählich die Goldkronen aus dem Mund. Er spitzte die Ohren, knurrte leise und wand sich aus seiner menschlichen Kleidung heraus. Wie ein Wolf im Schafspelz, dachte er trübselig. Dann warf er den Kopf in den Nacken und heulte.

»Du meine Güte!« rief Hildy entsetzt. »Was war das?«

»Nur ein Wolf, sonst nichts«, sagte Arvarodd und nahm die beiden sich windenden Wachposten noch stärker in den Schwitzkasten. »Aber Moment mal!« Er runzelte die Stirn. »Seit ich in dem Schiff aufgewacht bin, ist mir die ganze Zeit irgend etwas äußerst merkwürdig vorgekommen, aber ich konnte es bislang nicht richtig ausmachen. Keine Wölfe.«

»Es gibt keine Wölfe mehr«, raunte Hildy schwach, und sie bekam eine Gänsehaut. Jedenfalls hatte sie noch nie einen leibhaftigen Wolf gesehen, nicht einmal im Zoo. Allerdings wußte sie noch so viel aus dem Biologieunterricht, daß Wölfe irgendwie mit Hunden verwandt sind — und vor Hunden hatte sie Angst, besonders vor Airedale-Terriern.

»Nein, das stimmt nicht«, widersprach Arvarodd entschieden. In seinen Augen flammte so etwas wie Hoffnung auf, und er betastete seinen wiedergefundenen Armreif. »Zunächst einmal befindet sich gleich am anderen Ende des Flurs ein Wolf. Hier, halt die mal für mich, Vel-Hilda!« Er stieß die beiden Wachmänner zu Hildy hinüber und lief den Korridor entlang. Ohne nachzudenken, ergriff Hildy die Männer beim Kragen, die erst gar nicht zu entkommen versuchten.

»Wo ist er hin?« fragte der König. »Wir haben keine Zeit, hier herumzutrödeln.«

»Er hat einen Wolf gehört«, wisperte Hildy.

»Der und seine verflixten Wölfe!« schimpfte der König ungeduldig. »Der kann wirklich an nichts anderes denken.«

»Aber es gibt keine Wölfe«, beharrte Hildy, »jedenfalls heute nicht mehr.«

»Ach, wirklich?« Der König drehte blitzartig den Kopf herum. »Gibt es die nicht mehr?« Er schaute den Zauberer an. Der nickte. »Das ist ungünstig.«

»Ungünstig?«

»Ungünstig. Weißt du, Vel-Hilda, unser Feind hatte einen Kumpanen namens Thorgeir Sturmhund. Ursprünglich war Thorgeir gar kein Mensch, sondern ein riesengroßer und ungemein bösartiger Timberwolf, der vom Feind durch seine Zauberkünste irgendwann in einen Menschen verwandelt wurde ...« Gedankenverloren verstummte der König.

»Und dieser Zauber ist jetzt durch die Brosche, die wir aus dem Museum geholt haben, aufgehoben worden«, ergänzte Brynjolf, der auf einmal sehr nervös wirkte. »Wenn Thorgeir also irgendwo im Gebäude ist, wird er sich in einen Wolf zurückverwandelt haben.«

»Und wer ist diese Person?« fragte Hildy, aber der König gab keine Antwort. »Wir sollten Arvarodd Bescheid geben, daß es sich um keinen gewöhnlichen Wolf handelt«, sagte sie leise. »Andernfalls bekommt er womöglich einen bösen Schock.«

Zufällig war Arvarodd gerade dabei, dies selbst herauszufinden. Die Aufregung der Wolfsjagd hatte alle anderen Gedanken aus seinem Kopf verscheucht: die Suche nach den Geistern; die Notwendigkeit, das Gebäude schnell wieder zu verlassen; sogar seine Pflicht gegenüber dem König. Es kam ihm nicht einmal in den Sinn, daß Bürogebäude nicht der natürliche Lebensraum für gewöhnliche Wölfe sind, bis er um eine Ecke bog und seinem Gegner plötzlich Aug in Aug gegenüberstand. Er zog das Kurzschwert und wappnete sich gegen den Angriff des Tiers. Dabei fiel ihm gleich auf, daß es sich um einen besonders großen Wolf handelte, größer als jeder andere, den er bei seinen Jagden in Caithness und Sutherland jemals zu Gesicht bekommen hatte. Die Tatsache, daß der Wolf ein sehr dunkles, fast schwarzes Fell hatte, war nicht so ungewöhnlich — melanoderme Wölfe waren schon zu seinen Zeiten nicht selten gewesen —, aber die wie gespenstisches Feuer funkelnden Augen und der aus dem geifernden Rachen tropfende Schaum, der Löcher in die Teppichfliesen brannte, machten ihn zu einem entschieden ungewöhnlichen Tier. *Ein richtiges Liebhaberstück,* dachte Arvarodd und umfaßte den Schwertgriff noch fester.

Der Wolf hatte es nicht eilig mit dem Angreifen. Er stand da, scharrte am Teppich, knurrte drohend und peitschte den Schwanz hin und her. Eigentlich versuchte Thorgeir Sturmhund, sich daran zu erinnern, wie ein Wolf seine Beute anspringt, und bereute die zweite Portion Käsekuchen, die er heute abend im Weinkeller zum Nachtisch gegessen hatte. Es ist schwer für einen Wolf, sich ausgerechnet mit vollem Magen besonders kampflustig fühlen zu müssen, es sei denn, seine Welpen werden bedroht; und seine Welpen waren, soweit er wußte, im Schlafsaal des College von Harrow vollkommen sicher untergebracht. Er knurrte erneut und zeigte enorme Fangzähne. Arvarodd stand unbeweglich da, genau wie auf der Abbildung in der Trainingsanleitung: Gewicht nach hinten verlagert, den Kopf völlig gerade, die linke Schulter leicht nach vorn geneigt.

»Nun mach schon!« knurrte der Wolf.

Arvarodd hob eine Augenbraue. Sprechende Wölfe waren eine Neuheit für ihn, und er hielt es für absolut unmoralisch. »Hast du was gesagt?« fragte er kalt.

»Ich sagte, nun mach schon!« antwortete der Wolf. »Oder hast du Angst?«

»Wenn ich Angst hätte, stünde ich nicht hier«, empörte sich Arvarodd. »Dann würde ich ja wohl durch den Flur abhauen, oder?«

»Aber nicht, wenn du so große Angst hast, daß du dich nicht mehr vom Fleck rühren kannst«, entgegnete der Wolf. »Dann stündest du wie hypnotisiert da und würdest darauf warten, daß ich dich anspringe. Kaninchen machen das immer so.«

»Ich bin kein Kaninchen«, stellte Arvarodd klar, »und ich bin auch nicht hypnotisiert. Und dumm bin ich erst recht nicht. Es ist dein Job, andere anzugreifen.«

»Das glaubst auch nur du«, knurrte der Wolf. »Also laß uns aufhören zu schwatzen und zur Sache kommen. Es sei denn«, fügte er hinzu, wobei er versuchte, unbeteiligt zu klingen, »wir blasen dieses Spielchen lieber gleich ab.«

»Wir machen was?«

»Ich meine«, fuhr der Wolf fort und entspannte sich etwas, »du willst doch gar nicht kämpfen, und ich wäre nur in den Arsch gekniffen, wenn ich als erster angreife. Also können wir hier entweder die ganze Nacht warten, bis der Zaubererkönig irgendwann auftaucht und dich in einen Haufen Asche verwandelt, oder wir gehen getrennter Wege und reden nicht mehr darüber. Es liegt ganz bei dir, wirklich.«

»Du bist gar kein echter Wolf, stimmt's?« fragte Arvarodd.

»Sei nicht blöd«, antwortete der Wolf und knurrte überzeugend. Aber Arvarodd war etwas eingefallen.

»Unser Feind hat einen Handlanger namens Thorgeir«, sagte er. »Einen üblen Kerl. Nach allem, was man hört, ist der früher mal ein Wolf gewesen. Natürlich kein reinrassiger Wolf.« Der Wolf knurrte und peitschte mit dem Schwanz. Arvarodd tat so, als bemerkte er es nicht. »Soweit ich mich erinnere, gab's da mal eine Geschichte mit seiner Mutter und einem großen gestreiften Schäferhund ...«

Der Wolf setzte zum Sprung an, aber Arvarodd war darauf vorbereitet. Er machte einen Schritt zur Seite und schlug mit dem Schwert beidhändig auf den Nakken des Tiers (Mit viel Unterhand, und stets daran denken: *immer locker aus dem Handgelenk!*). Aber der Wolf mußte entweder geahnt haben, daß er zuschlagen würde, oder aber er war instinktiv ausgewichen; Arvarodds Schlag ging jedenfalls über das Ziel hinaus, so daß er mit den Unterarmen auf dem Rücken des Wolfs aufschlug und ihm das Schwert aus den Händen flog. Der Wolf landete, drehte sich um und setzte zu einem erneuten Sprung an. Arvarodd warf einen kurzen Blick zu dem Schwert hinüber, das auf der anderen Seite des Flurs lag, und ballte die Fäuste. Während er sich innerlich auf die nächste Attacke des Wolfs vorbereitete, dachte er an die Worte seines Trainers, was zu tun ist, wenn man einem wütenden Wolf entwaffnet gegenübersteht. ›Stell dich schön nach vorn gebeugt hin, und stütz die Füße gut ab‹, hatte er gesagt. ›Auf diese Weise kann dir der Wolf vielleicht das Genick brechen, aber er hat überhaupt keine Chance, die Zähne in dich zu graben.‹

»Die Geschichte hab ich sowieso nie geglaubt«, sagte er laut. »Ich hasse bösartige Gerüchte, du nicht auch?«

»Nein«, zischte der Wolf und sprang ihm an die Kehle.

»So ein Mist!« fluchte der König. »Seht nur, von der Brosche hat sich irgendein Draht gelöst.«

Als der Wolf sich mitten in der Luft in einen splitternackten Geschäftsmann mittleren Alters zurückverwandelte, war Arvarodd verständlicherweise überrascht, aber zugleich auch hocherfreut. Instinktiv startete er einen gelungenen Gegenangriff und schleuderte seinen Gegner durch eine Spiegelglastür. Dann griff er nach dem Schwert. Aber Thorgeir hatte den Vorteil der besseren Ortskenntnis. Er sprang auf und lief davon. Nach einer kurzen Jagd durch ein Labyrinth von Büros und Fluren gab Arvarodd auf. Schließlich konnte sich sein Feind jeden Augenblick wieder in einen Wolf zurückverwandeln, und er selbst war offensichtlich etwas aus der Übung. Er verfolgte die eigene Spur zurück und stieß am Aufzugsschacht auf den König und auch die anderen.

»Wo, zum Teufel, bist du gewesen?« fragte der König.

»Da war dieser Wolf«, rechtfertigte sich Arvarodd. »Aber in Wirklichkeit war das gar kein Wolf. Ich glaube, es war Thorgeir.«

Der König schien dies für eine vernünftige Erklärung zu halten. »Wir müssen jetzt gehen. Diese Brosche war einige Minuten lang nicht an ihre Batterien angeschlossen, und ich will keinerlei Risiko eingehen.«

»Gute Idee«, stimmte Arvarodd zu. Er kam sich ziemlich dämlich vor.

Aber noch dämlicher kam sich Thorgeir vor. Kaum war er Arvarodd entkommen, hatte er sich in einen Wolf zurückverwandelt. Als er danach durch die Korridore streifte, um den Kampf instinktiv dort fortzusetzen, wo er begonnen hatte, verwandelte er sich wieder in einen Menschen zurück, und zwar just in dem Moment, da der König (und die Sutton-Hoo-Brosche) das Gebäude verließen. Er hakte die ganze Sache ab und begab sich auf die Suche nach seiner Kleidung.

Er hatte kaum den zertrümmerten Glasbehälter und die noch immer ängstlich in einer Ecke kauernden Wachposten entdeckt, als er auch schon wußte, was geschehen war. Er setzte sich auf einen der völlig demolierten Fotokopierer und dachte angestrengt nach. Eigentlich sollte er sofort den Zaubererkönig aufsuchen und ihn warnen, damit dieser genügend Zeit zur Entwicklung einer Verteidigungsstrategie hätte. Aber irgend etwas schien ihm zu sagen, daß diese Idee nicht gut war. Was wäre, wenn der Zaubererkönig verlieren und gestürzt werden sollte? Thorgeir knabberte nervös an der Unterlippe und zwang sich, über die möglichen Konsequenzen nachzudenken. Einerseits hatte ihn die Zauberkraft seines Bosses zwölfhundert Jahre lang am Leben gehalten, und das in menschlicher Gestalt. Ohne sie würde er sich in einen zwölfhundert Jahre alten Wolf zurückverwandeln, und Wölfe leben, selbst in Gefangenschaft, normalerweise nicht länger als sechzehn Jahre. Falls aber die magischen Kräfte des Zaubererkönigs versiegen würden, wäre es sein Schicksal, in Sekundenbruchteilen erst in einen alten und dann in einen toten Wolf verwandelt zu werden; und wenn das sein höchstes Lebensziel gewesen wäre, hätte er damals die Halbinsel Kola erst gar nicht verlassen brauchen. Andererseits war der Zauberer von König Hrolf Erdenstern ein äußerst fähiger Mann und kannte sich mit an Sicherheit grenzender Wahrscheinlichkeit auch auf sämtlichen Ebenen der anthropomorphen und lebensverlängernden Magie aus, und vielleicht ließ sich Kotkels Arbeitgeber ja zu einem kleinen Handel überreden. Wenn nun aber der Zaubererkönig gewinnen sollte, was nicht ganz unwahrscheinlich war, und herausfinden würde, daß sein getreuer Berater ihn verraten hatte, wäre es — verglichen mit der Strafe, die dieser über ihn verhängen würde — das reinste Vergnügen, ein toter Wolf zu sein. Eine verzwickte Lage, dachte Thorgeir. Er kramte ein Stückchen Markknochen aus der Tasche und kaute daran, um einen klaren Kopf zu bekommen.

Um den Zaubererkönig zu Sieg oder Niederlage zu führen, mußte auf jeden Fall eine allesentscheidende

Schlacht stattfinden. Wenn er sich nun darum kümmerte, diese Schlacht möglichst schnell und unter relativ gleichen Bedingungen durchzuführen, dann könnte er an den Sieger, wer immer das wäre, einen Anspruch stellen. Genaugenommen war dies die sicherste Lösung, dennoch hatte sie einen tödlichen Nachteil: Er hatte nicht die leiseste Ahnung, wo sich König Hrolf derzeit aufhielt. Thorgeir seufzte. Dann spuckte er den Markknochen wieder aus und zog seine Socken an. In diesem Augenblick klingelte das Telefon. Ohne nachzudenken, hob er ab.

»Hier Olafsen«, meldete er sich. Wer konnte das zu dieser nachtschlafenden Zeit sein?

»Mister Olafsen?« fragte der designierte Gouverneur von China.

Thorgeir stöhnte nur laut; er war einfach nicht in der Stimmung, sich mit dem jungen Mr. Fortescue zu unterhalten.

»Ich dachte, ich sollte es sofort jemandem erzählen«, fuhr der junge Mr. Fortescue fort. »Ich hab gerade die Nachricht erhalten, daß der Wagen, den unsere Feinde benutzen« — er nannte Typ und Kennzeichen —, »ausfindig gemacht und von einer Polizeistreife im Holland Park gesehen wurde. Ich bin sogar schon dort und spreche mit Ihnen« — da war eine Andeutung von Stolz in der Stimme des jungen Mannes — »über mein Autotelefon. Was soll ich als nächstes tun?«

Thorgeir murmelte ein schnelles Gebet zu Loki, den Gott der Schurken, und sagte: »Verfolgen Sie den Wagen, und lassen Sie sich von diesen Leuten auf keinen Fall abhängen. Halten Sie mich über meine persönliche Rufnummer ständig auf dem laufenden, klar?«

»Mach ich, Mister Olafsen. Ehm ... glauben Sie, ich könnte auch noch Korea haben?« fragte Mr. Fortescue bescheiden.

»Natürlich können Sie das«, willigte Thorgeir großzügig ein. »Solange Sie diesen Wagen nicht aus den Augen verlieren, können Sie Korea haben und die Mongolei dazu.«

»Vielen Dank, Mister Olafsen.«

Thorgeir legte den Hörer auf und fand nach einigem Suchen ein unbeschädigtes Computerterminal. Innerhalb weniger Minuten hatte er den Wagen wieder aus dem Polizeicomputer gelöscht — was er jetzt am wenigsten brauchte, waren Bullen, die ihm in die Quere kamen. Dann rannte er hinunter in die Tiefgarage und stieg in sein Auto. Kaum hatte er die Wagentür zugezogen, summte das Telefon.

»Sie fahren gerade los«, sagte Mr. Fortescue. »Richtung Ladbroke Grove.«

»Bleiben Sie dran!« beschwor ihn Thorgeir. »Ich bin gleich bei Ihnen. Sie kriegen auch noch Tibet«, fügte er hinzu.

Gerade als die Anzeige auf 11.65 stand, lief das Benzin über. Hildy hängte die Tankpistole wieder in den Halter und ging zur Kasse. So etwas mußte natürlich ausgerechnet ihr passieren — Benzin für ganze fünfunddreißig Pence mehr, und sie hätte zwei Esso-Gutscheine gehabt und wäre nun stolze Besitzerin eines selbstaufrollenden Abschleppseils.

Wäre sie eine echte Wikingerin gewesen, hätte sie natürlich weitergetankt — zum Teufel mit dem vergossenen Benzin und der Feuergefahr! Wagemut war das Markenzeichen eines Kriegers. Hildy blickte auf ihr Spiegelbild in der Schaufensterscheibe der Tankstelle und wünschte sich nicht zum erstenmal, daß da weniger von ihrem Gesicht und dafür mehr vom Rest wäre. Klein, aber oho? Vel-Hilda. ›Kurz und gut‹, hatte der König gesagt. Wohl eher kurz und nicht mal ergreifend. Wahr. Sehr wahr.

Als sie in der Schlange an der Kasse wartete, fiel ihr ein, daß sie die Endsumme auf über zwölf Pfund hochtreiben könnte, wenn sie ein paar Marsriegel kaufen würde. Klugheit und List sind die Markenzeichen des

Rechtsanwalts, und man muß nicht wie eins dieser merkwürdigen Wesen auf Titelblättern aussehen, um gerissen zu sein. Der Kassierer nahm Hildys Geld und gab ihr einen Gutschein.

»Entschuldigung«, sagte sie bestimmt, »aber ich hab über zwölf Pfund bezahlt. Ich müßte zwei Gutscheine bekommen.«

»Das gilt nur für Benzin«, entgegnete der Kassierer gelangweilt. »Können Sie nicht lesen?«

Jemand in der Schlange hinter ihr kicherte. Hildy griff nach dem Gutschein und flüchtete nach draußen.

»Was ist los?« fragte der König besorgt. »Du scheinst ja völlig aus dem Häuschen zu sein, Vel-Hilda.«

Für den Bruchteil einer Sekunde spielte sie mit dem Gedanken, den König zu bitten, für sie hineinzugehen und dem Kassierer den Schädel zu spalten, aber sie entschied sich dagegen. Das wäre eine Überreaktion, und der weise Mensch weiß auch, wann man etwas nicht tun sollte, wie es in der Edda heißt. »Nein, ich bin die Ruhe selbst«, entgegnete sie. »Und wohin jetzt?«

»Irgendwohin, wo es nett und ruhig ist«, schlug der König vor, »und wo wir vor allem von niemandem gestört werden.«

Hildy nickte und ließ den Motor an. Fast eine Stunde lang fuhren sie schweigend dahin, ohne besonderen Grund in Richtung Chilterns. Die Helden schliefen, und Kotkel las im schwachen Licht von Zxerp und Prexz auf einer Pergamentrolle ein paar Zaubersprüche nach.

»Hier ist es gut«, sagte der König.

Hildy hielt neben einem kleinen Buchendickicht an und schaltete die Scheinwerfer aus. Der Wagen, der seit London hinter ihnen hergefahren war, zog vorbei und verschwand hinter einer Biegung. Hildy atmete erleichtert auf; sie hatte sich deswegen schon langsam Sorgen gemacht.

»Ich nehme nicht an, daß irgend jemand an etwas so Alltägliches wie Essen gedacht hat«, sagte Brynjolf, streckte die Arme aus und gähnte. »Ich hatte einen wundervollen Traum von Rehbraten.«

Hildy runzelte die Stirn und bot ihm einen Marsriegel an.

»Was ist das?« fragte er.

»Das kann man essen«, klärte ihn Hildy auf.

Brynjolf zuckte die Achseln und befolgte ihren Rat. Gleich darauf spuckte er alles wieder aus. »Nein, also wirklich! Ich bin ja für jeden Scherz zu haben, aber das hier ...«

»Dann verwandle dich doch selbst in ein Sandwich«, raunzte Hildy ihn an. »Ich bin erschöpft, und ich kann nicht an alles ...«

»Also gut«, mischte sich Arvarodd lustlos ein. »Überlaßt das mir. Allerdings wird es dann wieder Kaninchen geben.«

»Wenn ich noch mehr Kaninchen esse«, klagte Brynjolf, »dann seh ich bald selbst wie eins aus.«

»Als Köder ist das eigentlich keine schlechte Idee«, meinte Arvarodd, und gleich darauf stiegen die beiden Helden aus dem Wagen.

»So ist nun mal das Heldenleben, Vel-Hilda«, bemerkte der König. »Siebenmal die Woche Kaninchenbraten, wenn man Glück hat. Sei froh, daß du nicht auf einem Langboot bist. Komm, laß uns etwas frische Luft schnappen.« Er öffnete die Beifahrertür, kletterte hinaus und rekelte sich.

»Können wir Kotkel allein zurücklassen?« flüsterte Hildy. »Ich meine, falls ...«

»Wir gehen nicht weit. Du kommst doch auch allein zurecht, Kotkel, oder?«

Der Zauberer blickte kurz von der Pergamentrolle auf, nickte abwesend und murmelte einen Zauberspruch. Auf dem Sitz neben ihm erschien ein riesiger Hund.

»Nur eine Halluzination«, erklärte der König. »Aber wer weiß das schon?«

Hildy zuckte die Achseln und spazierte in das Dickicht

hinein. Es war eine ruhige Nacht, etwas kühl, und der Wind spielte mit den Blättern in den Baumkronen. Der König breitete seinen Umhang über einen Baumstumpf, setzte sich und legte das Breitschwert in der juwelenverzierten Scheide auf die Knie.

»Dieses Schwert trägt den Namen Tyrving. Du interessiert dich doch für die alten Zeiten, Vel-Hilda. Möchtest du etwas mehr darüber erfahren?«

Hildy nickte erfreut und setzte sich neben ihn.

»Eines Tages«, begann der König mit geübter Märchenerzählerstimme, »gingen die beiden Götter Odin und Loki weit von zu Hause fort spazieren. Warum, kann ich dir nicht sagen. Ich hab immer gedacht, daß das für die beiden ziemlich merkwürdig gewesen sein muß, denn nach allem, was man hört, haßten sie sich wie die Pest. Wie dem auch sei, sie gingen also spazieren, und plötzlich kam ein gewaltiges Gewitter auf. Auch hier erscheint es seltsam, warum Thor ausgerechnet seinem Lehnsherrn und besten Freund Odin ohne Grund mit einem stürmischen Gewitter behelligt haben sollte, aber vielleicht war das seine Art von Humor. Auf alle Fälle suchten Odin und Loki Schutz in einer Hütte, wo sie von einer kleinen alten Frau aufgenommen wurden. Sie wußte nicht, daß die beiden Wanderer Götter waren, so geht jedenfalls die Geschichte — und wenn man das glaubt, dann glaubt man auch den Rest. Die alte Frau bot ihnen Suppe an, obwohl sie kaum genug für sich selbst hatte, und legte den letzten Torf auf das Feuer, damit sie es schön warm hatten. Alles klar soweit?«

Hildy nickte. »Ja, erzähl weiter.«

»Als die beiden Götter die Suppe aufgegessen und ihre Kleider getrocknet hatten, legten sie sich schlafen. Die alte Frau gab ihnen alle Decken, die sie hatte, und als Kopfkissen dienten ihre schönsten Otterfelle. Am Morgen erwachten die Götter, und der Regen hatte aufgehört. ›Alte Frau‹, sagte Odin, ›du bist gut zu uns gewesen.‹ Ich weiß nicht, ob Odin zu Untertreibungen neigte, aber so steht es in der Geschichte. ›Du sollst wissen, daß die Gäste, denen du Schutz gewährt hast, in Wahrheit die Götter Odin und Loki sind. Als Gegenleistung für deine Gastfreundschaft werde ich dir ein großes Geschenk überreichen.‹ Und er zog sein Schwert aus dem Gürtel, das die Zwerge in den Höhlen von Niflheim für ihn geschmiedet hatten, und gab es der alten Frau, die sich höflich bei ihm bedankte, wenn auch mit zusammengebissenen Zähnen. Dann segnete Odin das Schwert und sagte, daß derjenige, der es in der Schlacht schwinge, stets der Sieger sein werde. Aber Loki, der ein bösartiger Gott war, belegte das Schwert mit einem Fluch und sagte, daß der erste Mann, der es in der Schlacht ziehe, durch einen Schlag seines eigenen Schwerts umkommen werde. Die alte Frau verstaute das Schwert an einem sicheren Ort und gab es zu gegebener Zeit ihrem Enkel Skjold, der der größte der Joms-Wikinger werden sollte. Als Skjold ein alter Mann war und das Kämpfen schon lange aufgegeben hatte, lachte er nur über Lokis Fluch. Aber eines Tages brachte er seinem kleinen Sohn Thjostolf das Kämpfen bei, und Thjostolf parierte einen Schlag etwas zu kräftig. Skjolds Schwert flog ihm aus der Hand, traf diesen über dem Auge und tötete ihn auf der Stelle. Später führte Thjostolf wie sein Vater die Joms-Wikinger an, und als er starb, folgte ihm sein Sohn Yngwar, und das Schwert brachte ihm den Sieg. Aber eines Tages, als er auf der Jagd war, verlor er das Schwert, und in der nächsten Schlacht wurde er getötet, und alle seine Männer mit ihm. Das Schwert gelangte schließlich in die Hände meines Großvaters Eyjolf, der der Enkel Odins war. Diese Geschichte soll irgend etwas beweisen, aber ich hab vergessen, was.«

Hildy saß still da und sagte nichts. Der Mond lugte gerade hinter einer Wolke hervor und warf einen Lichtstrahl durch die Bäume, der auf den Griff des Schwerts fiel und ihn glitzern ließ. Der König lächelte und zog mit einer leichten Handbewegung das Schwert aus der

Scheide. Aus irgendeinem Grund begann Hildy zu zittern. Die im Mondlicht merkwürdig glühende Klinge wirkte unheimlich auf sie, und sie konnte plötzlich die Runen, die in den Griff eingraviert waren, klar und deutlich erkennen.

»Über das Schwert«, fuhr der König fort, »wird folgendes erzählt: Die Klinge besteht aus reinem Zwergenstahl, aber der Griff wurde von Yngwar durch den Griff des Schwertes Gram ersetzt, das Sigurd der Drachentöter trug. Die Klinge des Schwertes Gram ging zwar verloren, aber der Griff wurde von den Nachfahren Atlis von Ungarn als Erbstück aufbewahrt. Als nächster in der Erbfolge ließ mein Großvater Eyjolf eine neue Parierstange hinzufügen, die von dem Schwert Helvegr stammte, das einstmals den Eisriesen von Permia gehört hatte. Mein Vater Ketil fügte die Scheide hinzu, in der einst das Schwert des Gottes Freyr untergebracht war, und befestigte am Knauf den großen weißen Juwel namens Erdenstern, der an dem Tag, da ich geboren wurde, vom Himmel fiel und nach dem ich benannt wurde.« Der König lächelte und legte die Hand sanft auf den Schwertgriff. »Dabei ist es kein schlechtes Schwert. Ein wenig zu leicht für meinen Geschmack, aber es liegt gut in der Hand. Hier«, sagte er und reichte Hildy das Schwert.

Erst traute sie sich nicht, es in die Hand zu nehmen; dann umfaßte sie den Griff mit beiden Händen und hob es hoch. Sie war erstaunt darüber, wie leicht es zu führen war. Es fühlte sich fast wie ein Lebewesen an.

»Es ist wirklich wundervoll«, schwärmte sie überschwenglich. Aber während sie es betrachtete, wie es so kalt im Mondlicht glühte, wurden ihr plötzlich die Augen geöffnet, und wie in einem Traum sah sie die Gesichter vieler Könige und Krieger und rotes Blut auf blauem Stahl. Sie sah die emsigen Zwerge in einer großen Höhle, wie sie im orangeroten Licht geschäftig neben dem Schmiedefeuer knieten, und sie hörte den Klang der Hämmer, das Zischen beim Abkühlen des heißen Metalls und das Kratzen von Wetzsteinen beim Schleifen der Schneide. Sie sah eine große, in einen dunklen Umhang eingemummte Gestalt, die die Arbeit beaufsichtigte und zu der Handwerkskunst der Schmiede noch die Kraft des Windes, der Gezeiten und des Blitzes hinzufügte. Sie sah, wie diese Gestalt das Schwert in die Hand nahm — so, wie sie es gerade getan hatte — und es genau musterte, um sich zu vergewissern, daß es absolut gerade und maßgerecht war. Dann verschwand die Vision so plötzlich, wie sie gekommen war, und ließ nur das Mondlicht zurück, das sich immer noch in den im Griff eingravierten Runen brach. Während sie Buchstabe auf Buchstabe entzifferte, schlug ihr Herz wie ein Schmiedehammer.

Hergestellt in mehr als einem Land.

Der Mond verzog sich wieder hinter einer Wolke.

»Sehr schön«, sagte sie und gab dem König das Schwert zurück. Hrolf Erdenstern grinste und ließ es wieder in die Scheide gleiten.

»Soweit ich weiß«, sagte er, »sind alle diese Legenden völlig wahr. Wahr, aber zum größten Teil unwichtig. Wie gesagt, so ist das Heldenleben. Genauso, wie alle Helden herrlich buschige Bärte haben, weil es schwierig ist, sich auf einem sturmgeschüttelten Langboot zu rasieren, ohne sich selbst die Kehle durchzuschneiden.«

»Ich verstehe«, sagte Hildy.

»Und unser spezielles Abenteuer«, fuhr der König fort, »gehört auch zum echten Heldenleben, und du bist eine Heldin, so wie wir Helden sind. Es ist zwar unglaublich gefährlich, aber man denkt einfach nicht darüber nach. Nur ein Spiel, eine kurze Wiederholung der Kindheit — oder was glaubst du, warum schließlich sämtliche Legenden von Helden und Kriegern als Kindergeschichten enden? Als ich ein kleiner Junge war, wollte ich immer ein Fischer sein.«

»Als ich ein kleines Mädchen war, wollte ich immer

eine Wikingerin sein.« Hildy lachte plötzlich. »Es hat Spaß gemacht«, fuhr sie fort, »aber nicht so, wie ich mir das vorgestellt hab. Wenn wir getötet werden, gehen wir dann nach Walhalla? Über die Regenbogenbrücke?«

»Die Regenbogenbrücke«, sagte der König, »überquert man dann, wenn man soweit ist. Wenn wir scheitern, dann überlassen wir diese Welt den Händen ihrer natürlichen Feinde. Aber soweit ich weiß, würde das außer ein paar der führenden Staatsmänner niemand bemerken. Unser Feind ist nicht nur sehr grausam und sehr böse, er ist auch sehr, sehr dumm. Ein guter Zauberer zwar — der beste, den es je gab —, aber ich würde ihm nicht einmal die Leitung einer Hundeausstellung zutrauen, geschweige denn der ganzen Welt. Und ich glaube nicht, daß er sich trotz seiner gewaltigen Zauberkräfte jemals zum Alleinherrscher der Welt aufschwingen kann. Wenn es ihm nicht einmal gelingt, uns zu fangen, dann besitzt er nicht die Mittel dazu. Außerdem meine ich, daß sich die Welt zusehr verändert hat, obwohl ich nicht annehme, daß ihm das überhaupt klar ist. Mit Sicherheit wird er aber versuchen, so viele Kriege wie möglich anzuzetteln, bis sich die menschliche Rasse selbst vernichtet hat. Und seine magischen Fähigkeiten reichen allemal, um das hinzukriegen. So oder so, ob Alleinherrscher oder Weltuntergang, beides wäre gleich schlimm.«

»Lassen Sie uns lieber nicht mehr darüber reden«, bat Hildy, »und nachsehen, wie Kotkel zurechtkommt.«

In diesem Moment kam Arvarodd herbeigeeilt. Brynjolf begleitete ihn und schleppte einen Mann am Kragen mit.

»Jetzt ratet mal, wer gerade aufgetaucht ist«, frohlockte Arvarodd.

»Euer Gnaden!« flehte der Mann und verbeugte sich tief vor dem König. »Ich bin gekommen ...«

»Hallo, Thorgeir«, begrüßte ihn der König. »Ich hab dich schon erwartet.«

»Thorgeir?« Hildy machte große Augen. »Du hast gesagt, Thorgeir sei ein Wolf oder so was Ähnliches.«

»Nur manchmal«, murmelte der Mann etwas verlegen. »Aber das ist eine lange Geschichte.«

»Eine hundsgemeine Geschichte ohne jeden Witz«, merkte Arvarodd an. »Wir haben ihn erwischt, als er gerade da drüben im Wald herumgeschnüffelt hat. Nebenbei bemerkt, wir haben keine Kaninchen gefunden, also gibt es diesmal Eichhörnchen.«

»Ich hab nicht geschnüffelt«, verteidigte sich Thorgeir. »Ich bin gekommen, um euch etwas zu erzählen, das euch möglicherweise gefällt.«

»Wie hast du uns überhaupt gefunden?« Das Gesicht des Königs war ausdruckslos.

»Ach, das war ganz einfach«, antwortete Thorgeir. Er strich sich die Jackettaufschläge glatt und setzte sich übertrieben langsam hin; er wollte mit dieser Geste andeuten, daß es ihm nicht das geringste ausmachen würde, wenn alle anderen seinem Beispiel folgen würden. »Ihr hättet nie gedacht, daß ich die ganze Zeit über wußte, wo ihr wart, stimmt's?«

»Natürlich hast du das nicht gewußt!« empörte sich der König. »Sonst wären wir längst alle tot.«

»Sicher, aber nur dann, wenn mein Herr und Meister euren Aufenthaltsort gekannt hätte«, sagte Thorgeir mit gönnerhafter Miene. »Mir war er schon die ganze Zeit bekannt. Solche Dinge überläßt er gewöhnlich mir, müßt ihr wissen, und es hat mich einige Mühe und Arbeit gekostet, ihn im unklaren zu lassen.«

»Und warum hättest du den Wunsch dazu haben wollen?« fragte der König.

Thorgeir grinste. »Na, dann rat mal.«

»Du willst ihn aus irgendeinem Grund an uns verraten, aus Haß, Neid oder Angst oder was weiß ich. Oder du willst nur prüfen, wer von uns die größeren Siegeschancen hat, bevor du dich für eine Seite entscheidest.« Der König hob eine Augenbraue. »Ist es so?«

»Mehr oder weniger.« Thorgeir kratzte sich am Ohr, wo aus unerfindlichen Gründen eine kleine pelzige Stelle zurückgeblieben war.

Der König musterte ihn von oben bis unten und sagte dann: »Ich wurde im siebten Jahr der Regentschaft von Ketil Trout geboren. Mit anderen Worten: nicht erst gestern. Was du sagen wolltest: daß es uns dank deiner extremen Nachlässigkeit gelungen ist, sowohl der Aufmerksamkeit deines Herrn und Meisters zu entgehen, als auch die beiden Erdgeister wieder einzufangen, die wir brauchen, um seine Macht zu brechen. Sobald dir klar wurde, daß die Gewinnchancen fifty-fifty stehen, hast du dich entschlossen, lieber auf Nummer Sicher zu gehen. Durch eine glückliche Fügung — ich weiß zwar nicht wie, aber ich glaube, es war wohl wirklich nur Zufall — hast du unseren Aufenthaltsort herausgefunden. Dann hast du dich entschlossen, zu mir zu kommen und mich zu überreden, zu einer bestimmten Zeit an einem bestimmten Ort anzugreifen. Wenn ich gewinne, nimmst du für dich in Anspruch, mir den Sieg geschenkt zu haben. Wenn er gewinnt, beanspruchst du für dich, mich zu ihm gebracht zu haben. Richtig?«

»Absolut.« Thorgeir grinste noch breiter als zuvor. »Aber hab ich das eben nicht gesagt?«

»Mehr oder weniger.« Der König lehnte sich zurück und dachte einen Augenblick lang nach. »Was du tun wirst, ist folgendes: Du nimmst Kontakt mit deinem Meister auf und sagst ihm, daß du uns gefunden hast, daß wir schwach und unvorbereitet sind und etwas mit unserem Zauber schiefgegangen ist.

Das sollte dir nicht allzu schwerfallen«, fuhr der König fort, »weil es meines Erachtens sehr wohl wahr sein könnte und du im Falle meiner Niederlage die Anerkennung einheimsen kannst, wie du es ursprünglich geplant hast. Während wir auf unseren Feind warten, erzählst du mir alles, was du über seine Stärke und — noch viel wichtiger — über seine Schwächen weißt. Und zwar wahrheitsgemäß, denn andernfalls zerreißt dich mein Krieger Arvarodd in tausend Stücke — außerdem hat das wahrscheinlich sowieso keinerlei Einfluß auf den Ausgang der ganzen Sache. Ist das klar?«

»Kristallklar.« Thorgeir nickte zustimmend. »Aber was ist, wenn er nicht kommen will?«

»Der kommt bestimmt«, sagte der König. »Früher oder später muß ein Kampf stattfinden, und ich gehe davon aus, daß dein Meister genauso ungeduldig ist wie ich.«

»Aber er wird nicht zu euch kommen wollen. Er will, daß ihr zu ihm kommt.«

»Und warum hast du dann die ganze Zeit geglaubt, deine eigene Haut nur dann zu retten, wenn du ihn dazu überreden könntest, zu uns zu kommen, damit beide Seiten die gleichen Bedingungen haben?« fragte der König mit überfreundlicher Stimme. »Also, du mußt jetzt schon konsequent bleiben.«

Thorgeir zuckte die Achseln. »Wenn ich tue, was du verlangst, und wenn du gewinnst, was geschieht dann mit mir?«

Der König runzelte die Stirn. »Keine Ahnung. Aber es wäre schon interessant, es zu wissen, nicht wahr? Ich könnte dir versprechen, dich zu verschonen, oder dir sogar ein Königreich in Serkland anbieten, aber du würdest mir jetzt nicht trauen, stimmt's?«

»Natürlich nicht«, sagte Thorgeir. »Also gilt der Rest als abgemacht?«

»Abgemacht.« Der König klopfte ihm auf die Schulter. »Und um sicherzugehen, wird Arvarodd die ganze Zeit mit gezogenem Schwert einen Schritt hinter dir stehen. Arvarodd ist größer als du, vor allem solange du menschliche Gestalt hast. Außerdem hab ich das Gefühl, daß er dich nach eurer Begegnung vor ein paar Stunden nicht sonderlich mag. So, und jetzt erzähl mir alles.«

Also erzählte Thorgeir ihm alles.

»Aber warum ausgerechnet dort?« fragte der Zaubererkönig zum fünftenmal. »Ich hab gedacht, wir wären uns einig ...«

Thorgeir blickte ängstlich über die Schulter zu Arvarodd zurück und antwortete: »Weil es für dich die letzte Möglichkeit ist, so etwas wie anständige Gewinnchancen zu haben. Es ist das Risiko wert, glaub mir. Hör zu, Hrolf und seine Männer haben diese zwei Geister wieder zurückgeholt. Sie sind in das Büro eingebrochen und haben sie befreit.« Er hielt plötzlich den Hörer vom Ohr weg, und nach den herausdringenden Geräuschen zu urteilen, war es eine weise Entscheidung. Als der Geräuschpegel sich gesenkt hatte, fuhr er fort: »Ich weiß, es tut mir auch leid, aber das war nicht mein Fehler. Immerhin ist es mir gelungen, sie bis hierher zu verfolgen, und es wird noch einige Stunden dauern, bis sie die Spange angeschlossen haben. Es bleibt also noch genügend Zeit.«

»Stichhaltig klingt das nicht gerade, aber wart mal einen Moment, ja?«

Thorgeir wartete atemlos, und hinter ihm klopfte sich Arvarodd mit der flachen Seite des Schwerts auf die Hand und schnalzte mit der Zunge.

»Selbst wenn du recht hast«, sagte der Zaubererkönig, »bliebe keine Zeit mehr, eine schlagkräftige Truppe zusammenzustellen. Also wäre es reiner Selbstmord.«

»Unsinn. Ich beobachte die anderen gerade. Da sind der König und diese Frau, der Zauberer, Brynjolf und Arvarodd. Du weißt schon« — er konnte nicht widerstehen, es hinzuzufügen —, »der Arvarodd, der nach Per ...«

»Ich weiß, ich weiß«, unterbrach ihn der Zaubererkönig ungeduldig. »Halt mal für einen Moment die Klappe. Ich denke gerade nach. Paß auf, ich könnte auf die Schnelle ein tragbares Gerät und ein paar Spezialeffekte zusammenkriegen, und dann gibt es natürlich noch die Notfallausrüstung, voll aufgeladen, und du könntest als

Wolf gehen. Mit diesen Sachen und den Jungs von der Kreditverwaltung ...«

»Das Ganze wird das reinste Kinderspiel«, drängte Thorgeir, denn Arvarodd drückte ihm mittlerweile die Schwertspitze in den Nacken. »Nun mach schon, sonst sehen die mich noch. Mir ist es sowieso ein Rätsel, wie ich denen so weit folgen konnte, ohne entdeckt zu werden.«

»Wenn die Sache schiefgeht, verwend ich deinen Schädel als Eierbecher«, zischte der Zaubererkönig.

Thorgeir schloß die Augen und sandte ein Dankesgebet zu seinem Schutzheiligen. »Sei unbesorgt. Das wird überhaupt kein Problem. Versprochen.«

»Wie lange brauche ich, um dorthinzukommen?«

»So, wie du fährst, höchstens vierzig Minuten. Es ist gleich hinter der Abfahrt nach Radnage. Hast du das?«

»Das Problem an dir ist, Thorgeir«, verabschiedete sich der Zaubererkönig, »daß du Dummheit mit Nutzlosigkeit kombinierst. Wir sehen uns.«

Es klickte, und dann kam das Freizeichen.

»Also kommt er nun, oder mach ich jetzt Hackepeter aus dir?« fragte Arvarodd erwartungsvoll.

»Er kommt«, antwortete Thorgeir, ohne die Miene zu verziehen. »Alles läuft genauso, wie ihr es gewollt habt. Und er hat keine Zeit, seine Streitkräfte zu versammeln. Er wird allein kommen, er bringt nur ein paar Extras mit. Du wirst sehen, ihr schafft das schon.«

Arvarodd schüttelte den Kopf und führte Thorgeir ab. Während sie zu den anderen zurückkehrten, beglückwünschte Thorgeir sich selbst für sein schlechtes Gedächtnis. Er hatte es ehrlich vergessen, etwas von der Notfallausrüstung zu erwähnen.

11. Kapitel

Ich halte das immer noch für eine schlechte Idee«, flüsterte Danny Bennett. Angantyr stieß ihm in die Rippen, wodurch sämtlicher Sauerstoff aus Dannys Lunge wie aus einem Luftballon entwich, und sagte ihm, er solle gefälligst still sein. Todunglücklich lag Danny im Heidekraut und sann noch einmal über die ganze Sache nach.

Für ihn sprach, daß er sie hatte überreden können, nicht ganz Großbritannien den Krieg zu erklären, was nach solch einem überzeugenden Sieg einige Mühe gekostet hatte. Hjort hatte bereits den roten Pfeil vorbereitet, um ihn über die Zinnen von Edinburgh Castle zu schießen, und Angantyr sprach schon leichthin davon, Sunderland ebenfalls zu annektieren. Es war allein der Gedanke, daß ein Sieg der wilden Horde durchaus im Bereich des Möglichen lag, der Danny in unvorstellbare Höhen der Beredsamkeit trieb, und am Ende hatte er sogar Erfolg damit. Aber um dies zu erreichen, mußte er gewisse Konzessionen machen — wovon die wichtigste wohl die gemeinsame Fahrt nach London war, um dem König zu helfen. Obwohl sie es niemals eingestehen würden, machten sich einige der Helden doch allmählich Sorgen, vor allem aber hätte sich keiner von ihnen an den Gedanken gewöhnen können, womöglich das große Finale zu verpassen. Deshalb lagen sie nun alle hier auf der Lauer und warteten auf das erste geeignete Fahrzeug. Jetzt war Danny an der Reihe, ernsthaft besorgt zu sein, obwohl er überhaupt keine Bedenken hatte, dies vor den anderen auch einzugestehen. Man müßte Gewalt anwenden. Es könnte sogar zu einem Blutvergießen kommen. Und sobald sie einen Lieferwagen oder einen Bus ergattert hätten, müßte er den Fahrer spielen.

Um die Straßenbiegung bog ein großes rotes Etwas. Hinter einem kleinen Glasrahmen über der Nase dieses Dings stand die Nummer 87. Danny schloß die Augen und hoffte inständig, seine Gefährten würden das Fahrzeug nicht bemerken; aber diesen Gefallen taten sie ihm nicht.

»He, Danny!« zischte Angantyr. »Was ist mit dem da?«

»Der? Nein. Niemals. Ich glaube, der eignet sich überhaupt nicht«, plapperte Danny drauflos. »Ich meine, der ist wahrscheinlich viel zu klein.«

»Sieht aber gar nicht so klein aus!« rief Hjort von der anderen Straßenseite herüber.

»Die sind innen viel kleiner, als sie von außen wirken!« brüllte Danny zurück. »Wirklich!«

Hjort schüttelte den Kopf. »Ein Versuch kann nicht schaden. Was meint ihr, Jungs?«

Mehrere Köpfe nickten, wobei die keilerförmigen Helmbüsche oberhalb des Heidekrauts wie ein Schwarm hüpfender Lerchen aussahen.

»Bist du bereit, Starkad?« fragte Hjort.

»Wart mal, wart mal!« empörte sich Angantyr. »Seit wann bist du hier eigentlich verantwortlich, Hjort Herjolfssen?«

»Irgend jemand muß es doch machen, oder?« Hjort hob den Kopf und sah Angantyr finster an.

Danny sah einen Hoffnungsschimmer. Wenn es ihm gelingen würde, einen Streit zu entfachen, dann ... »Ich bin ganz deiner Meinung, Angantyr!« rief er laut und schaute Hjort erwartungsvoll an.

Aber der Held zuckte nur mit den Achseln und brummte: »Mir ist es egal, wer das Kommando hat.«

»He! Was ist jetzt? Soll ich nun gehen, oder was?« fragte Starkad verunsichert.

»Ja!« befahlen Hjort und Angantyr wie aus einem Mund und glotzten sich gleich darauf blöde an.

Starkad war aufgesprungen. Er konnte schnell wie der Wind laufen, wenn er nicht über etwas stolperte, und schon bald hatte er den Bus überholt. Behende wie eine Wildkatze sprang er mit einem gewaltigen Satz an die Fahrertür, packte den Griff und riß sie auf, wobei er die Füße gegen den Rahmen stemmte. Der Bus schwenkte bedrohlich zur Seite, mähte eine Reihe von Begrenzungspfählen um und kam jählings zum Stehen.

Der Fahrer, dem noch der Kopf schwirrte, versteifte sich hinter dem Lenkrad und starrte hilflos die Gruppe von Verrückten an, die wie aus dem Nichts herbeigestürmt waren. Außer einem schwangen alle altertümliche, aber durchaus furchteinflößende Waffen — Schwerter, Speere und Äxte. Möglicherweise handelte es sich um eine Gruppe von Archäologiestudenten, die die Schlacht von Culloden möglichst wirklichkeitsgetreu nachzustellen versuchten; aber auch diesbezüglich hatte er nur wenig Hoffnung. Der einzige unbewaffnete Mann beugte sich in das Führerhaus herein und räusperte sich.

»Entschuldigen Sie bitte, fährt dieser Bus zufällig nach London?« erkundigte er sich höflich.

Der Fahrer holte tief Luft und keuchte: »Nein. Aber wenn Sie Geld wollen, da vorn sind drei Pfund und zweiundvierzig Pence drin. Nehmen Sie alles.«

»Würde es Ihnen etwas ausmachen, wenn wir uns Ihren Bus ausleihen?« fragte der unbewaffnete Mann. »Es ist nur für einen Tag oder eine Woche oder so.«

»Also wollen Sie meinen Bus entführen?« fragte der Fahrer ungläubig.

»Ja«, antwortete der unbewaffnete Mann etwas betrübt. Der Fahrer wurde weiß im Gesicht, und Danny bekam allmählich Panik. Was, wenn der Fahrer sich zu widersetzen versuchte oder gar seine Fahrgäste beschützen wollte? Bothvar Bjarki würde das gefallen.

»Es ist in Ordnung, wirklich«, sagte er so beruhigend wie möglich. »Ich bin von der BBC.«

»Wirklich?« fragte der Fahrer, der alles andere als beruhigt wirkte. »Seid ihr etwa die Typen, die gestern in Farr die Bullen und Soldaten zusammengeschlagen haben?«

»Ja!« rief Angantyr. Er streckte das bärtige Kinn ungeduldig vor und klopfte bedrohlich mit den Fingern auf die Klinge seines Schwerts.

»Die Armee sucht nach Ihnen, meine Herren«, sagte eine ältere Dame in der zweiten Sitzreihe. »In Strathnaver sind schon überall Panzerwagen aufgefahren.«

»Wirklich?« Angantyrs Augen leuchteten auf. »He, Jungs! Habt ihr das gehört? Sie sind zurückgekommen.« Die Helden redeten aufgeregt durcheinander.

Danny gelangte zu der Überzeugung, daß dies ein Moment zum Handeln und nicht zum Verhandeln war. Er packte den Fahrer kurzerhand beim Kragen und zog ihn vom Sitz. »Okay«, krächzte er (eigentlich wollte er schreien, aber seine Worte klangen eher wie der Brunftschrei eines frühreifen Fasanenkükens), »ich will, daß alle sofort den Bus verlassen.«

»Sie machen wohl Witze, mein Sohn!« empörte sich die ältere Dame. »Vor Mittwoch fährt kein anderer Bus mehr, und ich muß meinen kompletten Wocheneinkauf erledigen.«

Bothvar Bjarki kletterte hinein. »Ihr habt gehört, was er gesagt hat«, knurrte er. »Raus mit euch, und zwar sofort!«

»Werden wir jetzt etwa als Geiseln genommen?« erkundigte sich ein alter Mann in der vierten Reihe.

»Nein. Sie können gehen«, beruhigte Danny die Fahrgäste.

»Schade«, sagte der alte Mann. »Für George Macleod

und seine Spitzel wäre das ein ganz schöner Schlag in die Fresse gewesen.« Er zuckte enttäuscht die Achseln und griff nach seiner Einkaufstasche.

Nachdem die Fahrgäste aus dem Bus geströmt waren, wobei es sich beim Aussteigen keiner hatte entgehen lassen, Danny genau in Augenschein zu nehmen, kletterten die Helden hinein. Danny atmete tief durch und setzte sich auf den Fahrersitz.

Der Fahrer hob eine Augenbraue und fragte: »Wissen Sie überhaupt, wie man einen Bus fährt?«

»Ich habe nicht die leiseste Ahnung«, gab Danny zu. »Ist das schwer?«

»Ja, sehr schwer sogar. Fahren Sie denn weit?«

»Nach London.«

Der Fahrer schüttelte mitleidig den Kopf, und im tiefsten Innern Dannys machte es *Klick.* Vielleicht hatte er Wikingerblut in den Adern. Wahrscheinlich hatte er aber einfach nur die Nase voll. »Okay. Dann fahren Sie«, forderte er den Fahrer auf.

»Ich?« Der Fahrer starrte ihn entsetzt an. »In den Beförderungsvorschriften für Überlandbusse steht ...«

»Ich scheiß auf irgendwelche Vorschriften!« Danny wünschte sich zum erstenmal, er hätte damals das von Angantyr angebotene Schwert doch angenommen. »Sie fahren diesen Bus jetzt nach London, oder es wird Ihnen noch leid tun.«

Hinter ihm nickte Angantyr anerkennend und klopfte Danny auf die Schulter. »So ist es richtig«, ermunterte er ihn. »Gib's ihm!«

Aus einem ihm selbst völlig unersichtlichen Grund strahlte Danny vor Freude, und er gab dem Fahrer einen Stoß. »Okay, Sportsfreund. Laß uns diese Show ins Rollen bringen.«

»Was für eine Show?« fragte Hjort, aber Danny ging nicht darauf ein, denn er hatte eine plötzliche Eingebung. Er beugte sich vor und zeigte auf die Kurbel oberhalb des Fahrersitzes, mit der Nummer und Fahrtziel an der Vorderseite des Busses verstellt wurden. »Ändern Sie das!« forderte er den Fahrer auf.

»Und in was?« fragte der Fahrer.

»In ›Sonderfahrt‹ natürlich. Los, nun machen Sie schon!«

Der Fahrer gehorchte und startete den Motor.

Danny streckte den Kopf zum Fenster hinaus und winkte den ehemaligen Fahrgästen zu. »Machen Sie sich nichts draus!« rief er. »In ein paar Minuten kommt der nächste.«

Der Bus fuhr los, und Danny setzte sich in die erste Sitzreihe. Zwar wunderte er sich über sich selbst, empfand aber keinerlei Reue, und ihm wurde bewußt, daß ihm das Ganze allmählich Spaß machte.

»Ist Ihnen eigentlich klar, daß unser Sprit nicht mal bis Inverness reicht?« fragte der Fahrer.

»Dann werden wir wohl tanken müssen, wie?« schlug Danny vor. »Und jetzt halten Sie den Mund, und konzentrieren Sie sich gefälligst aufs Fahren!«

Angantyr kam nach vorn und setzte sich neben Danny. »Hier, nehmen Sie ein wenig kaltes Möwenfleisch. Ich hab es eigens für Sie aufgehoben.«

»Danke.« Danny biß einen großen Brocken ab, und es schmeckte ausgezeichnet.

»Sie haben das eben sehr gut gemacht«, lobte ihn Angantyr Asmundson. »Ich finde, Sie kommen immer besser zurecht.«

»Ach, das war doch nicht der Rede wert«, nuschelte Danny mit vollem Mund.

»Mag sein. Aber Sie haben die Sache auf jeden Fall gut im Griff gehabt.«

»Danke.« Danny kaute eine Weile und kratzte sich dann am Kopf. »Angantyr, ich hab über etwas nachgedacht.«

»Und über was?«

»Wenn wir nach London kommen, wie finden wir dann die anderen?«

»Das dürfen Sie mich nicht fragen. Ist das ein großer Ort?«

»Ziemlich groß.« Danny runzelte die Stirn. »Also wissen wir gar nicht, wo die sich aufhalten könnten?«

»Es war Ihre Idee, dort hinzufahren«, entgegnete Angantyr.

»So?«

»Ja«, sagte Angantyr. »Wissen Sie das nicht mehr?«

Danny lehnte sich in seinem Sitz zurück. Immerhin war es eine lange Reise nach London, und er würde viel Zeit haben, über einen Plan nachzudenken. »Dann war es wohl so«, sagte er und gähnte. »Überlassen Sie das ruhig mir.«

Angantyr grinste. »Sie haben Ihre Meinung über uns ein wenig geändert, stimmt's?«

Danny schüttelte den Kopf. »Man braucht nur etwas Zeit, um sich an Ihre Gepflogenheiten zu gewöhnen, das ist alles«, sagte er. »Aber irgendwo muß man ja anfangen, oder?«

»Das ist wohl wahr«, seufzte Angantyr verständnisvoll.

»Als ich damals meine ersten Bilder fürs Fernsehen geschossen hab, ging's mir ganz ähnlich«, fuhr Danny fort.

Angantyr nickte und fragte mitfühlend: »Und? Haben Sie danebengeschossen?«

Danny dachte an die Kritiken und sagte: »Ja.«

»Mit meinem ersten wilden Eber erging's mir genauso«, erzählte Angantyr. »Das waren in erster Linie die Nerven. Alle haben gelacht.«

Danny seufzte; er kannte das Gefühl. »Das wichtigste ist, das man so etwas nicht zu nahe an sich herankommen läßt.«

»Richtig, besonders keinen wilden Keiler«, stimmte Angantyr ihm zu. »Manche haben Hauer wie Rasiermesser. Ich erinnere mich da an ein Erlebnis damals in Radsey ...«

Er verstummte plötzlich und riß die Augen auf. Eine riesige schwarze Wolke war wie aus dem Nichts aufgetaucht und bedeckte den ganzen Himmel. Innerhalb weniger Augenblicke war es stockdunkel. Von dort, wo die Sonne hätte sein sollen, kam ein durchdringender Schrei; ob er Schmerz oder Triumph ausdrücken sollte, vermochte niemand zu sagen. Überall um sie herum wehte plötzlich ein starker Wind, und durch die Luft flogen merkwürdige Gebilde, die wie Fledermäuse oder kleine schwarze Vögel aussahen. Ein gewaltiger Blitz spaltete den Himmel, und Hagelkörner krachten gegen die Busfenster. Der Fahrer hielt sofort auf dem Seitenstreifen an und versteckte sich wimmernd unter dem Sitz.

»Oje«, seufzte Angantyr, »sieht so aus, als würden wir den ganzen Spaß doch noch verpassen.«

König Hrolf taumelte, stolperte, fiel und lag regungslos da. Sekundenlang konnte er nichts anderes tun, als dem Schlagen des eigenen Herzens und dem Heulen des Sturms zuzuhören. Dann nahm er das Schmettern der Hörner und die Schreie der Jäger wahr und zwang sich zum Aufstehen. Diese grausame Musik war einfach zu nahe. Er befahl seinen Knien, das Körpergewicht zu tragen, beugte sich vor und lief los.

Schon vor einigen Stunden war irgend etwas schiefgegangen. Ein Mann, dessen Gesicht ihm bekannt vorgekommen war, hatte sich ihnen in einem kleinen schwarzen Auto genähert. Dann stieg der Mann aus und kam auf sie zu, so als wolle er sich ergeben. Arvarodd wurde dadurch abgelenkt, und Thorgeir gelang es, sich aus seinem Griff befreien. Bevor ihn jemand aufhalten konnte, hatte Thorgeir die Drähte von der Drachenspange abgerissen, und im selben Augenblick brach der Sturm los. Egal, wie tapfer und stark ein König auch sein mochte, gegen diese Blitze und Sturmböen, die ihn wie ein Hammer trafen, war selbst er machtlos. Er klammerte sich an sein Schwert wie an einen Rettungsanker und rannte davon, aber der Sturm verfolgte ihn überallhin.

Das alles war schon einige Zeit her, und er rannte immer weiter. Er kam an Dörfern und Städten vorbei, die in der völligen Finsternis starr und ohne Leben waren, lief über offene Felder und durch Wälder, deren Bäume entwurzelt wurden, sobald er an ihnen vorbeikam. Blitze hatten ihm die Fersen verbrannt, und Hagelkörner peitschten und stachen ihn, während er lief. Manchmal wurde ihm der Weg von seltsamen Kreaturen versperrt, die erst menschliche und dann wieder tierische Gestalt annahmen; hin und wieder tat sich die Erde vor ihm auf oder entflammte unter seinen Füßen; bisweilen löste ein kochendheißer Regen den Hagel ab, der ihm Gesicht und Hände verbrühte, oder schwarzer Nebel füllte ihm die Lunge wie bleierner Schlamm. Durch alle diese Schrecken war er hindurchgelaufen, während seine Verfolger immer näher kamen; langsam zwar, vielleicht einen Meter pro Stunde, aber die ganze Zeit erkennbar näher. So muß sich der Stundenzeiger fühlen, wenn ihm der Minutenzeiger auf den Fersen ist.

Er stolperte erneut und stürzte zu Boden. Diesmal verweigerten ihm die Knie den Gehorsam, und der Erdboden, auf dem er lag, erbebte vom Klang vieler Füße. König Hrolf hob den Kopf und wischte sich das Blut aus den Augen. Vor ihm war der Boden verschwunden. Er befand sich auf einem Plateau, das nach allen Seiten steil abfiel. Mit einem Mal erstarb der Wind, und es herrschte vollkommene Stille.

König Hrolf rammte sein Schwert in den Boden und hangelte sich an ihm hoch. Er atmete tief ein und hielt die Luft an.

»So.« Die Stimme kam von allen Seiten. »Hier muß es nun enden.«

»Dieser Ort ist so gut wie jeder andere«, entgegnete der König gefaßt.

Die Stimme lachte. »Das ist er in der Tat. War es das wert, Hrolf Erdenstern?«

Der König zog das Schwert mit einem Ruck aus dem Torf und hielt es vor sich. »Das hängt davon ab, was dabei herauskommt!« rief er.

Die Stimme lachte noch einmal, und die Erdoberfläche vibrierte wie ein Trommelfell. »Gut gesagt, Hrolf Ketilsson. Wenn du möchtest, lasse ich dich noch ein bißchen weiterlaufen.«

»Zum Laufen bin ich langsam zu alt«, antwortete der König. »Ich hab lange genug gelebt.«

»Zu lange.« Die Stimme lachte ein drittes Mal.

»Ich möchte dich nur noch um einen Gefallen bitten«, sagte König Hrolf, wobei er den Kopf hob und lächelte. »Es ist nur eine Kleinigkeit, aber ich wüßte gern deinen Namen.«

»Meinen Namen? Das ist allerdings keine Kleinigkeit. Aber da du gut gelaufen bist und weil nach deinem Tod niemand mehr geboren werden wird, der danach zu fragen wagt, werde ich ihn dir verraten. Hör genau zu, Hrolf Erdenstern.«

König Hrolf senkte sein Schwert und stützte sich darauf. »Ich höre.«

»Also gut«, sagte die Stimme. »Man nennt mich Vindsval und Vasad, Bestla und Beyla, Jalk und Jafnhar. In Finnmark heiße ich Geirrod, in Gotland Helblindi, in Markland Bolverk, in Permia Skirnir, in Serkland Eikenskjaldi. Bei den Dänen nannte man mich Kriegsvater, bei den Sachsen Meister. Für die Goten war ich der Totengräber und in Scythia der Eroberer. Die Götter nannten mich Hunferth, die Elfen Freki, für die Zwerge war mein Name Ganglati und für die Menschen bin ich ...«

König Hrolf hielt sich die Ohren zu.

Hildy rollte sich auf die Seite und öffnete die Augen. Das bedeutete, daß sie noch am Leben war, wozu das auch immer gut sein sollte. Durch die Dunkelheit hindurch konnte sie Brynjolf mit dem Gesicht nach unten an der Stelle liegen sehen, wo die erste Windbö ihn umgeblasen hatte, und den Zauberer Kotkel dort, wo Thorgeir ihn niedergeschlagen hatte. Unter Schmerzen stemmte sie sich mit einem Ellbogen ab und blickte sich um. Da lag auch Arvarodd oder dessen Leiche, und über ihm stand ein großer grauer Wolf. Sie erinnerte sich, wie die beiden gekämpft hatten, bis Arvarodds Schwert in seinen Händen in tausend Splitter zerbrochen und sein Schild unter der Wucht des angreifenden Wolfs wie eine Blume zertrampelt worden war. Dann war ihr etwas ins Gesicht geflogen, und sie hatte nichts mehr gesehen.

Der König schien wie vom Erdboden verschwunden.

Der Wolf drehte den Kopf und knurrte Hildy an, wobei er sich Blut von den langen Reißzähnen leckte. Aber Hildy hatte keine Angst mehr. Sie war längst an dem Punkt angelangt, da Angst nichts mehr nutzt und Zorn die einzige Hoffnung auf Überleben bietet. Sie haßte diesen Wolf, und sie wollte ihn töten. Sie sah sich nach einer Waffe um, konnte aber außer dem Griff von Arvarodds Schwert keine entdecken. Wie ein Hund, der das Kratzen seines Freßnapfes auf den Küchenfliesen hört, trottete der Wolf plötzlich auf sie zu. Hildy starrte ihn gebannt an und war fasziniert von der Anmut seiner Bewegungen. Ihre Hand glitt unwillkürlich in die Tasche. Das kleine Stoffbündel, das ihr Arvarodd gegeben hatte, kam zu Vorschein, und ihre Finger berührten und erkannten dessen Inhalt: den Bergkristall, der die Fähigkeit verlieh, sämtliche Sprachen zu beherrschen; den Knochensplitter, der Beredsamkeit schenkte; den Stein, der Glück bringen sollte; den Stein von der Küste von Asgard …

Wenn Sie den auf irgend etwas werfen, verwandelt er sich noch im Flug in einen dicken Felsbrocken und haut alles platt, was ihm im Weg steht. Danach verwandelt er sich wieder in einen Bergkristall und kehrt in Ihre Hand zurück.

Hildy warf den Stein und verfehlte das Ziel.

Der Wolf heulte erschrocken auf und galoppierte davon. Der Stein kehrte mit einem pfeifenden Geräusch zu ihr zurück und landete wie ein scharfer Stachel in ihrer Handfläche, so daß sie ihn beinahe hätte fallen lassen. Sie fluchte laut und warf ihn erneut. Ein lautes Krachen verriet ihr, daß sie diesmal das Auto getroffen hatte. Als der Stein sich wieder in ihren Fingern befand, war der Wolf nirgends mehr zu sehen. Sie wollte hinter ihm herlaufen, blieb dann aber wie angewurzelt stehen.

»Hast du nicht irgendwas vergessen?« fragte eine Stimme.

Sie machte auf dem Absatz kehrt und starrte verunsichert in die Dunkelheit. Da waren zwei schwache Lichtpunkte ...

»Statt mit Steinen zu schmeißen«, sagte die Stimme, »solltest du uns lieber wieder an die Spange anschließen.«

»Leuchtet heller«, bat Hildy, »ich kann kaum was sehen.«

Die Lichter flammten auf, und Hildy erkannte die Umrisse des zerbeulten Autos.

»Du konntest aber genug sehen, um diesen Felsbrokken nach uns zu werfen. Was haben wir dir getan?« beklagte sich die Stimme.

»Ich hab nicht nach euch geworfen«, sagte Hildy. »Da war dieser Wolf ...«

»Du siehst vor lauter Wölfen keine Geister mehr«, warf ihr das Licht vor. »Die Spange liegt gleich da drüben.«

Das Licht der beiden Flecke fiel auf die funkelnden Granateinlagen, und Hildy hob die Drachenspange auf. »Und was muß ich jetzt tun?« fragte sie.

»Schling die Enden der Drähte um unsere Hälse«, forderte das Licht sie auf.

»Habt ihr denn Hälse?« fragte Hildy zweifelnd. Sie

sah lediglich eine leuchtende Stelle, die gereizt aufflakkerte.

»Natürlich haben wir Hälse«, stöhnte der Lichtfleck. »Du wirst es kaum glauben, aber sie befinden sich zwischen unseren Köpfen und Schultern.«

Hildy griff nach einem der Lichter.

»Aua! Ich möchte doch sehr bitten«, beschwerte sich der Fleck.

»Verzeihung.« Sie griff noch einmal danach.

»Schon wärmer«, sagte das Licht. »Noch ein Stückchen höher. Da ist es richtig.«

Mit der anderen Hand nahm Hildy das Ende von einem der Drähte. »Halt bitte still!« flehte sie.

»Schwierig«, kicherte das Licht. »Das kitzelt nämlich.«

Hildy legte dem Licht eine Drahtschlinge um den Hals und zog sie zu. Es gab ein prustendes Geräusch, und sie entschuldigte sich sofort. Dann machte sie eine zweite Schlinge und legte sie dem anderen Lichtfleck dort an, wo sie dessen Hals vermutete.

»Blöde Gans!« fluchte das zweite Licht. »Das war mein Fußknöchel.«

»Mein Gott.« Sie fummelte verzweifelt am Draht herum, löste die Schlinge ein Stück und fiel fast vornüber.

»Du schnürst mir gleich den Brustkorb zu«, keuchte das zweite Licht. »Höher. Ja. Die Stelle ist richtig. Mach schon, kannst mich ruhig erwürgen.« Hildy zog die Schlinge zu.

Plötzlich kam die Sonne heraus.

Der Zaubererkönig erstarrte. Etwas war schiefgegangen. Er stierte wie wild die Sonne an, die hoch am klaren blauen Himmel stand, und glotzte dann auf den Boden, der sich unerklärlicherweise wieder unter seinen Füßen befand. Er schluckte angestrengt und stammelte: »Aber du … du kannst mich ruhig Eric nennen.«

»Gut, Eric«, sagte der König ungerührt. »Wollen wir

jetzt weitermachen?« Er hob sein Schwert und schwang es über dem Kopf.

»Ich hab es nicht eilig«, sagte der Zaubererkönig und wich ein Stück zurück. »Wie du weißt, hab ich grundsätzlich etwas gegen unnötige Gewalt.«

»Und was ist mit notwendiger Gewalt?« erkundigte sich der König unfreundlich.

»Dagegen hab ich auch was«, antwortete der Zaubererkönig. »Außerdem scheine ich im Gegensatz zu dir bisher ohne Schwert ausgekommen zu sein.«

»Und was hängt da an deinem Gürtel?«

»Ach, das da?« Äußerst widerwillig zog der Zaubererkönig das große Schwert Ifing aus der Scheide, und die Sonnenstrahlen funkelten auf der blankpolierten Klinge.

»Fertig?«

»Nein«, entgegnete der Zaubererkönig.

»Pech für dich.« Hrolf tat einen Schritt vorwärts.

»Wollen wir nicht eine Münze werfen?« schlug der Zaubererkönig vor. »Kopf, und ich gehe für immer fort. Zahl, und ich verschwinde völlig.«

»Nein. Bist du jetzt fertig?«

»Was ist mit Stein schleift Schere?«

»Nein.«

»Na gut, du hast es so gewollt«, sagte der Zaubererkönig unglücklich und setzte zu einem gewaltigen Schlag auf König Hrolfs Kopf an. Hrolf parierte, und die beiden Schwerter krachten mit ohrenbetäubendem Lärm zusammen. Hrolf unternahm zunächst einen Scheinangriff, mit dem er seinen Gegner nach links abdrängte, dann holte er aus und schlug von rechts zu; aber er war verwundet und erschöpft, und der Zaubererkönig, der es als Schwertkämpfer schon immer mit jedem aufnehmen konnte, war frisch und unverletzt. Der Schlag ging daneben, weil der Zaubererkönig geschickt auswich, und Hrolf fiel nach vorn. Der Zaubererkönig riß Ifing hoch über den Kopf, ließ das Schwert mit aller Kraft niedersausen und traf Hrolf an der Schulter. Die Klinge durchtrennte zwar die Stahlglieder des Kettenhemds und kratzte dabei die Haut an, aber das war schon alles — die Schmiede auf der Festung Borve fertigten gute Rüstungen. Sofort war Hrolf wieder auf den Beinen. Er atmete zwar schwer, hielt aber Tyrving fest in beiden Händen.

»Du schummelst«, sagte der Zaubererkönig.

»Du schummelst auch«, entgegnete Hrolf und tat einen Satz nach vorn. Der Zaubererkönig hob sein Schwert und parierte den Schlag mit der Klinge. Hrolf lehnte sich zurück, und der Zaubererkönig holte in weitem Bogen zu einem kraftvollen Schlag auf die Beine des Königs aus. Hrolf hatte diesen Angriff jedoch erwartet und sprang hoch, so daß die Klinge im letzten Augenblick nur durch leere Luft schnitt. Dem Zaubererkönig gelang es gerade noch, Hrolfs Gegenangriff auszuweichen.

»Wollen wir nicht doch lieber eine Münze werfen?« keuchte der Zaubererkönig. »Wenn du möchtest, kannst du deine eigene nehmen.«

Hrolf schüttelte den Kopf und führte einen Schlag auf den Hals seines Gegners. Dieser wehrte ihn mit einer Kreuzdeckung ab und warf sein Gewicht nach vorn, wobei das Schwert an Hrolfs Klinge entlangglitt, bis sich die Griffe ineinander verhakten. Hrolf verlor kurz das Gleichgewicht, konnte die Beine aber gerade noch rechtzeitig stabilisieren und zog sein Schwert ruckartig zurück. Der Zaubererkönig geriet ins Straucheln, verlor die Balance und stürzte zu Boden. Das Schwert flog ihm aus der Hand. Bevor er aufstehen konnte, stand Hrolf über ihm, und setzte ihm die Spitze Tyrvings auf die Kehle.

»Jetzt werden wir eine Münze werfen«, sagte Hrolf.

»Und warum erst jetzt?« fragte der Zaubererkönig verbittert. »Du hättest mich verletzen können.«

»Kopf, und du bekommst dein Schwert zurück.« Der Zaubererkönig erhob heftige Proteste, aber Hrolf lächelte nur. »Was ist los?« fragte er. »Hast du deinen Sinn für Humor verloren?« Er hob das Schwert und legte es mit der flachen Klinge auf die Schulter.

»Okay, du alter Schlaumeier. Du hattest deinen großen Auftritt.« Der Zaubererkönig rappelte sich auf. »Können wir mit diesem Quatsch jetzt Schluß machen?«

Hrolf grinste und stellte sich mit dem rechten Fuß auf das Schwert des Zaubererkönigs. »Ist dein Name wirklich Eric?« fragte er.

»Wir brauchen das Thema jetzt wirklich nicht breitzutreten«, murmelte der Zaubererkönig. »Ich hab sogar versucht, Eric mit K zu schreiben, aber die Leute haben immer noch gelacht.«

»Ich finde, das ist ein schöner Name.«

»Was du nicht sagst.«

»Doch, ehrlich«, beteuerte König Hrolf und lehnte sich auf sein Schwert. »Früher oder später muß ich dich töten, und mir wäre es wesentlich lieber, du würdest dich verteidigen.« Er stieß Ifing mit dem Fuß zum Zaubererkönig hinüber, der einen widerwilligen und finsteren Blick auf sein Schwert warf.

»Weißt du, ich bin nicht wirklich böse«, sagte der Zaubererkönig.

»Dann kannst du dich aber gut verstellen.«

»Mein Fehler war, daß ich mit meinen magischen Kräften zuviel Blödsinn angestellt hab«, fuhr der Zaubererkönig fort. »Verdammt, das macht mir nicht mal Spaß. Glaub mir, ich würde viel lieber in alten Klamotten herumgammeln und ein paar Partien ›Koboldzähne‹ spielen.«

»Koboldzähne?«

»Das ist so eine Art Spiel, mit Würfeln und ...«

»Ich weiß«, sagte der König mit einem seltsamen Ausdruck im Gesicht. »Du spielst also ›Koboldzähne‹, richtig?«

»Ja«, antwortete der Zaubererkönig. »Warum? Du auch?«

Der König untersuchte seine Fingernägel. »Ich hab mich mal ganz beiläufig damit beschäftigt«, murmelte er.

»Ach, wirklich?«

»Ich bin mal ein Jahr lang baltischer Meister gewesen«, räumte der König ein. »Das war natürlich reines Anfängerglück.«

»Ich hab zweimal hintereinander die Swedish Open gewonnen«, brüstete sich der Zaubererkönig voller Stolz. »Ich hab allerdings geschummelt«, fügte er hinzu.

»Man kann bei ›Koboldzähne‹ nicht schummeln«, widersprach der König. »Das ist unmöglich.«

Der Zaubererkönig grinste breit. »Doch, man kann.«

»Dann erzähl mal«, forderte ihn König Hrolf auf. »Wie soll das gehen?«

»Das kann ich nicht einfach so erklären«, entgegnete der Zaubererkönig geheimnisvoll. »Dazu brauche ich das Brett und die Spielsteine.« Er verstummte und blickte Hrolf hoffnungsvoll an. »Du hast nicht zufällig ein Spiel dabei? Ich hab meins im fünfzehnten Jahrhundert verloren.«

»Nein«, entgegnete König Hrolf mit leuchtenden Augen, »aber ich kenne jemanden, der eins hat.«

Brynjolf setzte sich auf und rieb sich den schmerzenden Kopf. »Was ist passiert?« fragte er.

»Keine Ahnung.« Brynjolf schaute auf und erblickte Arvarodd, der mit dem Rücken ans Auto gelehnt dastand. »Aber es sieht im Moment nicht allzu schlecht aus. Stimmt's, Kotkel?« Der Zauberer schüttelte mißmutig den Kopf und machte ein Geräusch wie ein gequälter Zementmischer.

»Pessimist«, zischte Arvarodd. »Ich persönlich sehe immer die positiven Seiten. Selbst als dieser verdammte Wolf über mir gestanden und mich angeknurrt hat, hab ich noch zu mir gesagt: ›Arvarodd, du hast schon tiefer in der Klemme gesteckt.‹«

»Wann?« murmelte Brynjolf. »In Permia etwa?«

»Diese Bemerkung hab ich überhört«, brummte Arvarodd. »Jedenfalls hab ich mich einfach totgestellt, und er lief davon. Ich glaube, er hat ein Kaninchen gesehen. Dann, und das gebe ich freiwillig zu, bin ich ohnmächtig geworden. Aber ich lebe noch, oder?«

»Wo ist eigentlich Vel-Hilda?« erkundigte sich Brynjolf.

»Hier«, meldete sich Hildy und trat aus dem Dickicht heraus. »Ich bin auf Wolfsjagd gewesen. Seht nur!«

Am Ende der Leine, die sie in der Hand hielt, hing ein mürrisch dreinschauender Wolf.

»Sitz!« befahl Hildy. Der Wolf starrte sie zornig an und setzte sich.

»Ich werde dich Klecks nennen, nicht wahr, mein Kleiner?« schlug sie vor. Der Wolf knurrte bedrohlich, aber Hildy nahm einen Bergkristall aus der Tasche und hielt ihn hoch. Der Wolf wedelte wütend mit dem Schwanz, rollte sich auf den Rücken und ruderte mit den Beinen in der Luft herum.

»Weshalb bist du so fröhlich?« fragte Brynjolf leicht gereizt.

»Ich hab gerade den König im Seherstein entdeckt«, antwortete Hildy. »Ihm ist nichts passiert. Ich glaube, er hat den Feind gefangen. Die beiden schienen sogar gut miteinander auszukommen.« Sie beugte sich vor und kraulte Klecks am Bauch. »Na, wer hat denn da auf einmal vier süße kleine Beinchen?« säuselte sie, und der Wolf warf ihr einen mürrischen Blick zu.

»Übrigens, falls du dir zufällig unnötige Sorgen um uns gemacht haben solltest«, grummelte Arvarodd mißmutig, »wir sind alle noch am Leben.«

»Ich weiß«, antwortete Hildy beiläufig. Anscheinend hatte sie den beißenden Unterton in Arvarodds Stimme gar nicht bemerkt. »Ich hab mich davon überzeugt, bevor ich dem Wolf hinterhergelaufen bin. Glück gehabt.«

»Ach, ich weiß nicht«, stöhnte Brynjolf. »Weiber ...«

Er verwandelte sich in seine eigene Statue. Statuen, besonders solche aus Stein, haben keine Kopfschmerzen.

Hildy befestigte die Wolfsleine am Arm der Statue und setzte sich. »Ich bin jedenfalls froh, daß alles so gut geklappt hat«, freute sie sich.

12. Kapitel

Das ist für dich, mein König«, verkündete Hildy feierlich.

»Bist du dir da wirklich sicher?« fragte der König mit ernster Stimme.

Hildy nickte. »Ja«, sagte sie und überreichte ihm die Karaffe, die sie gegen ihre gesamten Esso-Gutscheine eingetauscht hatte. »Denk an mich, wenn du sie in Walhalla benutzt.«

»Das werde ich, Vel-Hilda«, antwortete der König. »Was macht man damit?«

»Zum Beispiel kann man eine solche Karaffe mit Met füllen. Aber sei vorsichtig, sie ist zerbrechlich.«

Der König nickte und wickelte die Karaffe mit großer Vorsicht in ein Biberfell ein. »Das ist ein wahrhaft königliches Geschenk«, log er.

Die letzten Strahlen der untergehenden Sonne schienen durch die Oberlichter der Festung Borve. Es war nicht einfach gewesen, durch den Kordon der Panzerwagen dorthin zu gelangen. Am Schluß mußte der Zauberer alle unsichtbar machen, woraus sich einige Schwierigkeiten ergaben. Erst einmal trat Arvarodd Hildy andauernd auf die Füße, aber vor allem benötigte der Zauberer gleich drei oder vier enttäuschende Fehlversuche, ehe sie endlich alle wieder sichtbar wurden. Zu guter Letzt erreichten sie jedoch die Festung. Die anderen

Helden, die Hildy mit dem Seherstein ausfindig gemacht hatte, waren durch Brynjolf in Gestalt eines Raben von der bevorstehenden Ankunft des Königs samt seiner Begleitung informiert worden und hatten daraufhin ein opulentes Festmahl mit gegrilltem Möwenfleisch und Algencreme vorbereitet.

»Es wird Zeit, das Licht anzumachen«, sagte der König. Er nickte Kotkel zu, der die beiden chthonischen Geister mit einigen Drähten verband. Prexz und Zxerp waren eingeschnappt, denn sie spielten gerade zu dritt eine Partie ›Koboldzähne‹ mit dem Zaubererkönig. Sie hatten den starken Verdacht, daß er schummelte.

»Frag mich nicht, wie er das macht«, flüsterte Zxerp seinem Gefährten zu. »Ich weiß es einfach, das ist alles.«

Zwei große goldene Kessel, deren Inhalt aus der verzauberten Bierdose stammte, wurden am Tisch herumgereicht, und Danny Bennett füllte sein Trinkhorn auf. Es war von Weyland höchstpersönlich aus den Hörnern eines preisgekrönten Rentiers gefertigt worden, und der darauf liegende Zauber bewahrte den Benutzer am nächsten Morgen vor sämtlichen Krankheitssymptomen. Das war nach Dannys Dafürhalten auch gut so, denn er hatte allen Grund zum Feiern — sowohl seine Karriere als auch den BAFTA-Award konnte ihm niemand mehr streitig machen. Das Interview mit König Hrolf — zur größeren Glaubwürdigkeit der Story mit einer überzeugenden Demonstration magischer Effekte durch den Zauberer Kotkel gekoppelt — war sicher im Kasten. Danny hatte in der Beute aus dem erst kürzlich stattgefundenen Zusammenstoß zwischen den Wikingern und staatlichen Sicherheitskräften eine Videokamera entdeckt. Angantyr hatte die Rolle des Kameramanns übernommen und für diesen Job eine bemerkenswerte Begabung gezeigt, was Danny nicht im geringsten überraschte. »Du bist der geborene Kameramann«, lobte ihn Danny beim Überprüfen der Aufnahmen auf dem Monitor.

Glücklicherweise war Angantyr so naiv, dies als Kompliment aufzufassen.

»Ich werde dafür sorgen, daß du im Nachspann erwähnt wirst«, versicherte ihm Danny. »Kamera: A. Asmundarson, und die Gewerkschaft kann uns mal.« Er leerte das Trinkhorn und füllte es erneut.

»Schade, daß ich es nicht sehen kann«, bedauerte Angantyr.

»Wenn du nur hierbleiben würdest. Ich könnte dir einen Job beim Fernsehen besorgen. Kein Problem«, versicherte ihm Danny.

»Ach, wär das schön. So, wie du das alles beschrieben hast, gefiele mir so ein Leben wirklich gut. Aber was soll's?«

»Ich will dir mal was sagen.« Danny legte den Arm um die Schulter seines Freundes. »Warum nimmst du die Kamera und den Monitor nicht einfach mit nach Walhalla? Es sind jede Menge Reservebänder vorhanden. Dann hättest du wenigstens was zu tun, wenn du mal das ewige Kämpfen und Feiern satt hast.«

»Das ist eine tolle Idee«, freute sich Angantyr und füllte das Horn seines Freundes auf. »Als Gegenleistung muß ich dir aber auch ein Geschenk machen.«

»Ein Geschenk?« Danny strahlte.

»Ein Geschenk«, wiederholte Angantyr. Er wünschte, er hätte nie etwas davon erwähnt.

»Wirklich?« Danny schlug ihm auf den Rücken, und Angantyr verschüttete sein halbes Horn. »Das ist ... also, ich bin wirklich gerührt.«

»Ach, das ist nur Heldentradition«, murmelte Angantyr und wischte sich das Bier vom Kettenhemd. Er schämte sich ein wenig wegen seiner früheren Vorbehalte gegen Danny und überlegte, womit sein neuer Freund am meisten anfangen könnte. Ein verzauberter Helm? Ein Pfeil, der niemals sein Ziel verfehlte, falls Danny wieder einmal auf Themenjagd gehen oder Bilder schießen wollte? Irgendwie erschienen ihm solche Geschenke etwas dürftig. Er sammelte sich und machte sich für den ultimativen Akt wahrer Großzügigkeit bereit.

Feierlich verkündete er: »Ich werde dir mein eigenes Rezept für Möwensuppe geben.«

»Oh, wie schön!« jubelte Danny. »Wart einen Moment, ich such nur rasch einen Schreiber. Okay.«

»Zuerst«, diktierte Angantyr, »fängt man eine Möwe ...«

»Sei doch froh«, ermunterte Arvarodd Hildy, »das ist immer noch sehr viel besser als ›Arvarodd von Permia‹.«

»Kann sein«, sagte sie traurig, »aber trotzdem ...«

»Nichts mit ›aber trotzdem‹.« Arvarodd seufzte. »Weißt du, ich hab mir damals in meinen Träumen vorgestellt, wie ich am liebsten genannt werden würde — Dichter Arvarodd oder Arvarodd der Versemacher. Aber was verbinden die Leute heute mit meinem Namen? Dieses verdammte Permia.« Etwas fröhlicher fuhr er fort: »Aber wenigstens hat meine Saga überlebt. Im Gegensatz zu der von König Gautrek. Ich hab es ihm damals gleich gesagt, als er mir sein Manuskript gezeigt hat. Ungebildeter Abfall für Leute, die beim Lesen ihre Lippen bewegen müssen.«

Hildy nickte. Sie hatte nicht den Mut, ihm zu erzählen, daß es die *Gautrek Saga* ebenfalls durch die Jahrhunderte geschafft hatte und als ein Meisterwerk ihrer Art galt. Menschen sterben, Vieh stirbt, nur glorreiche Taten leben für immer weiter, wie es in der Edda heißt.

»Aber ich war nie zufrieden mit meiner Saga«, fuhr Arvarodd fort. »Sie müßte gekürzt werden.« Er verstummte und wurde rot.

»Was ist los, Arvarodd?« fragte Hildy, aber er schaute verlegen beiseite.

»Ich ... ich nehme nicht an, daß ...«, stammelte er. »Ach, das ist zuviel verlangt, und ich möchte keine Nervensäge sein.«

»Was ist denn, Arvarodd?« Hildy beugte sich zu ihm vor.

Arvarodd räusperte sich und zog ein auf Pergament geschriebenes Manuskript aus dem Kettenhemd. »Also, wenn du vielleicht mal einen Moment Zeit hättest, Vel-Hilda, dann könntest du ...«

Hildy lächelte. »Ich würde mich riesig freuen«, sagte sie und schaute auf das Runengekrakel oben auf der ersten Seite. ›Arvarodds Saga 2: Die letzte Schlacht‹ stand dort geschrieben. Aus dem Blätterbündel flatterte ein vergilbter Papyrusfetzen. Hildy fing ihn auf und betrachtete ihn mit fachmännischem Blick. ›Sehr geehrter Herr Arvarodd, obwohl mir Ihre Arbeit sehr gut gefallen hat, muß ich Ihnen bedauerlicherweise mitteilen, daß ich zur Zeit ...‹ Hildy spürte, wie ihr eine Träne aus dem Augenwinkel rann; dann hatte sie eine plötzliche Eingebung.

»Wann hast du das geschrieben?« fragte sie aufgeregt.

»Direkt vor der Schlacht von Melvich«, antwortete Arvarodd. »Ich stand zu der Zeit stark unter dem Einfluß von Autoren, die ...«

Hildy überlegte schnell. Das Manuskript war zwölfhundert Jahre alt — was mit der C-14-Methode leicht zu beweisen wäre. Niemand könnte die Authentizität in Zweifel ziehen. Und wenn sie sich beeilte, könnte sie den Text noch rechtzeitig in der nächsten Ausgabe des *Journals skandinavischer Studien* veröffentlichen.

»Was du brauchst«, sagte sie, »ist eine gute Agentin.«

»Matt«, sagte der Zaubererkönig.

»Scheiße«, zischte Prexz.

»Das sind neun Spiele für uns«, stellte König Hrolf fest, »und keins für euch. Das war's dann.«

»Ihr schummelt«, schimpfte Zxerp wütend.

»Dann beweis es doch«, kicherte der Zaubererkönig.

»Ich verstehe immer noch nicht«, sinnierte Starkad Storvirksson, »wie es sich ohne Ruder bewegen kann.«

Hildy kratzte sich am Kopf und rang verzweifelt nach einer Erklärung. »Nun ja, das ist eben Zauberei.«

»Ach so! Warum hast du das nicht gleich gesagt?«

»Starkad, warum gehst du nicht los und besorgst noch etwas Möwenfleisch für Vel-Hilda?« schlug Brynjolf vor.

»Eigentlich ...«, begann Hildy, aber Brynjolf stieß sie unter dem Tisch mit dem Fuß an. Starkad stand auf und ging zu dem großen Kupferkessel, der leise auf dem Kaminfeuer vor sich hin köchelte.

»Ich mag Starkad wirklich sehr gern«, sagte Brynjolf, »aber manchmal ...«

Am anderen Ende des Tisches erzählte Danny dem schlafenden Angantyr gerade alles über seine Präsident-Kennedy-Theorie.

Hildy seufzte. »Zu schade, daß ihr alle fortgehen müßt. Es gibt so vieles, was ihr noch nicht gesehen habt, und so vieles, was ihr noch tun könntet. Im zwanzigsten Jahrhundert brauchen wir Leute wie euch.«

»Das bezweifle ich aber sehr«, widersprach Arvarodd. »Es gibt weder Wölfe zu töten noch Zauberer zu besiegen, und ich glaube, wir würden nur eine Menge Verwirrung stiften.«

»Laßt uns mal ehrlich sein«, meldete sich Brynjolf zu Wort. »Wenn du nicht gewesen wärst, Vel-Hilda, ich weiß wirklich nicht, was dann passiert wäre.«

Hildy errötete. »Ich hab doch gar nicht viel getan.«

»Wer tut das schon?« bemerkte Arvarodd lächelnd. »Heldentaten sind doch nichts anderes, als daß ein paar ängstliche Menschen unter widrigen Bedingungen ihr Bestes geben. Sigurd hatte überhaupt keine Probleme damit, den Drachen zu töten; es war ein sehr alter Drache, dessen Augenlicht längst nachgelassen hatte. Wenn er noch ein paar Wochen gewartet hätte, wäre der Drache an Altersschwäche gestorben.«

»Oder nimm doch Beowulf«, schlug Brynjolf vor. »Ein schmächtiger, kleiner Kerl, hatte am Strand meistens nur Sand in den Augen. Aber er war zufällig zur richtigen Zeit am richtigen Ort. Nicht wer du bist, spielt eine Rolle, sondern was du tust.«

»Nein, da irrst du dich gewaltig«, widersprach Arvarodd. »Es geht nicht darum, was du tust, sondern nur darum, wer du bist.«

»Was auch immer.« Brynjolf runzelte die Stirn. »Vielleicht auch beides. Jedenfalls, Vel-Hilda, will ich sagen, daß wir es ohne dich nicht geschafft hätten. Nun ja, strenggenommen stimmt das natürlich nicht«, fügte er hinzu. »Aber du hast uns dabei geholfen.«

»Das stimmt.« Arvarodd nickte energisch. »Du hast uns eine Menge geholfen.«

»Auf jeden Fall werde ich euch vermissen«, seufzte Hildy. »Es wird irgendwie nie mehr so sein wie früher.«

»Tut mir leid«, entschuldigte sich Starkad Storvirksson, der mit einem leeren Teller zurückkehrte, »aber Bothvar Bjarki hat den ganzen Rest Möwenfleisch allein aufgegessen. Da sind nur noch eine paar gebackene Mäuse, falls du welche möchtest.«

»Nein, danke.« Hildy schüttelte energisch den Kopf. »Wirklich, ich bin vollkommen satt.«

Starkad gab einen Seufzer der Erleichterung von sich und machte sich wieder davon, um die Mäuse selbst zu essen.

»Ich hab eine ziemliche Schwäche für ein saftiges Stück gebackene Maus«, erzählte Arvarodd, während er sich genüßlich zurücklehnte und ein Horn voll Bier einschenkte. »Ich weiß noch, als ich damals in Permia war, da ...«

»Matt.«

Zxerp blickte König Hrolf haßerfüllt an. »Ihr beide«, nörgelte er schließlich, »habt einander wirklich verdient.«

König Hrolf erhob sich und schlug auf den Tisch, und sofort verstummten die Gespräche. Dann schenkte er sich ein Horn Bier aus der Karaffe ein, trank es aus und räusperte sich. Sogar Angantyr wachte auf. Alle Blicke richteten sich jetzt auf den König.

»Freunde«, begann Hrolf Erdenstern, »unsere Arbeit ist getan. Trotz der Gefahren, die uns bedrohten, ist es uns gelungen, die Macht der Finsternis zu besiegen und die Welt vor dem Bösen zu bewahren.«

»Nun mal sachte!« warf der Zaubererkönig ein.

»Jetzt ist unsere Zeit in dieser Welt, die unnatürlich lang gewesen ist, zu Ende, und für uns ist es nun soweit, zur ewigen Feier in Odins goldene Halle einzuziehen. Da gibt es Schweinebraten«, fügte er rasch hinzu, bevor Angantyr ihn unterbrechen konnte, »und so viel Met, wie ihr trinken könnt. An der Stirnseite des Tisches sitzt Odin selbst; zu seiner Rechten Thor, zur Linken Freyr, dessen Schwester Freyja eigenhändig den Met einschenkt, und auch die größten Helden sind dabei. Wir werden dort viele alte Krieger wiedertreffen, die wir in längst vergessene Schlachten geschickt haben. Man sagt, daß die Männer in Walhalla morgens in den Kampf ziehen und die Gefallenen bei Nacht zum Fest gehen, um am nächsten Tag wieder zu kämpfen. Wie man mir versichert hat, gibt es dort mittlerweile einen Swimmingpool und eine Sauna. Ich persönlich finde, daß es nicht sehr verlockend klingt, den ganzen Tag über mit einem Haufen toter Krieger zusammengepfercht zu sein, aber ich will euch das nicht ausreden. Ich hab vor, ein gutes Buch mitzunehmen. Jedenfalls segeln wir morgen über das große Meer. Unsere Reise wird lang sein, uns an Island und Grönland vorbei und dann in das ewige Eis führen, bis wir an den äußersten Rand der Welt kommen und vor uns Bifrost erblicken, die Regenbogenbrücke.«

Hildy kratzte sich am Kopf. Für sie hörte es sich so an, als würden sie direkt Baffinland ansteuern, wenn sie der Route folgten, die der König eben beschrieben hatte. Aber sie hatte Erdkunde schon in der Mittelstufe abgegeben und erst kürzlich herausgefunden, wo Ungarn liegt.

»Zauberer Eric und ich haben unsere Differenzen beigelegt«, fuhr der König fort, »und er wird mit uns nach Walhalla kommen.« Ein Murren erhob sich am Tisch, aber der König hob beschwichtigend die Hand. »Wir haben alles geklärt«, sagte er bestimmt. »Er ist nicht nur ein böser Mensch, sondern auch unser Widersacher und ein Feind der ganzen Welt gewesen, aber in Walhalla werden sämtliche Feindschaften begraben, weil alle, so sagt man, schon bald der gemeinsame Haß auf das Verpflegungspersonal vereint. Nebenbei bemerkt, ist an Odins Tisch immer Platz für einen Mann, der tapfer ist und gut gekämpft hat — wie ungerecht seine Sache auch immer gewesen sein mag —, und der nichts gegen eine gepflegte Partie ›Koboldzähne‹ einzuwenden hat.«

Das klang einleuchtend, und das allgemeine Murren legte sich.

»Hinter uns«, fuhr der König fort, »lassen wir jemanden zurück, der einen Platz in der Gemeinschaft der Helden verdient hat, nämliche unsere Schwester Vel-Hilda Frederikstochter. Ihr haben wir es zu ver ... Na ja, sie hat uns geholfen, und Schlachten werden nun mal nicht allein durch Hiebe oder gute Taktiken gewonnen.«

Da bleibt zwar nicht mehr viel übrig, dachte Hildy. Aber vermutlich meinte er es nett, und sie errötete.

»Zu unserer Zeit hätten die Skalden ihre Taten besungen, aber es scheint so, als würde diese altnordische Tradition heutzutage bei den königlichen Festmahlen nicht mehr gepflegt. Zu unserer Zeit hätte man sich ihre Geschichte am Feuer erzählt, wenn die Schatten lang sind und die Kinder Gespenster hören, wenn die Schafe auf die Dächer klettern, um das Hauslaub zu fressen. Aber über unseren letzten Kampf wird nie ein Lied geschrieben werden; und so wird man nie erfahren, daß wir hier gewesen sind oder daß wir das getan haben, was wir getan haben. Und so wird es uns allen am Ende der Welt ergehen, obwohl wir uns eingebildet haben, den Tod durch unser Weiterleben in den Worten der Menschen betrügen zu können. Nichtsdestotrotz.« Der König lächelte und gab ein Handzeichen.

Arvarodd erhob sich und zog eine Harfe unter dem Tisch hervor. »Ich hab das in dem Wagen geschrieben, den wir überfallen haben«, flüsterte er, und Hildys Augen füllten sich mit Tränen. »Ich hoffe, es gefällt dir.«

»Vel-Hilda«, sagte der König, »du hast dir ein Lied verdient, und du sollst ein Lied bekommen. Arvarodd von Permia«, befahl er mit fester Stimme, »sing uns dein Lied.«

»Der Name dieses Liedes ist Hildarkvitha«, verkündete Arvarodd. »Jeder unerlaubte Gebrauch dieses Materials kann zur zivil- und strafrechtlichen Verfolgung des Benutzers führen.« Er strich mit den Fingern über die Saiten, holte tief Luft und sang:

»Hört her!
Wir haben gehört vom Ruhm
Gottgleicher Könige
Hörten das Loblied
Und die Leidensgeschichte von Prinzen ...«

Hildy unterdrückte ein Schluchzen und griff nach ihrem Notizbuch.

Der junge Lieutenant war aufgeregt. Er war noch nie in einer vergleichbaren Situation gewesen.

»Wir haben sie gefunden!« rief er, als er in das Büro stürmte. »Sie befinden sich wieder in dieser befestigten Stellung auf den Klippen oberhalb von Farr. Gott weiß, warum wir dort keine Einheit zurückgelassen haben; war doch klar, daß die zurückkommen. Auf jeden Fall sind sie jetzt dort. Stürmen wir, oder was?«

Der Mann im schwarzen Pullover blickte ihn finster an und knurrte: »Ach, hauen Sie ab!«

Der junge Mr. Fortescue starrte ungläubig auf einen Zettel, der mit dem Vermerk ›Neu eingetroffen‹ auf seinem Schreibtisch lag.

Nachricht von Eric Swenson, Vorsitzender und leitender Direktor des Gerrards Garth Firmenkonsortiums.

Expansionsprogramm aufgrund unvorhergesehener Schwierigkeiten gestrichen, also kein China für Sie. Trostpreis: Vorsitz und Position des leitenden Direktors des ganzen Ladens. Lassen Sie ihn nicht gänzlich runterkommen. Wozu erwähne ich das überhaupt? Schließlich haben wir Sie nicht umsonst ausgewählt. Schriftliche Bestätigung folgt, viel Glück. Sie werden es brauchen. Schlage vor, völlig aus dem Elektronikgeschäft auszusteigen.

Nachricht um 10:34.

Es wäre natürlich eine Herausforderung, und es war schön, daß der Boß solches Vertrauen in ihn setzte (›Schließlich haben wir Sie nicht umsonst ausgewählt‹). Nichtsdestotrotz wäre es besser gewesen, wenn er etwas früher gewußt hätte, daß man ihn für diese große Aufgabe auserkoren hatte. Er hätte sich Notizen machen können.

»Alle Mann an Bord!« rief Danny Bennett fröhlich. »Bitte bis nach ganz hinten durchrücken.«

Die Gesellschaft begab sich an Bord. Sie machte sich auf eine lange Reise durch das Königreich von Caithness und Sutherland, einfach der alten Zeiten wegen und um die Stunden auszufüllen, bis es Zeit wurde, die Segel zu setzen — am Fluß Strathnaver entlang, an Kinbrace vorbei bis nach Helmsdale, dann die Küste hinauf nach Wick und hinüber nach Thurso und weiter bis nach Rolfsness. Der Tank war bis obenhin mit Benzin gefüllt, das Kotkel auf magische Weise aus Torf hergestellt hatte.

»Danny ist nicht mehr in der Lage zu fahren«, flüsterte Hildy.

Der König lächelte und sagte: »Aus irgendeinem Grund wollte er aber unbedingt den Fahrer mimen. Er bestand sogar darauf, daß der Bus sein Eigentum sei, da er ihn ganz allein erobert habe, also wolle er auch fahren. Kotkel hat ihn mit einem Zauber belegt, also geht schon alles klar.«

Hildy zuckte die Achseln. »Na schön, wenn Sie meinen. Ich für meinen Teil bin während der vergangenen Wochen jedenfalls genug gefahren.«

Die vergangenen Wochen ... Wie lange war es eigentlich her, seit ihr Abenteuer begonnen hatte? Hildy konnte sich nicht mehr erinnern. Genauso war es ihr früher als Kind in den Sommerferien ergangen — die Wochen verschmolzen damals nahtlos ineinander, und schon bald wußte sie nicht mehr, welcher Wochentag, welcher Monat oder welche Jahreszeit es war, nur daß die Sonne immer zu scheinen schien. Jetzt leuchtete sie in kräftigem orangefarbenen Abendlicht, das sogar die dürren braunen Schafe irgendwie verzaubert aussehen ließ.

»Hrolf, was soll ich eigentlich tun, wenn ihr alle fort seid?« fragte Hildy den König.

»Ungefähr einen Monat lang so wenig wie möglich«, antwortete Hrolf Erdenstern. »Anfangs wirst du Danny Bennett dabei helfen müssen, die ganze Geschichte dem Rest der Welt zu erklären — er soll aber um Himmels willen nicht die ganze Wahrheit erzählen. Hast du noch das Kieferknochenstück, das Arvarodd dir gegeben hat? Damit müßte dir dieses Kunststück eigentlich gelingen.«

»Sollte ich ihm den Knochensplitter nicht lieber zurückgeben?«

»Alles, nur das nicht«, wehrte der König ab. »Dadurch wird Arvarodd unerträglich. Wir werden ja sehen, wie lange er seinen Ruf als weiser Ratgeber ohne diesen Knochen aufrechterhalten kann. Jedenfalls rate ich dir, eine Weile fortzugehen, nachdem du das erledigt hast, und dir selbst einzureden, daß sich die ganze Geschichte niemals zugetragen hat. Auf lange Sicht ist das für dich bestimmt das beste.«

»O nein, das könnte ich niemals! Selbst wenn ich es wollte.«

»Also willst du die Sache gar nicht vergessen?«

»Nein, das war« — Hildy suchte nach den richtigen Worten — »die schönste Zeit meines Lebens.«

»Ehrlich? Zu komisch«, lachte der König. »Na ja, es gibt solche und solche Menschen. Ich persönlich freue mich nicht übermäßig über die Aussicht, nach Walhalla zu gehen, aber ich hab keine große Wahl.«

»Werde ich euch dort wiedersehen?« fragte Hildy plötzlich. »Ich meine, wenn es soweit ist?«

»Keine Ahnung. Aber ich würde mich nicht beeilen, das herauszufinden.«

»Keine Sorge, das werde ich schon nicht tun«, antwortete Hildy lächelnd. »Ich glaube, ich hab in letzter Zeit genug Abenteuer erlebt. Und ich weiß auch schon, was ich demnächst mache. Ich werde die Saga, die Arvarodd mir gegeben hat, veröffentlichen und mich so zur unangefochtenen Autorität auf dem Gebiet des skandinavischen Heldenzeitalters mausern. Noch bevor ich dreißig bin, wird man mir eine volle Professorenstelle anbieten.«

»Ist das etwas Gutes?«

»Ich denke schon. Jedenfalls hab ich alles das in nächster Zeit vor. Und ich glaube, daß ich meine Pläne nun sehr viel besser realisieren kann. Jetzt, da ich weiß, wie es damals wirklich war.«

»Wie war es denn wirklich, Vel-Hilda?«

»Einfach wie alles andere auch«, fuhr Hildy fort. »Nur gab es damals sehr viel weniger Menschen, und deshalb spielten ihre Taten zu jener Zeit eine größere Rolle.«

»So könnte man das ausdrücken.«

»Und genau das werde ich auch tun«, versicherte Hildy ihm, »allerdings mit jeder Menge Fußnoten. Natürlich kann ich nichts von der Zauberei erzählen, deshalb werden die meisten meiner wissenschaftlichen Erklärungen überhaupt nicht der Wahrheit entsprechen. Euch macht das hoffentlich nichts aus, oder?«

»Mir ist das gleich«, sagte König Hrolf.

»Natürlich wird es ganz schön komisch für mich sein, wenn ich eine Vorlesung über Bothvar Bjarki halte und darüber spekuliere, ob er wirklich nur ein Sonnengott-Motiv aus der frühen indoeuropäischen Mythologie war.«

»Und war er das?«

»Zweifellos, es gibt jedenfalls überzeugende Parallelen.«

»Das werde ich ihm sagen. Das macht ihn bestimmt fuchsteufelswild.«

»Mit dir ist es vermutlich dasselbe. Oder du bist eine Mischung aus mehreren pseudohistorischen frühen Dynastien, durch mündliche Überlieferung und von den Chronisten aufs Wesentliche reduziert. Deine Taten sind lediglich eine Reihe erfundener Stammesunruhen in der Zeit der Völkerwanderungen, und es gibt für dich keine echte, auf historischen Tatsachen beruhende Grundlage.«

»Danke, Vel-Hilda, das ist das Netteste, was je über mich gesagt wurde.«

»Und was ist mit mir?« fragte der Zaubererkönig neugierig, der sich aus der Reihe vor ihnen nach hinten beugte.

»Ach, Sie sind lediglich eine Personifikation schlechter Ernten und verschiedener Viehseuchen«, klärte Hildy ihn auf. »An Sie wird niemals jemand glauben.«

»Ich glaube an mich«, wandte der Zaubererkönig ein.

»Dann guck dir doch an, wo dich das hingebracht hat«, sagte König Hrolf.

»Du hast ja recht«, pflichtete ihm der Zaubererkönig bei. »Aber komme ich nicht mal in Arvarodds Saga vor?«

»Wie er mir selbst gesagt hat, ist sie stark von der *Fornaldarsögur*-Tradition beeinflußt. Sie kommen nur symbolisch drin vor.«

»Rein allegorisch?«

»Rein.«

»Na gut. Wie wär's eigentlich mit einem kleinen Spielchen?«

»Später«, sagte der König.

Der Zaubererkönig drehte sich wieder um und kraulte den Wolf hinter dem Ohr. Klecks knurrte resigniert.

»Irgendwie ist das traurig«, sinnierte König Hrolf. »Es hätte mir wirklich nichts ausgemacht, vergessen zu werden, aber ich bin überhaupt nicht scharf darauf, daß man mich auch noch um den Ruhm bringt.«

»Menschen sterben, Vieh stirbt, nur glorreiche Taten leben für immer weiter«, zitierte Hildy. »Es ist nur so, daß die Menschen es heutzutage hassen, etwas auf sich beruhen zu lassen. Sie können es einfach nicht ertragen, wenn irgend etwas als edelmütig und großartig angesehen wird. Aber wer weiß? Vielleicht glaubt man ja in ein paar hundert Jahren oder so wieder an die alten Geschichten. Das wäre doch schön, oder?«

»Wie ich bereits gesagt hab«, antwortete der König, »mir ist das egal. Am Hofe meines Vaters gab es einen Mann, der in seiner Jugend ein sehr großer Held gewesen war. Er gehörte zu König Athils und tötete Eisriesen. Er hat sogar mit Thor persönlich Ringkämpfe ausgefochten. Unglücklicherweise beging er den Fehler, seine Abenteuer zu überleben und alt zu werden. Niemand glaubte daran, daß er noch am Leben war, und wenn er von den Taten seiner Jugend erzählte, dachten die Leute immer, er hätte den Verstand verloren. Also meinten sie, er würde entweder vorgeben oder selbst daran glauben, einer der Helden aus den Märchen zu sein, die er als Junge gehört hatte. Folglich hörte er auf, seine eigenen Geschichten zu erzählen, und mußte stumm dasitzen, während die Skalden abends Lieder und Verse über ihn vortrugen, die immer unrichtig waren und manchmal regelrechte Verleumdungen enthielten. Schließlich drehte er wirklich durch und erzählte allen, er habe die Welt erschaffen. Natürlich nahm niemand mehr Notiz von ihm. Es ist schrecklich, eine lebende Legende zu sein.«

»Wie war sein Name?« fragte Hildy neugierig. »Vielleicht hat er ...«

»Ich weiß es nicht mehr. Das ist schon lange her.«

Plötzlich verschwanden der König und der gesamte Bus, und Hildy sah unter ihren Füßen den nackten Asphalt mit einer Geschwindigkeit von etwa sechzig Stundenkilometern vorbeisausen. Sie kreischte wie am Spieß, bis ihr auffiel, daß der Zauberer lediglich den Bus unsichtbar gemacht hatte, um an den Soldaten vorbeizubekommen. Hildy mußte unwillkürlich lachen; an diese Art der Zauberei hatte sie sich zwar nie gewöhnen können, aber sie würde sie vermissen, sobald sie nicht mehr da wäre. Genau das sagte sie in die Richtung, in der der König gesessen hatte, und er stimmte ihr zu.

»Ich hab nie viel darüber nachgedacht«, fuhr er fort. »Das ist wie der Winter oder wie alle diese neuen Maschinen, die ihr benutzt. Man weiß zwar nicht, wie sie funktionieren, aber man akzeptiert sie als einen Teil des Lebens. Wir hatten früher viel mehr Freude an der Zauberei als ihr. Tatsächlich hatten wir an allem viel mehr Freude als ihr, vermutlich weil die Lebensumstände damals noch furchtbarer waren als heute. Ich klinge wahrscheinlich langsam so alt, wie ich bin, stimmt's?«

»Du siehst aber nicht so aus«, sagte Hildy.

»Das liegt daran, daß ich unsichtbar bin.«

Der Vermessungsingenieur öffnete die Wagentür und sagte: »Wartet hier. Ich geh nur mal eben pissen.«

Eine ruhige Nacht am Ord of Caithness, nur die Brandung tief unten an den Felsen störte die Ruhe. Gott, wie er diesen Ort haßte!

Plötzlich kam der Bus Nummer 87 um die Kurve. Das war um halb zwei morgens schon seltsam genug, aber noch seltsamer war die Tatsache, daß er anscheinend vollbesetzt mit Wikingern war, wie er im fahlen, geisterhaften Licht zweier helleuchtender Punkte im Innern der Fahrgastzelle eindeutig erkennen konnte. Die Krieger sangen — obwohl er das nicht hören konnte — und reichten ein Trinkhorn herum. Auf der Rückbank saß jene Archäologin, die er damals nach Rolfsness gebracht hatte, kurz bevor sie auf so mysteriöse Weise verschwunden war. Der Ingenieur riß die Augen auf. Die Archäologin — oder deren Gespenst — winkte ihm zu. Er erschauderte und erinnerte sich an die alten Geschichten von der Geisterkutsche, die die Seelen der Toten in die Hölle bringt und über die er sich als Junge immer lustig gemacht hatte. Der Bus fuhr gespenstisch und lautlos weiter und war ganz plötzlich spurlos verschwunden.

Der Vermessungsingenieur kehrte zitternd zum Wagen zurück.

»Ich habe gerade den Phantombus mit eigenen Augen gesehen«, berichtete er. »Das ist die Linie siebenundachtzig, und vorn drauf steht ›Rolfsness‹.«

»Es wird Zeit, daß du dir mal einen neuen Witz einfallen läßt, Donald«, winkte einer seiner Kollegen ab, und alle anderen, die von dem ganzen Spuk genausowenig mitbekommen hatten, stimmten ihm zu. »Dieser Scherz war noch nicht mal beim erstenmal witzig.«

Vorbei an dem neuen Windgenerator hoch über der Straße (»Sieh mal, Prexz, Elektrizität, frisch gezapft!«). Vorbei an den torfgedeckten Häusern von Ulbster und Thrumster, die genauso aussahen wie ihre Vorgänger, die König Hrolfs Untertanen vor zwölfhundert Jahren als Eigenheime errichtet hatten. Vorbei an Gills Bay und Scarfskerry, wo Bothvar Bjarki die kreisenden Kormorane gesehen und daraufhin diesem Ort seinen Namen gegeben hatte. Vorbei an Dunnet Head und Castletown, wo Ginsterzweige in die Schieferzäune hineingesteckt werden, um die Hirsche zu vertreiben. Vorbei an Scrabster (»Ich könnte dir die eine oder andere Geschichte über Scrabster erzählen«, murmelte Hjort Herjolfssen) und an dem seltsamen Gebäudekomplex, von dem Hildy behauptete, es sei ein Kraftwerk, und bei dessen Anblick Zxerp und Prexz plötzlich riesigen Durst verspürten. Der flache Küstenstreifen schrumpfte zu Moorland und Felsen zusammen, und der Berg Ben Ratha zeichnete sich gegen den Nachthimmel ab. Über einen kleinen Bach namens Achadh na Greighe (»An diese verdammten gälischen Namen werde ich mich nie gewöhnen«, beschwerte sich Angantyr. »Warum gibt man dem Bach nicht einen einfachen Namen wie Sauthajarmrsfjall?«). Vorbei am Ben Ruadh und dann nach Rolfsness.

»Es war wirklich schön, das alles einmal wiedergesehen zu haben«, schwärmte König Hrolf. »Eine götterverlassene Gegend dieses Caithness, aber, verdammt noch mal, es war mein Königreich.«

»Mir gefällt es hier«, seufzte Hildy. »Es ist so ...«

»Das sieht dir ähnlich«, fiel ihr der König ins Wort. »›Komm nach Caithness‹, sagten sie zu meinem Großvater, ›in den sanften Süden‹. Zugegeben, es ist nicht so trostlos wie Norwegen oder Island. Und es gibt ein paar Landstriche in Schweden, für die ich dir nicht mal eine tote Feldmaus geben würde. Ich finde, auf ihre Art ist diese Gegend ganz in Ordnung.«

Der Mond spiegelte sich im Wasser des Loch Hollistan. Ein Kaninchen kreuzte ihren Weg und suchte rasch Unterschlupf. Dann lag das Meer vor ihnen.

»Da wären wir also alle wieder«, stellte Angantyr völlig richtig fest und schlug Danny Bennett kräftig auf den Rücken. »Es hat Spaß gemacht. Danke für deine Hilfe, und denk dran — du darfst den Fenchel erst hinzufügen, wenn das Fleisch fast braun ist.«

»Ich werd dran denken«, sagte Danny, wobei er den Verdacht hatte, daß ihm eben eine Rippe gebrochen worden war. »Und denk du daran, wenn du unsicher bist, mußt du die Stopptaste drücken. Und laß vor der nächsten Aufnahme immer ein Stückchen Platz auf dem Band. Lieber ein bißchen mehr als zuwenig.«

Vor ihnen lag der große Grabhügel, über den man ein riesiges Zeltdach gespannt hatte. Ein Stück des umgebenden Erdreichs war von den Archäologen bereits säuberlich freigelegt worden.

Der König schüttelte den Kopf. »Ich weiß nicht, was die daran so aufregend finden«, sagte er, als er die Spuren gewissenhafter archäologischer Forschungsarbeit entdeckte. »Das ist doch nur ein Erdhügel und sonst nichts.«

Das Schiff. Der Mond glitzerte auf dem vergoldeten Bug, den vergoldeten Schilden entlang der Seiten. Während sie alle dastanden und es betrachteten, blies ein starker Wind von Westen.

»Ich erwähne es nur äußerst ungern«, ergriff der König etwas zögernd das Wort, »aber wie, zur Hölle, wollen wir das Ding zum Strand runterkriegen?«

»Genau so, wie wir es hier hoch gekriegt haben«, schlug Hjort fort. »Starkad, hol die Seile.«

»Könnten wir statt dessen nicht einfach alle mit dem Bus fahren?« fragte Starkad. »Der ist so schön warm und gemütlich.«

Brynjolf erklärte ihm geduldig, daß der Bus nicht über das Wasser fahren könne.

»Und warum nicht?« wollte Starkad wissen.

Brynjolf dachte einen Moment lang nach, bis ihm eine logische Antwort einfiel. »Weil er keine Ruder hat, Starkad, deshalb.«

»Ach so.« Starkad Storvirksson verzog die Mundwinkel. »Schade eigentlich.« Dann verschwand er im Laderaum des Schiffs und tauchte mit einigen riesigen Seilrollen wieder auf. »Igitt! Die sind ja alle ganz klebrig.«

»Das ist das Konservierungsmittel, das die Archäologen draufgestrichen haben«, belehrte Hildy die anderen. »Wir können von Glück reden, daß sie die Seile nicht mit ins Labor genommen haben.«

Starkad zog ein paar Seile unter dem Kiel hindurch und rief den anderen Helden etwas zu, die daraufhin ihre Äxte ergriffen und sich an die Zerstörung des Grabhügels und des Spaliers aus Eichenbalken machten. In bemerkenswert kurzer Zeit war die Arbeit erledigt, und die Helden nahmen ihre Plätze an den Seilen ein.

»Los, beeilt euch!« trieb der König seine Männer an und schaute zum Himmel hinauf. »Die Sonne geht gleich auf, und ich will die Flut ausnutzen.«

Auf einen gemeinsamen Ruf hin zogen die Helden an den Seilen, und das Schiff erhob sich aus der Erde. Starkad schlang eine Leine um die Galionsfigur und zog dann das Schiff unter Aufbietung seiner gesamten außerordentlichen Kraft aus dem Hängegerüst der Seile heraus aufs Gras. Danach gesellten sich die anderen Krieger zu ihm, und mit fast übermenschlicher Anstrengung und einer Menge Schimpfwörtern zerrten sie die Naglfar gemeinsam den langen Abhang hinunter bis zum Strand. Als der Kiel ins Wasser glitt, stieß Starkad einen markerschütternden Schrei aus.

»War das sein Schlachtruf?« erkundigte sich Hildy neugierig.

»Nein«, antwortete Arvarodd, »ihm ist nur der Kiel über den Fuß gerutscht.«

Die ersten Sonnenstrahlen gingen im Osten auf, und die Helden begrüßten die beginnende Morgendämmerung mit gezogenen Schwertern. Kotkel trat vor und segnete das Langboot mit der mystischen Überzeugungskraft eines Rasenmähermotors für seine letzte Reise. Bothvar Bjarki zerrte an der Rah, und das Segel stieg zur Mastspitze empor. Kaum wurde der Westwind stärker, blähte es sich auf. Auf dem Rahsegel war König Hrolfs Emblem abgebildet, ein großer Drache, der sich um einen fünfzackigen Stern wand.

»Ich hab den Segelmachern damals extra gesagt, ich will einen einfachen Erdenstern haben«, erklärte er Hildy. »Aber die wußten es wohl besser. Oder sie haben meinen Entwurf falsch gedeutet.«

»Dann heißt es jetzt also Abschied nehmen«, seufzte Hildy.

»Was mein Manuskript betrifft, Vel-Hilda, der Mittelteil muß unbedingt gekürzt werden«, sagte Arvarodd.

»Ich bin sicher, daß das nicht nötig ist.« Hildy hatte zwar Tränen in den Augen, aber ihre Stimme klang fest.

»Ich ernenne dich zu meinem literarischen Testamentsvollstrecker«, fuhr Arvarodd fort. »Ich weiß, daß du deine Sache gut machen wirst. Und ich möchte, daß du die Sachen, die ich dir gegeben habe, behältst — du weißt schon, den Kieferknochen, die Steine und das alles. Ich brauche sie nicht mehr und ...« Er wandte sich jäh ab und begab sich zu den anderen Helden aufs Boot.

Der König sagte mit ernster Stimme: »Nun, Vel-Hilda, es wird Zeit für uns zu gehen. Kotkel möchte, daß du den Seherstein behältst, und wir sind beide der Meinung, daß du auch dies hier behalten solltest.«

Er reichte ihr ein Bündel, das in einen Zobelumhang eingewickelt war.

»Das ist das Glück von Caithness«, fuhr er fort. »Schließlich kann man nie wissen. Vielleicht gibt es eines Tages andere Zauberer. Zxerp und Prexz lassen wir zurück; sie haben die Freiheit verdient. Außerdem haben sie versprochen, sich gut zu benehmen.«

»Wir werden uns zum Wasserkraftwerk am Loch Shin begeben und dort in Frieden leben«, bestätigte ein schwaches Licht vor Hildys Füßen.

»Aber die Bedingung für ihre Freiheit ist, daß sie dir jederzeit zur Verfügung stehen müssen, falls du sie jemals brauchen solltest. Habt ihr mich verstanden?« fragte der König mit drohender Stimme. »Und sollte das nicht der Fall sein, hat Kotkel euch mit einem Zauber belegt, durch den ihr umgehend im Überlandleitungsnetz landen werdet, bevor ihr überhaupt wißt, wie euch geschieht.« Die Lichter flackerten nervös. »Ach, übrigens vielen Dank für das ›Koboldzähne‹-Spiel«, fügte der König hinzu.

»Keine Ursache«, knurrte Zxerp. »Es hat uns sowieso gelangweilt.«

»In dem Bündel befindet sich außerdem Ifing, das Schwert des Zaubererkönigs«, fuhr der König fort. »Es hat eine leichtere Klinge als Tyrving und ist einfacher zu handhaben. Auch das Schwert ist nur für alle Fälle gedacht. Der Zaubererkönig braucht es sowieso nicht mehr. Ich glaube, er hat sich wirklich verändert. Und das hier, Vel-Hilda Frederikstochter, ist auch noch für dich, und zwar als Gegenleistung für das wunderschöne Glasding und deine Hilfe.«

Der König nahm sich eine feine Goldkette mit einem Anhänger vom Hals. »Die Könige von Caithness hatten nie eine Krone. Dieses Amulett wurde von meinem Großvater an meinen Vater und dann an mich weitergegeben. Einstmals trug es Odin selbst am Hals. Mit diesem Amulett trägt man gleichzeitig auch Verantwortung.« Er legte Hildy die Kette um den Hals. »Ich ernenne dich hiermit zur Verwalterin des Königreichs von Caithness und Sutherland. Dieses Amt sollen du und deine Kinder innehaben, bis der wahre König wiederkommt und das Seine zurückverlangt. Was, wie ich hoffe, niemals geschehen wird«, fügte er rasch hinzu. »Paß für mich darauf auf, Vel-Hilda.«

Hildy senkte den Kopf und kniete vor König Hrolf Erdenstern nieder. »Bis dann«, schluchzte sie.

»Jetzt muß ich aber gehen, sonst beschweren sich meine Männer«, sagte der König, auch ihm standen Tränen in den Augen. »Denk an uns alle, aber nicht zu oft.«

Er zog Hildy an den Schultern hoch, umarmte sie und drückte sie an sich. Bevor Hildy wieder atmen konnte, war der König fort.

»Da geht er hin«, murmelte Zxerp, »und nimmt einfach unser Spiel mit.«

»Kopf hoch, Zxerp«, tröstete Prexz ihn sanft. »Es hätte schlimmer kommen können.«

»Wie denn?« fragte Zxerp.

»Ich hätte vergessen können, denen das Schachspiel zu klauen«, kicherte Prexz.

Hildy rannte zum Strand hinunter. Das Schiff war schon weit draußen auf dem Meer, und die Riemen pflügten durch das schwarzrote Wasser. Wie ein Traum gleich nach dem Aufwachen davongleitet, so glitt auch die Naglfar davon, an den äußersten Rand der Welt, auf dem Weg zu einem Ort, der noch niemals auf einer Landkarte verzeichnet gewesen war. Auch jetzt noch, als sie dort stand und mit ihrem Schal winkte, glaubte sie, das Ächzen der Spanten zu hören, das Knirschen der Riemen in den Pinnen, das Schäumen des Kielwassers, während der scharfe Bug die Wellen zerteilte, die Stimmen der sich abmühenden Ruderer.

»Ich nehme nicht an, daß irgend jemand daran gedacht hat, etwas zu essen einzupacken.« Konnte es Angantyrs Stimme sein, herübergeweht von einer Laune des Winds? Oder war es nur das Murmeln der See?

»Du hast gesagt, du packst das Essen ein!«

»Hab ich nicht!«

»Hast du doch!«

»Hab ich nicht, verdammt noch mal!«

Und vielleicht war es nur der Schrei der Möwen, die in den Himmel hinaufstiegen, um den neuen Tag zu begrüßen. Aber vielleicht war es auch die Stimme des Königs, gerade noch am Horizont hörbar, die zum Zauberkönig etwas von der Regel 48 sagte. Hildy stand da und lauschte, und die Sonne ging in unbeschreiblicher Pracht über dem Meer auf. Dann drehte sie sich um, schüttelte den Kopf und ging davon.

Ungefähr sechs Monate später saß Hildy in ihrem Büro in der Fakultät für Skandinavische Studien an der Stony Brook University. Es war gut, wieder daheim auf Long Island zu sein, Tausende von Meilen entfernt von ihrem

Abenteuer. Sie hatte eine Stelle als Ordentliche Professorin, auf die sie sich freute, und sie hatte die Druckfahnen von *Arvarodds Saga,* die sie korrigierte. Um den Hals hing ihr eine kostbare Goldkette mit einem Bernsteinanhänger; ein Duplikat, wie sie ihren Kollegen immer wieder versicherte, aber sie wußte, daß diese so ihre Zweifel hatten. Trotzdem wollte sie die Kette noch ein wenig länger tragen.

Sie sah gerade die Post durch: drei Rundschreiben mit Konferenzdetails, zwei Briefe von norwegischen Universitäten, in denen sie gebeten wurde, nach Europa zu kommen und dort Vorlesungen zu halten, außerdem noch ein schmeichelhaftes Angebot von der Harvard University und eine Postkarte mit einer Briefmarke, die sie nie zuvor gesehen hatte. Hildy sah sich die Karte genauer an.

Sie war von St. Andrews nachgesandt worden und in Altnordisch geschrieben. Hildy drehte die Karte um; auf der Vorderseite war einer große Burg abgebildet. Das Herz schlug ihr bis zum Hals, und sie kniff die Augen zusammen, um die krakelige Handschrift besser lesen zu können.

›Essen schlecht, Gesellschaft noch schlechter‹, stand dort. ›Mein Fenster ist mit einem X gekennzeichnet (siehe Foto). Schöne Grüße auch von Arvarodd. Ich hoffe, es geht Dir gut. Wir sehen uns in ungefähr sechzig Jahren. Alles Liebe und Gute, Dein Hrolf.‹

Sie hob den Kopf und schaute aus dem Fenster. »Bis dann«, hauchte sie.